当年万里觅封侯

漫漫何其多 ◎ 著

U0913403

江苏凤凰文艺出版社
JIANGSU PHOENIX LITERATURE AND ART PUBLISHING

漫漫何其多

—

作品

目录

任凭风霜摧残，
八千里刀山火海蹚过，
即使让这坎坷命途磋磨得面目全非，
少年心中自有絜矩。

纵我不往，子宁不嗣音？

章壹

重逢

一

黔安王府外的大街上，前前后后十几辆马车候着，仆役们自角门进进出出，匆匆忙忙地抬行李装车。隔街的酒肆里，几人探头探脑地看着，嘀嘀咕咕。

“这是怎么了？王爷府里做什么呢？”

“再过三个月就是万寿节了，听说王爷府里的几个主子要进京去拜寿。”

“那还回来不？”

“废话！拜完寿不回来做什么？！”

“万寿节每年都有，怎么今年要去？”

“这我哪儿知道！”

“干活儿去！”酒肆的老板在两人头上各打了一巴掌，把人轰走了，笑吟吟地亲自给客人倒茶：“怠慢了。”

“无妨。”客人是个外地人，正听得起劲儿，问道，“王爷府里有好几个主子吗？我之前怎么听说黔安王今年不过十几岁，原来已经娶妻了吗？”

“没。”老板笑笑，“王爷府里除了黔安郡王，还有王爷的一双弟妹。”

客人点点头，欲言又止：“这天潢贵胄，怎么到了，到了……”

“到了我们这穷山恶水之地？”老板笑着接了话，“这得从先帝在时讲起了……”

南疆天高皇帝远，民风开放，从不避讳议论朝政，大早上，酒肆里没旁的客人，老板索性坐下来，娓娓道来：“先帝一共有六个皇子，晚年属意两个皇子，一个是二皇子，另一个是六皇子。二皇子年长持重，六皇子年少聪颖。

“据说先帝晚年更偏爱小儿子一些，但六皇子实在太小了，先帝驾崩那年才刚满十五岁。大约是想着国赖长君，弥留之际，先帝还是将皇位传给了二皇子，也就是今上。先帝驾崩后，六皇子的母妃钟贵妃悲伤过度，跟着先帝去了，六皇子那同入宫为妃的姨母小钟妃，也跟着去了。

“六皇子外家还跟着犯了事，这一桩桩的事出来，六皇子的处境一落千丈……”

客人了然地点点头：“着实尴尬。”

老板和客人相视一笑，隐去不能说的话，继续道：“不过今上对六皇子也算好，登基的第二年就将未及冠的六皇子封为宁亲王，种种厚待……”

客人皱眉，突然想起什么来了，一拍桌子：“宁亲王！就是那个曾经被俘的……”

老板点头：“就是他，太和十五年，北狄来犯，不知客官知不知晓，我朝太祖皇帝定的铁律，每逢战事，必要派一位皇子随军出征以振奋军心。那年，今上的皇子们病的病，小的小，就……派的是宁王。”

客人迟疑：“这……”

“哈哈哈……亲弟弟和亲儿子也差不离嘛。”老板悠悠道，“战事如何，咱们小老百姓是不知道，只听说宁王贪功冒进，不敌被俘，半年后薨逝在北疆了；前线又有人说，宁王其实是投敌了，到底如何……谁清楚？宁王妃在生那对儿龙凤胎的时候就去了，留下一个十岁的长子和一对儿两岁的龙凤胎，三个小主子惶惶不可终日，若宁王真是投敌了，那这几个孩子……”

客人跟着揪心：“也要被牵连吧？”

“今上仁慈，压下了那些流言，没迁怒于宁王的三个幼子。”老板淡然一笑，“不只如此，还破例让刚满十岁的宁王世子平级袭了爵，可算是厚待了。”

老板看向外面，道：“如今这黔安王府里住的王爷，就是当年的宁王世子，还有世子的双胞胎弟妹。”

客人又不懂了，迟疑道：“你方才说，宁王世子平级袭了爵，那应当是宁亲王，外面这明明是郡王府……”

“哈哈哈哈……那是王爷来咱们这儿不久，就奏请今上，说自己无德无才，担不起圣上的恩宠，自请降为郡王。郡王以咱们黔安为封地，就自然成了黔安王。自那时到现在有七年了，黔安王在咱们这里，平平安安。”

客人细想片刻，明白过来了，叹息：“黔安王年纪小，倒聪明通透，知道进退……”

老板摇头一笑：“这话倒是错了。”

客人纳罕，老板慢慢道：“黔安王自是天资聪颖的，但他当时如斯年幼，怎么懂这些？”

“是啊。”客人算了一下时间，“黔安王当时不过十一二岁，怎么……”

老板道：“护住王爷和他那一双弟妹的，其实是他们府里的另一个人……”

客人连忙追问那是何人，老板隐秘一笑：“这人就不用我多说，客官必然听说过。”

客人一哂：“我刚到此地，哪里清楚……”

“钟宛。”老板一笑，“客官可听说过？”

客人缓缓睁大眼，一拍桌子，兴奋道：“名震皇城！传遍江南！同郁小王爷颇有渊源的那个钟宛吗？天下谁人不知他！”

二

钟宛打了个喷嚏。

“入秋了，钟少爷莫不是着凉了？”堂屋里，本地的知县殷勤地客气着，“钟少爷每天为了府内外操劳，该好好保重自身，可不能疏忽了。人食五谷杂粮，怎能不生病？我还记得钟少爷初来黔安时，水土不服，病了足足有一年，如今秋分已过，寒露将至……”

知县文辞烦冗地讲起了养生之道，钟宛不由得走神，但面上还是和气得很，不住点头，过了足足半炷香的时辰，钟宛才听出来知县老爷到底想说什么。

“下官虽久在外任，不得入京，但也听说过郁小王爷的种种风采，心中很是倾慕，盼着要是有天入京，也可去拜会一番，才不算辜负。”知县小心地赔着笑，继续道，“听说知州大人当年带着钟少爷的信物，曾得以拜会郁小王爷……”

钟宛又出神了，刚来南疆的时候，王府的日子很不好过。

明眼人都清楚，皇上是让宁王的三个孩子来这贫瘠之地自生自灭的，封地不来参见拜会的官员，都算是好的；更有心机毒辣的，妄图行一步险着以讨好京中那些盼着他们兄妹三人横死的人。钟宛当时也不过十几岁，想护住这摇摇欲坠的王府实在艰难。

钟宛深受宁王大恩，没办法也要想办法保住旧主遗孤。他先是替小主子宣瑞把宁王的封号还回去，稍稍打消了皇上的戒心，但只是暂时活了命。南疆本就贫瘠，若在此立不住脚，怕是连食邑都讨不来，钟宛不能让府里人饿死，要不得脸了。

钟宛当年给宣瑞伴读，和众凤子龙孙一同受教于太傅，勉强算是跟郁赦郁小王爷有一点儿同窗之谊。他胡编乱造，先是说自己和郁小王爷从小一起长大，颇有交情；后来钟宛脸皮越来越厚，索性说郁赦同自己情谊堪比八拜之交，多年来予取予求，要什么给什么。

郁赦当时年纪不大，并无实权，但他爹是当朝唯一的异姓王，娘是今上的同胞妹妹安国长公主，身份煊赫如斯，把他抬出来，别人自然要忌惮三分。

钟宛当年受宁王之事牵连，落入奴籍，被郁小王爷买了去，在郁王府别院住过半年，编起这些事来是要人证有人证，要物证有物证，一时间唬住了南疆的一群乡巴佬。

在南疆堪堪站稳脚跟后，钟宛又替宣瑞自请降为郡王，半年后，第一份来自皇城的年赏姗姗来迟。那天是二月初六，正是钟宛的十七岁生辰。

钟宛算是过了个安稳的生日，稍稍松了一口气，又开始犯愁，这些送年赏的官员回京后，会不会顺便把自己瞎编的那些关于郁赦的事儿带回去。

当年宁王落马，郁王府是出了力的，后来也没少落井下石，到现在每每说起来，宣瑞还想生吃了整个郁王府，钟宛良心上倒是十分过得去，只是担心郁赦听见自己瞎编的那些话后气炸了肺，去找他的皇帝舅舅请一旨皇命，即刻碾平了黔安王府。

可一年两年过去了，京中传言纷纷，郁赦那边却一直没动静。其间还曾有个颇胆大的知州，在进京述职时，带了从钟宛那儿讨的一把据说是郁小王爷旧物的扇子，去敲郁王府的大门。

知州前脚进京，钟宛后脚已经在料理后事了。

可万万料不到，几个月后，知州红光满面地回来了。知州带着不少礼，对钟宛千恩万谢。钟宛受惊不小，迟疑着问了一句：“子宥……他还好吗？”

郁赦，字子宥。

知州慷慨激昂地将郁赦夸了个天上有、地下无。

钟宛又谨慎地问：“那大人所请之事……”

知州喜不自胜：“当然准了！拿着那信物，再有二位的旧情在，自然是很顺利的。”

年未及冠就已被磨砺得颇为圆滑的钟宛在那天勉强没失态，尽量礼数周到地将喜不自胜的知州送了出去。

“下官本不敢妄想的，但王爷一走少说要半年，下官着实思念，这才想着，是不是……”

钟宛回神，对喋喋不休的知县礼貌一笑，心里明白，这是来要东西的。

钟宛摸了摸腰间玉佩，这是从郁赦那儿顺出来的最后一样东西了。钟宛本想留着，但想起当年初来南疆时，这知县对宣瑞还算客气，钟宛是承情的。

钟宛平生是最不肯欠别人的。他将腰间玉佩摘了下来，一笑：“这是郁小王爷当年总戴着的，他一看便知……”

知县大喜过望，忙双手捧了过去，欢天喜地地走了。

钟宛起身，跟在知县身后将人送了出去。

“动作麻利点。”今天就要上路了，黔安王府里四处乱糟糟的，仆役们匆匆忙忙地搬着行李，进进出出。王府里的老管家远远看了那知县一眼，没理会，站在院里抬头看了看日头，还嫌众人动作太慢，不住催促：“都快点！先把小姐的车套上，去后院先备着！”

管家前后招呼着，一回头，正见钟宛过来了，才迎了过来。

老管家不大痛快地道：“来要什么了？”

“没什么，来送行的，王爷不耐烦招呼他，让我应付一二。”钟宛笑笑，顺手替身边丫鬟拿过了她手里重重的一箱书，一边把书箱往车上捆，一边道，“不用着急，里面也都没收拾好呢。”

丫鬟对钟宛福了福身，红着脸埋头小跑进了堂屋。

钟宛相貌俊秀，身形高挑，是难得的性子好、没架子，对谁都很好，二十几岁了，还没娶妻，府里不少丫鬟都喜欢他。

老管家严平山眉头紧锁：“这不是你做的，进去等着。”

钟宛把书箱拴好，拍了拍：“等着无聊。”

严平山沉默了片刻，沉声道：“这些年，每年万寿节皇上都没想起过咱们王爷，怎么今年突然……”

钟宛淡然一笑：“没事。”

严平山忧心道：“昨晚，王爷屋里灯火一直没灭，他上个月才刚满十七，这么小的年纪，他……”

“皇上让王爷进京，不去行吗？”钟宛待一个小厮走远后，轻声道，“皇上就是不放心，想看看这几个小孩子，那就让他看呗。看见了，安心了，自然会放咱们回来，到时候咱们接着过消停日子。”

严平山还要再说，钟宛声音更轻了：“宣瑞顶了个郡王的名头，马上就成年了，不让皇上看看他，可能吗？”

严平山皱眉：“那又见瑜少爷和小姐做什么？都这么小……”

瑜少爷说的是宣瑜，小姐说的是宣从心，是宁王的那一对儿龙凤胎。

钟宛一哂：“你也知道他俩还小，更不用怕了，皇上还能跟两个孩子过不去？再说，有我呢。”

严平山欲言又止，最终没再说什么。有钟宛在，似乎真的什么都不用担心。

巳时，府内众人终于将行李收拾停当，黔安王宣瑞领着自己弟弟宣瑜出来了。

宣瑜不过十岁，人事不知，听说要出门挺高兴，左顾右盼，不住催促，宣瑞苦笑了下，自己把弟弟抱上了马车。

“王爷。”钟宛站在马车边上，扶着宣瑞上了车，轻声道，“不要想太多。”

宣瑞眉间尽是忧思，回头看了钟宛一眼，稍稍放宽了心，点头上了车。

钟宛上马，掉转马头又去看宣从心，确定没事后打了声长长的马哨，长长的车队缓缓地动了起来。黔安王府一向不讲排场，左无人鸣锣，右没人喝道，一行人安安静静地上了路，连在街上扬起的黄土都要比旁人轻几分。

两月后，众人抵达京郊。

再有半天就能进城了，黔安王府众人稍稍休整了下，钟宛被颠了足足两个月，浑身都疼，正倚在车里小憩。突然车身一沉，钟宛抬眸，带着几分倦意：“严叔？怎么了……”

钟宛坐起来，不等他掀车帘，一人钻了进来。钟宛大喜：“林思！”

林思身手很好，静静地上了车竟也没惊动别人。他在车里对着钟宛跪了下来，钟宛一把拉起他来：“东西准备好了？”

林思点头，从怀里掏出一纸路引。

钟宛接了过来，一笑："我那卖身契还在子……还在郁王府呢，一会儿进城要是有人盘查，我这个奴籍，说不准要被为难，有这个就好多了。"

林思是个哑巴，不会说话，闻言微微笑了下，打手势让钟宛放心。

林思是钟宛幼时在钟府的伴读，宁王之事后，曾同钟宛一起被卖入郁王府。后来钟宛随宁王几个幼子去了南疆，林思则留在了京中，暗中替钟宛照看京中之事。

手语比画得太慢，林思掏出纸笔，将要跟钟宛交代的事一一写下，钟宛打开手炉点上火，一边看一边烧了。

马车晃晃悠悠，车内静谧非常，只能听到马车吱呀和偶尔一两声火炭的噼啪声。一个时辰后，钟宛轻轻吐了一口气："跟我想的差不多。"

林思打手语：一切筹划得当，不必忧心。

钟宛点点头，静了片刻迟疑道："那谁……"

林思安静地看着钟宛，耐心等着。

钟宛自嘲一笑，低声道："就是……郁小王爷。"

林思看着钟宛，等着钟宛往下说。

钟宛腹诽林思不会说话也不会看人眼色，非要抽一鞭子才能动一下，只得主动问道："郁小王爷……怎么样？"

林思惜字如金：挺好。

两人相对无言，又安静了半盏茶的时间。

林思福至心灵，突然明白了，打手语：主子想知道他如何了？

钟宛不自在道："这就要进京了，我关心他一两句，没什么吧？"

林思想了下，重新拿起纸笔，写了起来。

钟宛慢慢看着。

"他比我小一岁。"钟宛把一页页纸放进手炉里，轻声道，"今年也二十有三了，怎么……还未娶亲？"

"该不是……被我散布的那些传言牵累了吧？"

林思摇头：不是。

林思重新提笔：三年前郁小王爷及冠，皇上和安国长公主替小王爷物色了不少名门闺秀，小王爷一概辞了，说不喜欢。

林思写下一串闺秀名字来，钟宛皱眉：“这都不喜欢？那他还想要什么样的？”

林思继续写道：郁小王爷说，想要惠阳公主。

惠阳公主，今上的四公主。

钟宛呛了下：“惠阳刚九岁……他是疯了？”

林思摇头：没疯，人挺好的。

钟宛失笑：“皇上那么宠他，别是真答应了？”

林思写道：没有，皇上盛怒，险些同小王爷动手。

钟宛心里一动，低声道：“我幼时陪宣瑞在宫中读书，听说过一则秘闻……”

林思点头：一直有人传，说郁小王爷其实是……

“嘘……”钟宛摇摇头。

林思顿了下，继续写道：皇上大怒，差点儿褫夺了小王爷的世子之位，还是公主连夜进宫，劝住了，最后……

林思写道：小王爷那么受宠，自然不了了之，皇上冷了郁小王爷两个月，之后恩宠如常，他的婚事也就这么耽误了。

钟宛一笑：“皇上对自己几位皇子怕也没这么好的脾气。”

钟宛又皱眉：“郁小王爷脾气虽然不太好，但也不至于此吧？他明知道这婚事成不了，何必故意去激怒皇上？”

林思摇头。

钟宛没懂：“摇头是什么意思？”

林思没再往下写，抬头认真地看着钟宛，打手语：详情我探听不到，但近年来，郁小王爷性情大变。如非必要，你不要见他。

三

“性情大变……”钟宛轻声重复了一遍，眉头微微皱起。求娶九岁公主这件事，是不太像他会做出来的。

林思以为钟宛听进去了，开始说别的事。

再过一个时辰就要进城了，林思马上就得走，钟宛不敢耽误时间，压下心头疑虑，打起精神听林思“说”。

林思写道：年初，三皇子又病了一场，险些没了。三皇子自小身子就不好，今年三十有四了，半个子嗣也无，太医院的大夫们不敢明说，但……怕是熬不了几年。

钟宛蹙眉，三皇子也要没了。

说起来皇上也是倒霉，前面两个皇子都夭折了，大皇子十二岁没的，二皇子三岁没的，中间还没了两个公主，好不容易有了三皇子，生下来就体弱多病，那么小心地养到现在，说没也要没了。

今上今年快六十岁了，膝下只剩三个皇子，半个皇孙也无。除了三皇子，就剩二十二岁的四皇子宣璟和二十岁的五皇子宣琼这俩齐全儿子了。

林思犹豫了下，没写，慢慢打手语：早年有相师说过，今上皇位来得不明不白，并非承天受命，自无法君师宇内。硬改天命，必伤子孙福祉，所以皇上的孩子大多活不下来。

钟宛不甚在意地说：“这不也活下来了好几个？成年且康健的皇子就有俩呢，够用了。”

林思皱眉。

“我懂你意思。”钟宛一笑，“皇上的子孙接连夭折，你担心他看到宣瑞、宣瑜会不太痛快，起别的心思。皇上今年突然让我们进京，八成也是因为这个。”

林思点头。

钟宛安抚他道：“所以来之前，我把这些事添油加醋地跟宣瑞说了，把他吓得几天吃不好、睡不着，这一路上忧思重重，人瘦了一圈，两眼无神，容色委顿非常，面圣时皇上看他那副样子，绝对能放心。”

林思忍不住笑了。

“所以这趟必须得来。”钟宛淡然道，“无论我们怎么避让都没用，他得自己看过才能信，才肯放过他们俩。”

林思稍稍放下心，又问起钟宛身体。

两人当年分开时，钟宛病得下不来床，林思一直担心着。

林思摸了一下钟宛的脉，比画：我听严叔说，你从那之后落下了病根，每逢天寒必然犯病，如今已经入冬了，你……

“小毛病，已经好得差不多了。”钟宛摆摆手，心思并不在自己身上，“你刚说……”

林思静静等着。

“你说……”钟宛抿了下嘴唇，“你说他……性情大变……”

绕了一圈，又回到了郁赦身上。

钟宛十三岁就认识郁赦了，同窗三年，之后他又被卖进了郁王府，同郁赦相处过半年，对郁赦算是熟悉，他想不出来这人能变成什么样。

林思就知道钟宛不会信，重新拿过纸，下笔如飞：你们走的第一年，宁王事毕，京中几厢安好。过了一年，好端端的，郁小王爷突然向圣上请旨，自请皇上夺去他世子之位。

钟宛哑然，半天道：“为……为什么啊？”

因安国长公主生了郁赦后不能再孕，皇上怜悯郁王爷子息单薄，赐过几个妾，郁王爷是有两个庶子的，郁赦要是没了世子之位，就要由庶子顶上了。

林思摇头：不知。

钟宛干笑：“先不说皇上会不会把他打死，公主呢？没被他气死？怎么教训他的？”

林思写道：公主怎么说的不知道，皇上盛怒，将郁小王爷软禁在宫里，管教了两个月才放出来。

钟宛哭笑不得："他就是在宫里长大的，这算哪门子软禁。"

林思继续：这事之后，郁小王爷又自请去北疆。

钟宛："……"

钟宛叹为观止："厉害了，这是要替他爹造反吗？"

先帝开国时封过六位异姓王，只有郁王府留下来了。郁家不但活下来了，还在朝中混得风生水起。但身为异姓王，很多事本就敏感，郁王爷深谙君臣之道，在军事上一向避嫌，不想居然被郁赦破了戒。

林思：郁王爷当天带着王印入宫，在大殿外跪了一个时辰，谁都劝不住，最后还是皇上亲自赶去扶起来的。

钟宛喃喃："先得罪公主，再触郁王爷的逆鳞，他是嫌命长吗……"

林思继续：是嫌命长。

钟宛无奈一笑。

林思接着道：过了一年，安国长公主无意间发现郁小王爷服食寒食散……

"什么？！"钟宛脸上的笑意散去，"他吃什么？"

林思在"寒食散"三个字上画了一个圈。

"他……"钟宛磨牙，"他怎么不直接去吃砒霜？后来怎么样了？"

林思写道：公主大怒，将郁小王爷关了足足半年，郁王爷请了皇命，将京中所有药房和京郊所有的道观都清理了一遍，杖杀了不少偷偷贩卖此药的奸人，直到半年后郁小王爷身体康复，郁王爷才收了手。

林思想了下，继续写道：又过了一年，郁小王爷……

一时竟写不完。

钟宛静静地看着，眉头越皱越紧。

方才他还奇怪，郁赦怎么会做出求娶九岁的惠阳公主的事，现在看这对郁赦来说还真不算出格了。

"他……"钟宛喃喃，"他这些年是怎么了？他到底有什么不顺心的，要这么作死？"

郁赦是安国长公主的独子，是先帝走的那年有的。当年安国长公主孕中经国丧，哀思过度，孩子险些没保住。之后公主又去为先帝守陵，孕期将至时，都没来得及回京，在皇陵别庄就生了。之后大约是伤了身子，再没有过孩子。

公主就这么一个儿子，自然是爱若珍宝，太后和今上也对这个孩子非常看重，郁赦的名和字都是今上起的。郁赦周岁时就被封为王世子，两岁就被接进了宫，饮食起居，一如皇子。

一如皇子，又不一样，皇子们还得明着暗着憋着劲儿争储，郁赦身为郁王府唯一的嫡子，一出生就是王世子，天生富贵双全的命，什么都不用愁。

他能有什么不痛快的，要这么糟践自己？

在钟宛记忆里，郁子宥秉性极佳。比起旁人，郁赦只是稍稍孤僻些，不爱跟别人打交道，眉心总似有股散不去的忧虑。和手段老辣的郁王爷不同，郁赦为人光明磊落，深知君子有所为有所不为，要不然……钟宛也不会有命活到现在。

林思见钟宛一直出神，拿起笔来写道：郁小王爷这几年好似换了一个人，行事乖张，性情阴鸷，去岁进了大理寺，种种手段令人胆寒。我有一次办事不力，落在他手上，险些被他直接杀了。

钟宛心中一凛。

林思怕钟宛担心，匆忙补道：无事，我提前知会了四皇子，四皇子将我的事转给了刑部，小事化了，稍查了查就将我放了。

四皇子宣璟，林思这些年一直躲在他府上。

林思在纸上重重写道：郁小王爷，并不念旧情。

钟宛深吸了一口气，点了点头。

钟宛倚在车窗边，静默半晌，还是不明白，低声道："那五年前，他为什么……"

林思疑惑地看着钟宛，没听懂。

钟宛慢慢道："五年前黔安府知州沈复进京述职时，打着我的旗号去郁王府打秋风，他……当真帮忙料理了。"

林思想起这事来了，写道：是很奇怪，或是当时郁小王爷还没这么疯？

纸终于用完了，林思打手语：说起来，就是这件事坐实了主子你和郁小王爷的传言。

钟宛满腹心事，抬眸："啊？"

林思比画：就是因为这件事，京中人信了关于你俩的传闻，大家都觉得郁小王爷同你交情不浅，才对你百般迁就。

钟宛静了片刻，道："你再说一遍？"

林思这个哑巴，说是说不出口的，只得再比画一遍：就是因为这件事，京中人信了关于你俩的传闻，大家都觉得郁小王爷同你交情不浅，才对你百般迁就。

林思以为钟宛是看不懂哪个手语，扯过一张纸，刚要找空白处写下来，就被钟宛笑着拦下了。

"你的手语都是我教的，我能不懂？"钟宛眼角微微弯了，忍笑，"我就是想听你再'说'一遍。"

林思哭笑不得，细想了一下，心底又难受起来。

钟宛倒是神色如常。

林思想了下，又比画道：京中刚传来流言时，大家都在议论，猜测郁小王爷为何对你百般容忍，郁小王爷听说了后，十分不快。

钟宛咳了一下，端起茶盏来喝了一口茶。

林思又比画：听四皇子说，皇上有日兴起，还特意问过郁小王爷，他跟你到底是什么关系。

钟宛呛了一下。

林思替钟宛拍了拍后背，继续道：那天，郁小王爷是铁青着脸从宫里出来的，回到府里不吃饭，也不说话，长公主以为他又顶撞了皇上，大晚上的，特意把他叫到公主府里去问话，估摸也是问的这个。从公主府里出来时，郁小王爷那脸都黑了……很黑很黑，黑得吓人，得亏他样貌英俊，不然太瘆人了。

钟宛忍笑忍得肚子疼。

林思道：自然，也就皇上和公主能当面问小王爷，别人见他如此，根本不敢在他面前提你半个字，但后来……

林思咽了一下口水，比画：不知是话听太多，麻木了，还是发现流言已然深入人心，郁小王爷心如死灰不再解释……几乎是被按头认了这桩事。

林思想了想，道：大约是听太多，自己都信了吧。京中没人敢在明面上提这事儿，但江南那边拿这事儿编曲做戏的都有。郁小王爷有年微服外出游历，在苏州画舫上听了一晚，走时还打赏了呢。

钟宛一脸惨不忍睹的表情，这下是真的不敢见郁赦了。

四

“万寿节之后，你跟我一起回黔安。”

马上就要进城了，钟宛吩咐林思：“有什么未了之事，你提早处置。”

林思一怔，比画：我不能走，我得留在京中帮你。

“不用了。”钟宛摇头，“见过宣瑞、宣瑜后，皇上应该就能彻底放心了，你留在这儿也没什么大用，不如跟我们回去。以后天高海阔，你跟着我安安稳稳地过日子。”

不等林思反驳，钟宛又道：“你也说了，郁赦并不念旧情，他上次睁一只眼、闭一只眼放过你了，下次呢？且四皇子和五皇子怕还有的斗，五皇子有郁王府的支持，四皇子不一定扛得住，你在他府上不安全，我不能把你留在这儿。”

林思想了下，没再坚持，犹豫着点点头。

钟宛拍拍他的肩膀：“去吧。”

林思给钟宛磕了个头，同来时一样，又悄悄地去了。钟宛掀开车帘，看了看不远处的城门，整了整衣冠。

钟宛担心被盘问，没下车，外面严平山去和礼部的小官还有守城的官吏交接文书，他们半月前就接到了黔安王府要来京中的消息，没怎么为难，远远地朝宣瑞的车驾行了礼，略问了问随行的仆役人数就引着众人进了城。

曾经的宁王府早被今上收回，修缮后，如今已是五皇子宣琼的府邸了。路过宁王府时，钟宛掀开了车帘。

今上刚继位时，至少在明面上对自己这个幼弟十分宽厚，封王赐府，亲选高门贵女赐婚，颇有一副长兄如父的架势。

当时宁王的外家钟府已经犯了事，钟家多女少男，出了两位皇妃，但本家男丁并不多，数得上号的基本全被牵连了，就一旁支小户里还有个男童，因为年纪太小才勉强没受牵累，后来辗转被宁王接进了府，认作义子，堵住了御史台的口。

有宁王如此庇护，钟宛才得以无忧无虑地长大。

深受宁王如此大恩，后来事变之时却险些没保住宣瑞，钟宛没脸看自己从小长大的地方，深吸一口气后，放下了车帘。

众人被带到了另一处府邸，地方不大，但还算精致。

严平山不善于跟这些小官吏打交道，钟宛自己拿了几个荷包揣在袖中，跳下车，走过去熟络地招呼了起来，将礼部的几个小官哄得满脸笑意。

“还请王爷在此好好歇息，最好稍稍梳洗一下。”一个小官笑着提点道，“申时前后，宫里大约就会来人请了。”

钟宛把荷包递上去：“多谢。”

将礼部的人好生送出去后，钟宛来不及歇，揉了揉酸疼的脖颈，去内院招呼众人先收拾小姐的房间，钟宛站在院里隔着门帘问道：“小姐的闺房布置得还行吗？”

宣从心被他从小看到大，并不避嫌，拿着一件狐裘披风走出来：“做了一路，终于缝好了，你看看合不合适。”

钟宛忙接过来，笑道：“原来这些天是给我做的，我以为是给你大哥……”

“你更怕冷。”比起天真顽劣的同胞弟弟，宣从心要早慧许多。她性子清冷，关心人时语气也是淡淡的：“京中果然很冷，早点去屋里待着吧，回来别又犯了病。”

“知道知道。”钟宛笑着将披风裹上，答应着，“这就去了。”

宣从心左右看了看，默默记下尺寸，道：“来不及改了，你先穿着，等晚上让人送来，我把领口收一收。”

钟宛哭笑不得：“折死我算了。”

宣从心没多话，说完就转身进屋了。

钟宛哪儿有空休息，又转身去了宣瑞院里。

宣瑞脸色很不好，一半是回到京中想起了陈年旧事，一半是被钟宛吓的。

钟宛也没想到宣瑞老大不小了这么不禁吓，有点愧意，倚在门口笑道：“王爷要是这么去面圣，圣上得以为咱们黔安穷得连王爷都吃不上饱饭呢。”

宣瑞知道钟宛在逗他，但还是笑不出来。他抿了抿干燥的嘴唇，满眼焦虑：“我从进城就心慌，脑子里全是七年前我一个人被困在王府的情景，父王走了，你也被人带走了，我……”

钟宛叹了口气，低声道：“是我不好，我当时也是一心想去找你，但郁王府那边消息里外不通，我……算了，都过去了。”

宣瑞担忧道：“他要是问我，问我……”

“他不会问让你为难的话，陈年旧事，他比你更不想提起。”钟宛正色道，“他就图个安心，你让他安心就是了。要是他真是想了结你，那就是往黔安送一壶毒酒的事，何必特意把你叫到这里来？还嫌史书不够编派的吗？”

宣瑞闻言脸色稍稍好看了些，钟宛轻声道：“都过去了，回来……我送你们去。”

“真的？”宣瑞眼睛一亮，“你陪我入宫？”

“当然是假的。”钟宛笑了，“我倒是想，进得去吗？我在宫外守着。”

宣瑞无奈一笑，但总算安心了些。

申时，宫里果然来人了，只传了宣瑞、宣瑜两个人。

钟宛充作仆役跟着去了，但连宫门口都没到就被拦了下来，宣瑞、宣瑜下马车，跟着宫里的人走了。

两人跟着太监们，一路小心，七拐八绕的，也不知走了多久，终于见到皇帝，磕上了头。

宣瑞根本不敢抬头，问什么答什么，说话的声音比蚊子大不了多少，还得靠老太监帮忙高声传话。

相较之下倒是小宣瑜应答更得当一些，宁王事变时他才两三岁，还不记事，这些年无忧无虑地长大，胆子比他大哥要大许多，被皇帝问话时，还抬眼看了皇帝一眼，心里暗暗诧异。

这个“皇伯父”年纪太大了一些，看上去得有六十了，做宣瑜的祖父都够岁数了。

崇安帝这几年老态渐现，说话中气有些不足。他细看了看小宣瑜，慈祥地笑了笑，问了问宣瑜的课业。

宣瑜还没说话，宣瑞先暗暗出了一身的冷汗。

当年，崇安帝也是这么问的宣瑞，隔日，他和钟宛就被送进了宫。

崇安帝……会不会借着这个由头，把宣瑜留在京中？

宣瑞忐忑不安间，崇安帝已随口考较了小宣瑜几句，宣瑜一一答了。

崇安帝满意地点点头，温声道：“很出息，你哥哥给你请的先生好吗？学问怎么样？严厉吗？”

宣瑜低头答道：“并未延师，是跟着……”

宣瑜虽小，但本能地觉得不能说出钟宛的名字来，顿了一下道：“跟着家里一个识字的管家学的。”

崇安帝沉默片刻，问道：“是归远在教导你吧？”

钟宛，字归远。宣瑜困惑地皱眉，这是怎么知道的？

崇安帝慢慢道：“有他教你，自然不会错。”崇安帝话说得很慢，似是在出神，过了好一会儿才道，“当年他若是入了殿试……”

小宣瑜静静听着，不敢接话，等了好久崇安帝也没往下说。崇安帝摆了摆手，没再问两人的课业，宣瑞暗暗松了一口气。

又叙了一会儿家常，天色渐晚，崇安帝精神似乎有点不济，赐了两人一桌御膳，让老太监带着两人去了。

宣瑞、宣瑜被带到小暖阁里，没了旁人，宣瑜低声问道：“怎么皇上一听说钟宛，就……”

皇上身边伺候的老太监带着传膳的人进来了，宣瑜马上闭嘴，老太监嘴角略略弯了一下，装没听见，自己给两人布菜。

“老奴方才听说，”老太监笑着说，“小殿下的课业，是钟少爷亲自教导的？”

宣瑜纳罕：“公公也知道钟宛？”

老太监身后一个小内侍掩嘴无声笑了下。

天下谁人不识钟宛呢？

小宣瑜明白过来他们是在笑话钟宛，脸气得有点发白。宣瑞横了宣瑜一眼，崇安帝身边的太监，也不是他们能得罪的。

宣瑜低头，硬邦邦地扒饭。

老太监扭头瞟了那小内侍一眼，一边布菜，一边不紧不慢道："自然是知道的，本朝最年轻的举人老爷，谁不晓得？"

宣瑜抬头，他并不知道钟宛原来这么厉害，一时呆了："啊？"

老太监笑了笑，慢悠悠道："钟家虽败落了，但宁王爷将他当儿子一般养大。这样的世家子，这样的出身，这样的才情，将来三省六部哪个衙门去不得？偏偏钟少爷心高气傲，要走科举正途，还走了个平步青云……春闱的解元，秋闱的会元，要不是……"老太监隐去不能说的话，"老奴听闻前朝最年轻的状元是十八岁，钟少爷当年若是能进殿试……"

"怕就是几朝间最年轻的状元郎了。"老太监抽出腰间拂尘，转身朝那个不晓事的小太监打了过去："不知天高地厚的狗才，滚下去！"

宫外，差点儿就连中三元的钟才子在寒风中立着，打了个喷嚏。

"真冷……"钟宛已经等了两个时辰，手炉里的炭都烧光了。他怕冻僵了腿，干脆下了车，来回走走，活动活动手脚。

已是戌时，天早黑透了，钟宛远远瞟着宫门口，心里其实不着急。

最坏的情况，也就是皇上将宣瑜留下当质子，但这个可能也很小。

将手握军权的藩王世子留在京中教养还说得通，留下宣瑜算什么？防什么？防着宣瑞在黔安集结几十口人造反吗？

黔安地广人稀、贫瘠如斯，隔三岔五地要朝廷赈灾，钟宛若是皇帝，听说黔安有人造反，第一个同意，巴不得这群穷鬼滚去另立山头，也省了连年的救济。

钟宛搓了搓僵硬的手，他两只手冻得没了知觉，现在全凭着胸口一腔热气撑着。

远处突然传来车马声，钟宛提起精神看了过去。车驾渐渐走近，马车上挂着的灯笼摇晃，上面赫然写着"郁"字。

钟宛心里咯噔一下。

郁王府的车马渐渐走近，钟宛心中思虑纷飞。

安国长公主有自己的车驾，不会是她。郁王府的闲杂旁支，绝不可能在这个时间从宫里出来。车里坐着的，只有可能是郁王爷和那个谁。

钟宛提了一口气，心中默念：郁王爷，郁王爷，郁王爷……

钟宛身旁的马车上挂着的是黔安王府的灯笼，对方不可能看不见。若车上是郁王爷，他不带理会，自然就走了，但若是郁赦……

无论郁赦有多受宠，毕竟还没袭爵，见到黔安王的车驾，还是要停车避让的。

郁王府的马车越走越近，寒风中，钟宛后背起了一层热汗。

片刻后，马车停了。

钟宛闭上眼，完了。郁赦的车马缓缓停在了路边，一个管事下了车，远远先行礼，继而起身小跑了过来。

钟宛心中一喜，大冷天里，郁赦不会愿意下车，应该是遣管事来问一句，知道车上没人，自然就走了。

管事迎上来，一抬头，愣了。

管事一下子就认出钟宛来了，大声道："钟……钟少爷？！"

钟宛崩溃，不能小点声吗？！

钟宛攥了攥被冻僵的手，深呼吸了一下，淡淡笑道："是我，王爷进宫了还没出来，还请郁小王爷先行。"

"猜到了。"管事上下看看钟宛，语气激动，"我先告诉主子去，您在这呢！"

"不不不……"钟宛被冷风呛了一下，咳了起来，"不不……"

那管事早已踩着风火轮一般跑回去了。

钟宛揪着领子咳得喘不上气，心中恨不得将那个管事生吃了。他远远地看着那管事跑到郁赦马车前，躬着身子低声说着什么。

完了、完了、完了……这次真完了……

钟宛心跳得飞快，盘算着一会儿该怎么应付郁赦。

那管事在郁赦车前站了许久，久到钟宛都怀疑郁赦是不是已经在安排御林军来射杀自己了。

“这是做……什么呢？”钟宛冻得话都说不清了，眯着眼，看着郁赦的车驾。

过了有半盏茶的工夫，那管事招呼一声，郁王府的车马动了起来，缓缓地，走了。

这就走了？钟宛静静地看着郁王府的车驾走远，不防突然被冷风灌进了肺，又惊天动地地咳了起来。

跟车的仆役忙过来扶钟宛，急切道：“您要不先回去？这……这……”

“没……没事。”钟宛扶着仆役缓了好一会儿，自嘲一笑，“是我自己吓唬自己，想、想多了。”钟宛看着郁赦车马渐行渐远，笑了一下。

郁赦性子变没变，跟自己都没什么关系。就算知道自己在这儿，又怎么了？下车跟自己叙个旧？那明日，大约京中所有人都知道自己和他在宫门口相会了。

钟宛忍不住笑了，那他可真就洗不清了。

钟宛吃了几口寒风，胸口一片冰凉，身上好似又有点发热。紧要关头，钟宛不敢拿自己的身体开玩笑，自己若是倒了，那几个孩子就真的六神无主了。

钟宛不敢硬撑，听了仆役的话，让他给自己叫个轿子，没让人跟着，自己上了小轿。

钟宛倚在轿中轻轻吐了一口气。

七年了，当年才情如斯的风流少年郎，已经沦落为话本里的笑柄。

没什么可见的了。

钟宛身上忽冷忽热，像睡着了，又像没睡着，迷迷糊糊地，做了梦。

梦里那人十几岁，不爱说话，坐在窗下静静地写着字，窗外满树桃花，在他肩头撒了点点落英。

轿夫抬着他摇摇晃晃不知走了多久，终于落了轿。

钟宛被震了一下，醒了。钟宛揉了揉眼睛，怔怔出神，那么沉默寡言、规行矩步的一个人，怎么会做出林思说的那些事？

钟宛被冻得浑身僵硬，正要吃力站起来时，轿帘被掀开了。

轿外，身形高大，披着墨色狐裘的郁子宥面无表情地掀起轿帘，一字一句道：“钟、归、远。”

五

钟宛一时间以为自己梦还没醒。

郁子宥长高了许多，眉眼更锋利了，少年时眉心那常年散不开的忧思化为戾气，给这张英俊的面庞添了几分阴骘之气。

钟宛心道：我这是醒了，还是没醒？要是醒了，我怎么会见着郁子宥？要是梦着……我怎么能将这人看得这么清楚？

钟宛发热发得两耳嗡嗡作响，脑中混沌不清，挣扎着想站起来，冻僵的双手双脚却像被灌了铅一般。他稍稍缓了一口气，扶着轿子起身，还没站稳，使不上力的两腿一软，直直倒了下来。

钟宛跪在雪地里，看着郁子宥的玄色靴子，觉得自己又在做梦了。

梦里是在十年前，钟宛入宫伴读不久的时候。

当时一同受教于史老太傅的，年纪相当的就是钟宛、郁赦，还有四皇子、五皇子四人。

这四人里，钟宛虽为伴读，但才情是最好的，将一众龙子凤孙压得死死的，一手好文章不单太傅喜欢，就连崇安帝偶尔考较他们时也频频夸赞。崇安帝当年还戏言问过钟宛，要不要进中书省。

进中书省做天子秘书，是要为天子草拟诏令的。

钟宛当时少年意气，并不懂藏锋，说自己不敢受皇帝如此殊遇，也让人小看了宁王府，但请皇帝在中书省给自己留把椅子，只待一个大比之年，他自然能明宣入紫宸。

崇安帝虽不确定钟宛真能少年登科，但很喜欢这明艳刺眼的少年意气，笑着应了钟宛所请，说明天就让宁王打一把椅子送去中书省给钟宛备着，把四皇子、五皇子两个气得牙痒痒。

五皇子宣琼嫉恨钟宛却只会出阴招，面上还假惺惺地跟钟宛客套；四皇子宣璟脾气暴、性子直，有什么不满都是当面来，在当天的酒宴上连连挤对钟宛，仗着自己酒量好把钟宛灌醉了。

钟宛醉了也没失态，只是有点迷糊，出宫的路上辨不清路，头又晕，就坐在一个凉亭里歇了歇。

那天，钟宛遇见了郁赦。许是外甥肖舅，郁赦眉宇间有几分像宁王，钟宛醉眼蒙眬，以为是宁王寻他来了。

钟宛自觉失态了，带着笑，规规矩矩跪下给“宁王”请安。

少年郁赦没听明白钟宛哼唧了些什么，轻声问他怎么了，钟宛以为宁王在训自己，仗着受宠，没脸没皮地，跪在地上扯住了“宁王”的衣摆，低声告饶：“我以后都不喝酒了，父亲饶了我……这一次。”

郁赦：“……”

青天白日，少年郁赦在御花园被人认了野爹。

钟宛说完这一句，扯着郁赦的衣角睡着了。郁赦动弹不得，犹豫了一下，将人扶了起来，钟宛醉得腿软手也软，根本站不住，最后……

钟宛跪在雪地里打了个冷战，天马行空地想，当年最后到底是怎么来着？是郁子宥把自己扛回去的吗？

那现在是怎么回事？这到底是不是做梦？

“钟宛。”郁赦静静地看着钟宛，淡淡问道，“我的桂花糕呢？”

钟宛胸中好似被蓦然捅了一刀，割得他五脏六腑生疼，瞬间就清醒了。

没在做梦，钟宛明白过来，自己入套了。

这轿子，那轿夫，都是郁赦准备的。

郁赦等了片刻，见钟宛不答，问道：“爬得起来吗？”

不是十年前了，宁王不会来寻他，如今的郁赦也没扶他一把的打算，钟宛咬着后槽牙，慢慢地站了起来。他烧得浑身都疼，勉强道：“请郁小王爷安。”

郁赦脸色阴晴不定，片刻后道：“进来吧。”

钟宛没带人，就算带着人也不可能从郁赦手里脱身，只能跟了进去。

钟宛跟在郁赦身后，余光扫过周围，看出来这里是郁王府别院。当年他落入奴籍，被郁赦买回来，就安置在这里。

郁赦将他一路带进了暖阁里，钟宛身上已经冻僵了，乍一进暖和地方，浑身微微发抖。

郁赦坐了下来，下人奉上热茶。他端起来，慢慢地尝了一口。

钟宛站在厅内静静地看着郁赦，郁赦相貌没变太多，但周身气质好似换了一个人一般。

郁赦将钟宛晾了有半盏茶的时间后，道："你穿得不少，还披着裘，在寒风里站一会儿，就冻成这样了？"郁赦微微眯着眼，"我记得你身子骨很好。"

钟宛想了下，斟酌着语气："自去黔南，水土不服，病了一场，从那以后身子就有点虚……让王爷看笑话了。"

郁赦把茶盏放在了桌上，淡淡道："不是实话。"

钟宛忍着针扎似的头疼，勉强应对："卑贱之身，不敢劳王爷费心。"

郁赦又静了片刻，问道："是不是跟我有关？"

钟宛头晕目眩的，摇摇头："没有。"

郁赦嗤笑一声，似乎要说钟宛在说假话，但终究没说出来，又开始品茶了。

钟宛心道：你要问什么就快点儿，等我一会儿晕死过去，你连假话都问不出来了。

郁赦独自品茶，好像把钟宛忘了一般。钟宛慢慢地活动着手指，心里清楚自己这会儿该把精力放在应对郁赦上，但还是忍不住走神。

郁赦果然变了好多。这些年，他到底怎么了？

钟宛年少时在宫里宫外行走，偶然听说过一则秘闻。

传闻，郁赦并非郁王爷亲子，而是崇安帝的私生子。

会传出这样的流言，自然是有道理的。

比如崇安帝对郁赦那超乎寻常的恩宠，相较之下，同龄的四皇子、五皇子都得靠边站；再比如崇安帝前面一直养不住的皇子们，长子、次子接连夭折，三子又是个病秧子。若郁赦真是崇安帝亲子，那按年岁算，排行老四，会不会是皇帝信了相师的话，也知道自己这帝位来得不明不白，会伤子孙福祉，见自己前三个儿子死的死、病的病，怕自己第四个儿子也养不住，所以才将郁赦送到了同胞妹妹安国长公主府里？

类似的佐证有许多，但钟宛听说了这个传闻时，并不相信。

第一，钟宛以前照着郁赦生辰往前推，发现崇安帝没有哪个妃嫔有可能在那一年生下郁赦。

自然，郁赦也可能是哪个没名没姓的宫人秘密生下的。但郁赦周岁就被封为王世子了，若真是崇安帝亲子，皇帝把自己儿子送给郁亲王当王世子，这就是在逼郁亲王造反。

郁亲王并不是不能生，庶子都有好几个了，却被迫立别人的儿子做世子，将父辈好不容易挣下的世袭罔替的王位拱手让人，他怎么肯？

钟宛不信郁亲王忠君能忠到这个份儿上，替人养儿子，顺便还要把祖宗基业一起送出去。

但是……

钟宛轻轻皱眉，崇安帝那么宠爱郁赦，为什么不肯给他一个公主呢？亲上加亲，又能维系加固和异姓亲王的姻亲关系，何乐而不为？

四公主确实太小了，但三公主和郁赦年龄相当，但崇安帝也没赐婚，且在郁赦求娶四公主时，少见地对他动了怒。

钟宛头疼欲裂，来不及想自己此刻的处境，倒是替郁赦焦心。

皇帝的儿子孙子接连夭亡，所以才开始不放心宣瑞、宣瑜，定要亲自见过。这个心思，旁人看不出来吗？

四皇子宣璟，五皇子宣琼，看不出来吗？他们连宁王的两个儿子都要忌惮，那对郁赦呢？

郁赦身世到底如何，崇安帝自己心里清楚，但宣璟、宣琼不会知道。

钟宛突然有点喘不上气来，这两位皇子，是不是已经将郁赦当皇子来防备了呢？

崇安帝这到底是真的宠爱郁赦，还是把他当靶子……

钟宛脑中嗡嗡作响，几乎站不住。他实在太难受了，一时没绷住，脱口问道："这些年这么折腾，你是想……避开争储之乱吗？"

郁赦愣了一下，突然笑了。

郁赦把茶盏放在案上，像听了个天大的笑话一般，自顾自笑了好一会儿，钟宛心里暗暗惊异，以前的郁赦，绝不会这样。

郁赦终于笑够了，轻咳一下，整了一下乱了的衣襟，摇头："不，我是生怕搅不进去。"

钟宛这会儿耳鸣又头疼，若不是太熟悉郁赦的声音，都听不出来这人说了什么。钟宛心里冒火："你根本不可能有希望，何必……"

郁赦顿了一下，明白钟宛想到了什么，又笑了起来，半晌道，"你想什么呢？"

郁赦收敛了笑意，平静道："我只是想让大家都不好过罢了。"

多年来，单是为了活下去就要耗尽心血的钟宛听了这话被气得险些站不稳。

钟宛失笑，自省自己是不是已被这些年的蝇营狗苟消磨掉了志气，不然怎么听到郁赦这话，很想替他父亲骂他几句呢。

活着不好吗？钟宛怒火攻心，眼睛都红了。

郁赦饶有兴味地看着钟宛，问道："钟宛……你是在关心我？"

钟宛没听清郁赦说了什么，茫然地抬眸。郁赦嗤笑："懂了……你只是想从我这里脱身，觉得关怀我几句，我会念着旧情，放了你，是不是？"

钟宛睁眼都费劲，现在全凭一口气撑着，要不是不想在郁赦面前失态，这会儿早找把椅子先坐下了。他只能依稀察觉出郁赦说话了，但说的什么，他一个字也听不见。

钟宛额上冷汗直冒，抬手捏了捏眉心，轻轻抽了一口气，无意识地道："子宥，我难受……"

郁赦一怔，片刻后道："煮碗姜汤来。"

下人抬头，忙答应着去了。

钟宛已经彻底烧迷糊了，十分不见外地哑声吩咐："多放点糖。"

郁赦："……"

下人也挺意外，看向郁赦，郁赦点了点头。

钟宛已经迷糊了，等再醒过来时，已经倚在郁赦原本坐的榻上了。多放了糖的姜汤被送了上来，钟宛顾不上别的，接过来灌了下去。

一碗姜汤进肚，钟宛脸上多了点血色。

郁赦一言不发，就这么看着钟宛。

下人又给钟宛端来一碗，钟宛一小口一小口地喝着，郁王府的下人很会做事，在姜汤里加了些祛风寒的药，都是好药材。一炷香后，他马上舒服多了。

身上舒服了，脑子就清楚了，他心里更焦急。

郁赦把自己弄到这里来，到底想做什么？

郁赦不说话，钟宛自然更不敢多言，两人相对无言，一个品茶，一个喝药。

过了好一会儿，郁赦突然道："钟宛……"

钟宛咽下最后一口姜汤，将小碗放在了桌上，隐隐察觉出，郁赦这是要给他个痛快了。

又是一阵令人窒息的寂静。

郁赦轻叩桌面，慢慢道："这些年，我几次扪心自问……"

钟宛抬眸：什么意思？要开始一起清算当年的事了吗？

郁赦似乎沉浸在自己的往事中，慢悠悠道："时时困惑，刻刻不解，我是不是……曾大病一场，烧坏了脑子。"

钟宛茫然："啊？"

"或者是不慎坠马，摔伤了头？"

钟宛愕然：这都什么跟什么？

郁赦淡淡道："每次，我自己都要信了那些你编派的事的时候……"

钟宛猛地呛了一下。

郁赦看了钟宛一眼，继续道："每一次，当我没法相信自己，当我动摇的时候，我都会问自小跟着我的老人，我是不是失忆过？不然，怎么那么多事儿，我一件都记不得了呢？"

钟宛撕心裂肺地咳了起来。

钟宛死死捂着嘴，这个关头，绝对、绝对、绝对不能笑出来。

郁赦既然能杀林思，那也能杀了自己。

但一想到少年郁赦崩溃得自我怀疑，抓着老仆追问自己是不是失忆了，钟宛实在忍不住了。

钟宛借着咳嗽，深深埋着头。

郁子宥平静地看着钟宛："笑，别憋着。"

钟宛使劲摇头。

郁子宥勾唇一笑："笑出来……笑一声，我让你哭一次。"

钟宛没来由地腿软了一下，本来忍得住的，但听了这话没绷住，漏了一声笑音。

郁子宥莞尔："很好，一声。"

钟宛狠狠掐了自己一把。他这会儿已经舒服多了，不敢再坐着，起身站了起来。

郁赦神色复杂地看了钟宛一会儿，突然道："你走吧。"

钟宛哑然，这就……让自己走了？

郁赦起身："我累了，你走吧。"

钟宛如蒙大赦，刚一转身，又听郁赦冷冷道："管好你那条不会叫的狗，别让他再来烦我。"

钟宛顿了一下，知道他说的是林思，"嗯"了一声，退了出来。

万寿节之后，他原本就要让林思回黔安的，自然不会再烦到郁赦。

回黔安王府的路上，钟宛心里几次挣扎。

钟宛原本计划得很好，让崇安帝彻底放下心后，带着自己的人回黔安，再也不回京，但这会儿突然又有点犹豫。

钟宛想了想郁赦的处境，心里十分不放心。反正宣瑞马上就用不着自己了，自己是不是能帮郁赦筹谋一二，劝他早早脱身呢……

钟宛瞬间又打消了这个念头。先不说这次能不能全身而退，自己坑了郁赦这么多次，他怎么可能相信自己会帮他。

钟宛紧了紧身上的狐裘，自嘲一笑，况且自己混到了这步田地，还有什么脸面再去找他？

郁赦大概只是想警告林思，才有了今日之事，以后……钟宛不觉得郁赦还会再见自己。

恶心还来不及呢。

三个月后，大家桥归桥、路归路，此生大约不会再相见了。

同一时刻的郁王府，别院的老管家伺候着郁赦就寝，温声道：“世子今天见钟少爷了？”

郁赦点点头。

“老奴也隔着门帘看了两眼，钟少爷个子又长高了许多，人也更俊秀了。”

郁赦没说话。

“坊间皆传世子和钟少爷交情甚笃，虽然这种传言并不耽误世家大族同咱们府上结亲，但钟少爷身份敏感，总归不太好。像今天这样，夜里避开众人见一次就算了，要是总见面……”

老管家欲言又止，郁赦微笑，明白老管家想说什么。

“你不想我再见他？”

老管家不敢管郁赦的事，低声道：“只是觉得没什么必要。”

“不，有必要。”

郁赦玩味一笑：“今天说了，敢笑一声，我让他哭一次，过几天……我得让他偿回来。”

六

钟宛回到黔安王府时天已蒙蒙亮了，因他没回来，府里多半人没睡。马车刚转过街口时就有人迎了出来，黔安王府的下人看到郁王府的车驾愣了一下，面面相觑。

“没、没事……”钟宛从车上下来，浑身无力，扶着一个家仆边往府里走边低声吩咐，“去告诉王爷和……两个小主人，我没事。”

一旁的家仆忙答应着跑进去传话了，钟宛意识模糊，怕自己一闭眼就醒不过来，又强打着精神道：“我醒之前，府中闭门谢客，去告诉严叔，让他想办法叫……叫哑巴来一趟，我有话要问。”

家仆没听明白，低声问道：“哑巴是谁？”

“严叔知道……”钟宛咳了两声，“如果是他来了，务必把我唤醒。”

家仆无奈应下，钟宛心头一松，就昏睡过去了。

钟宛心里存着许多事，睡着了也存着几分警惕。他心里乱，一个梦连着一个梦地做，睡得十分不安稳。

一会儿梦到崇安帝赐宴，自己被迫和宣瑞那个一根筋的二愣子拼酒，一杯接一杯。

钟宛当时也十分不受激，根本不懂什么叫能屈能伸，更学不来半分圆滑，被宣瑞冷嘲热讽了两句，就当真拼起了酒，喝得三魂七魄飞了一半后，宣瑞那杀才还要灌他，最后……好像是郁赦淡淡说了宣瑞一句“不可御前失态”，宣瑞也怕自己再喝下去要在崇安帝面前出丑，才愤愤不平地收了手。

一会儿又梦见北疆传来宁王投敌的消息，阖府不安，自己被诬陷和宁王传递消息，下了狱。

当时春闱刚过，他题了会元，之前三个月都被史老太傅拘在史府准备春闱，逼他一天作一篇文章，年都是在史府过的，三个月都没能出府，怎么可能和宁王传递消息？

钟宛心里清楚，这些人不过是想借自己这个“义子”之口拿到宁王投敌的证据。他虽年少，但有功名在身，那些人不敢动刑，就日日熬他，茶无好茶，饭无好饭，白天夜里连番审问恐吓，足足审了三个月。

有威逼：“钟少爷，您一直不开口，我们只能上书请旨，请宗人府协同审案，到时候有宗人府出面，就能跟瑞小世子问话了。”

有利诱：“您若是被宁王爷诓骗了，就说出来！皇上圣明，又是看着您长大的，素来爱重您，自会念在您将功折罪的分儿上不计较之前之事，钟少爷……您文采登科，如今只差临门一脚，再过十天可就是殿试了，只要您现在招供，就什么都不晚……”

钟宛死撑了一个月，人瘦脱了相，闻言垂着头，声音沙哑不似人声：“宣瑞乃宁王亲子，王爷遭此大难，他势必会被牵累，该吃的苦，我替不得。该受的罪，我担得，宣瑞亦担得。

“你们自可去请旨，我也想知道……宗人府敢不敢审十岁的孩子。

“殿试是在十一天后，我比你清楚，送我去殿试？呵……我已是白身，你居然能送我去殿试，你本事好大……”

又过了一个月，钟宛仍未松口，被熬得精神恍惚，审问他的人觉得只差最后一步了，便派一个人守在他的牢门口，反复对他说：宁王昨日已然招供了，宁王昨日已然招供了，宁王昨日已然招供了。

只待钟宛精神崩溃之时，顺着他们的话认罪。

钟宛知道自己不能疯，这口气一旦松了，宁王府上下就真的一个都活不得了。

钟宛清楚宁王不可能投敌，心里抱着一丝希望，宁王还没死，现在必然也在苦苦熬着。

宁王能熬下去，自己就不能吗？

钟宛当时被折磨得一口饭都吃不下，怕自己失了神志，要给自己找点事做，就倚在墙边，把送来的馒头掰成小块，隔着牢门，面无表情地拿馒头往那冲他念经的人脸上砸。

念经的人被砸了，惊得都没反应过来，被砸了半天才气得大骂，恼羞成怒，闪躲不及，又被汤汤水水的菜泼了一头。

审问他的人不敢让他饿死，不多时又送来了饭食，钟宛就攒起来，谁来了打谁。

过了半月，刑部尚书亲自来问，钟宛就向尚书举报之前审问他的人弄权舞弊，操控科考。隔日，许他去殿试的人就被收押了，关在钟宛隔壁，日日被钟宛砸饭泼汤。

又过了一个月，宁王薨在了北疆，钟宛在牢里喷了一口血，隔日，落入奴籍。

钟宛这样的人落了奴籍，有人不平，有人惋惜，有人感叹，更多的人是在看热闹。

钟宛才十几岁，相貌英俊是出了名的，买卖罪臣仆役是常事，但到了他身上，就多了一丝暧昧的意味。

钟宛才情动京城，这样的人要是能买进府里，把他踩在脚下，实在是件值得得意的事。

不讲究的世家子弟有的是，有特殊癖好的更不少，钟宛结了案的消息刚出来，往狱里递条子的人就挤破了门。

钟宛当时只剩半条命，依稀听到，有人要买他去扩充府内戏班子。

钟宛恹恹地想：行，我去给你唱“小寡妇上坟”。

还听到有人要买了他送给江南豪绅，钟宛心道这就算了，他不想出京。

又听说，四皇子宣璟也派人来了，但不慎让他母妃知道，被他母妃抓住了好一顿教训。

钟宛这几个月饱尝人情冷暖，听说宣璟要来买他，难得地咧嘴笑了一下。

宣璟对他没什么别的兴趣，拼着被母妃揍一顿也要买下他，不可能只是想折辱他。

得不偿失。

宣璟也没那么恨自己。

钟宛有点欣慰，觉得这个酒友没白交，打起精神托人给宣璟捎了一句话：你这才情，一辈子也比不上我。

据说宣璟被气得差点儿上房。

来人络绎不绝，竟跟狱卒做起了交易，钟宛不禁感叹，原来竟有这么多人惦记着自己。

真是……让人不知该喜该悲。

钟宛静静等着，狱中差役怕他寻死，日夜盯着他。

钟宛冷笑，自己为什么要死？他又不是女人，就算是女人，都到这会儿了，还顾得上名节吗？

那三个孩子……还不知如何呢。

钟宛没空替自己发愁，只想早点离了这里。

又等了几日，钟宛终于被人接走了。

买他的人看来还是个世家大户，很规矩，嘴很严，什么也探听不出来，马车摇摇晃晃，晃了好久，终于到了地方。

钟宛下了马车，抬头一看，险些又喷出一口血来。

郁王府。

真是人不可貌相，海水不可斗量。宣璟要买自己都会被揍一顿，郁赦却能扛住安国长公主和郁王爷两方，顺顺利利地把自己接过来，也是英雄出少年。

钟宛在梦里笑了一下，皱着眉翻了个身，感觉有人在拉他的手。

钟宛费力地睁开眼，好一会儿才看清，是林思来了。

林思满脸急切，又是摸钟宛的脉，又是拭钟宛的额头，钟宛勉强一笑："没事……就是冻着了，扶我起来。"

林思半跪着，将钟宛扶了起来。

钟宛也不知道自己睡了多久，已经退热了，精神还行。

钟宛抬手指了指一旁的书案："去……拿纸笔，我有话问你。"

林思拿了过来，钟宛却接了过去，原来是他自己要写。

这府邸是崇安帝安排的，钟宛并不能放心说话。

钟宛下笔飞快：当年见王爷最后一面的人是你，王爷最后说了什么，你再说一遍，写下来，一个字都不要错。

林思顿了下，接过钟宛的笔，写道：告诉归远，事已至此，保重自身，不要为我犯傻，我这三四个血亲，请他好好护住。

钟宛微微皱眉，写：三四个血亲？

林思点头。

钟宛继续写道：王妃早逝，王爷就三个孩子，明明白白的，为什么不直接说三个，要说三四个？

宁王死前，身边守着不少不相干的人，会不会是他有什么未尽之言不能明说，所以靠着这句话，想告诉钟宛什么呢？

林思皱眉。钟宛写：你是不是也怀疑过？

林思点头。钟宛写道：几年前，你落在郁赦手里，是因为什么？

林思比画：身世。钟宛心道：果然。

林思比画：并不是为了王爷临终的话，四殿下对郁小王爷的身世也颇多疑虑，是他派我查的，自然，也是我想查的。

钟宛写：结果如何？

林思摇头，又写：什么也没查出来。

钟宛倚在床边，怔怔出神。

林思打手语：主人怀疑郁小王爷是王爷的孩子？

钟宛沉吟："只是怀疑……但其实是说不通的。"

只是凭着宁王的一句"三四"就把这两人连起来，太牵强。

且郁赦是在先帝驾崩那年出生的，那年宁王刚满十五岁，怀胎要十月，再往前推，也就是宁王十四岁就……

钟宛失笑，怎么可能？林思揣摩着钟宛心思，大概知道他在想什么，耿直地比画：十四岁，也不是一定不行。

钟宛尴尬一笑，不想跟林思讨论自己义父的这种事，想了一下写道：当时王爷还是最受宠的六皇子，由先帝亲自教养，很有可能会继承大统，先帝不会让他在大婚前莫名其妙地有一个孩子。再者，安国长公主和郁王爷替宁王养儿子，还养得这么精心？

林思点头，比画：不可能，皇上连宣瑞都忌惮，又怎么可能留下年龄更大的郁小王爷？

钟宛叹口气，宁王亲子这事儿也不对，那到底是怎么回事呢？

“三四个血亲”，到底是随口一说，还是别有深意呢？

林思琢磨着“三四”两个字，又猜测着比画：那个四，会不会说的是主子你自己？

钟宛失笑，写道：我比郁赦还大一岁！王爷十三岁就跟人同房了吗？想什么呢！咱们钟府虽没了，但我实实在在是我爹娘生的。

林思低头笑了。

“那到底是谁呢……”

林思建议：主人要是想知道，我可以继续查下去，我不着急去南边。

“不行。”钟宛摇头，“他刚跟我提起你，你若再落在他手里，他绝对不会饶了你。”

林思无奈，钟宛想了一下，道：“或者……万寿节之后，咱俩换一换，你陪着他们回黔安，我留在京中。”

林思皱眉，比画：主人不是说，这次之后，再也没咱们什么事了吗？

钟宛沉默，若这三个孩子没事了，他也算对得起宁王的一番养育之恩了。以后的年岁，他是不是可以……

林思不想钟宛再陷泥淖，快速地比画：两个小主人刚十岁。

钟宛苦笑一下，觉得也是。

自宁王死后，这条命早就不是自己的了，哪儿来的自由去想旁的事？

七

林思同钟宛一起长大，对钟宛的心事不说完全知道，但总能猜到一二分。他抬头看看钟宛，打手语：主人难道是替郁小王爷忧心，所以才硬把郁赦的身世往宁王身上扯，说服自己留下来？

钟宛没说话。

宁王当年被构陷，郁王爷是出了力的，钟宛不该操心郁赦。

林思想了想，比画：出事之时，郁小王爷才十几岁，他并没插手，主人不用觉得对不起王爷。

钟宛揉了揉眉心，低声道："我分得清。"

林思当时虽然也被买进了郁王府，但一直在二门外喂马，对里面钟宛和郁赦的事知道得不多。他想了一下，直接问：主人当年和郁小王爷，有很深的交情吗？

钟宛呛了一下。

"没……"钟宛笑了，"你别是也信了那些谣言？没有的事。"

林思困惑地看着钟宛，彻底不明白了。

那为什么现在要替郁赦担心？

"他……"钟宛枕着自己的手臂倚在床头，悠悠道，"之前……虽跟他算是做了几年同窗，但整整三年，几乎没说过话。

"我不想给王爷惹事，从不跟那些人打交道。除了没事儿跟四皇子宣璟斗斗气，没和旁人有过什么牵扯。五皇子宣琼心狠手辣，总想给我要阴招、使绊子，我瞧不上他……郁赦是宣琼的表兄，两人同为一派，我自然也敬而远之。"

五皇子宣琼的母妃郁贵妃，是郁王爷的胞妹。

钟宛揉了揉酸疼的脖颈："说起来我当初也困惑，他跟我既不沾亲带故，又不像和宣璟似的打出了三分情谊，怎么会费那么大力气把我买去？"

林思略想了下，很直接地比画：那就是倾慕你的才情了。

"也没，真没。"钟宛摇头，"他把我丢在他们家别院后不见不问不理会，一丢就是三个月，大约是被他别院的管家闹烦了，才住过来。"

林思困惑：被管家闹烦？

钟宛要笑不笑，又咳了起来。

"我在别院躺了半个月，能下床后，当然是要跑啊……藏在装厨余的大桶里想被运出去，或是装成仆役从角门往外溜，每天半夜我还去找地方翻墙……他别院里没住着主家的人，一院子的仆役只管看着我。那管家怕我跑了，日夜盯着我，寸步不离。每天晚上，那管家都搬一把椅子放在我床头，坐在椅子上盯着我。"

钟宛咳了两声，忍笑："我就问那老管家啊……"

少年钟宛躺在床上，安安静静的，看上去人畜无害。

只有老管家知道这是个什么货，三个月了，钟宛就没一刻不想着往外跑的，管家苦口婆心地劝了："少爷你已经落了奴籍，就算出去了，没路引文书，连城都出不去。这辈子不能买房，不能购地，到哪儿都只能藏着躲着。"

钟宛心道：废话！本朝律法，我能不比你清楚？

管家被烦得没了耐心，还吓唬过他："少爷，我们世子可是拿着您的卖身契了。您要是跑了，世子只消知会衙门一声，不到一天就能把您抓回来，到时候，这窜逃的叛奴是要被官府黥面的，黥面您知道吧？"

钟宛根本不在乎，冷冷道："我一个男人，脸毁就毁了，还省得让人惦记呢！"

老管家急了："黥面是一辈子的事，你怎么能不在乎自己的脸呢……"

少年钟宛觉得莫名其妙："我本来就不要脸啊，管家！！！我都混到这份儿上了，还要脸？"

老管家被气得喘不上气来。

两人吵了一整天，入夜了，老管家觉得钟宛大概能消停会儿了，刚想在椅子上凑合着眯一会儿，钟宛突然开始说话了。

“冯伯，”钟宛半分睡意也无，看着床帐顶子，“咱俩谈谈心吧。”

冯管家：“……”

冯管家心里咒骂着这个不省心的，强打着精神硬邦邦道：“聊什么？！”

少年钟宛平静道：“我们聊聊令慈吧。”

冯管家愣了一下才反应过来自己老娘被调戏了，当即暴起，要跟钟宛动手。

“消消气，消消气，你急什么？”少年钟宛忙不迭地求饶，“我错了，我错了，我错了……您冷静点儿！您这个年纪真的不能老动怒，坐下！坐下……”

冯管家气得翘胡子，背过身坐下了，不想再理他，过了半炷香时间，刚迷糊的时候，钟宛又突然道：“冯伯，您有夫人吗？”

冯管家满脸煞气：“贱内尚在。”

钟宛点点头：“您和夫人，夫妻和睦吗？”

冯管家茫然，大晚上的……他为什么要跟一个半大孩子聊自己跟自己媳妇的事？

冯管家回头瞪了钟宛一眼：“有什么好不好的？这事儿跟少爷有关系吗？”

钟宛很坦然：“当然。”

冯管家压着火：“那请问钟少爷……跟您有什么关系呢？”

“夜半三更，你和我，”钟宛指指自己，又指指冯管家，“共处一室，我会担心您是要监守自盗，趁我睡着了……”

冯管家彻底疯了，站起来大怒道：“我今年五十四了！孙子跟你差不多大！我跟你……我我我……”

“别别别生气啊……”钟宛怕把他气出个好歹，忙劝着，“我就是说有这个可能！只是有可能……我怕您晚上看着我的睡颜，一时控制不住，不小心酿下苦果，您是有家室的人，我是不忍心……”

冯管家哪儿听他的，暴怒下指天画地地一顿诅咒发誓，气得脸都紫了。

“消消气……我错了。”钟宛连忙赔礼，“是我以小人之心度君子之腹了，我给您谢罪。”

钟宛下床亲自替冯管家倒了一杯茶。

冯管家喝了，缓了好一会儿才把气喘匀了。钟宛躺下了，冯管家又坐下了。

半个时辰后，冯管家依稀有了睡意，钟宛又道：“我想了一下，我刚才言辞很过分，抱歉，冯管家，您是个好人。”

冯管家：“……”

少年钟宛看着窗外，幽幽地说：“您看，今晚月色很好。”

冯管家起了一身鸡皮疙瘩。

钟宛自顾自道：“我们这会儿气氛也很融洽。”

冯管家觉得自己怕不是困疯了……哪儿就融洽了？

钟宛认真地说：“所以我给您唱个曲儿吧？”

冯管家麻木地看着钟宛。钟宛腼腆道：“我原本是要被买去当戏子的，所以在狱中……我就提前准备了一下。”

冯管家满目苍凉，不知该不该夸他未雨绸缪。

“那我开始了。”钟宛清了清嗓子，轻轻地拍着床板，“过了门子啊……犯了白裙儿……死了这个啊……当家的人儿……”

“闭嘴！！！”冯管家大怒，“对着主家唱这个！你找死吗？！”

“不行吗？”钟宛惋惜，“可我这半路出家的……只会唱‘小寡妇上坟’。”

冯管家气得手抖：“你……别唱了。”

钟宛点头：“好吧，您不要生气，我只是想唱个曲子哄您睡觉。”

“你别说话了！我自睡得着！！！”

钟宛保证，竖起三指对天发誓：“我闭嘴。”

冯管家悻悻，再次坐了下来。

钟宛说到做到，这次真的一个字也不说了。

半个时辰后，折腾一整天，又熬了半夜的冯管家睡得死沉死沉。

目光灼灼、一直未睡的少年钟宛嘴角微微勾起，坐了起来：“对不起您了……”

钟宛没敢穿鞋，就赤着脚轻轻地走出去，当夜逃出了别院。

当然，天还没亮就被抓回去了。

钟宛被按在别院堂屋里，还在耍光棍：“不就是黥面嘛，随便！老子这脸上就算刺了青，一样有大把的小姐姑娘想嫁给我！”

冯管家追了他一夜，这会儿已经累得半死不活了，气若游丝道：“你不怕是吧？行，行……你等着，你再等会儿。”

钟宛就等着，半个时辰后，等来了郁赦。

钟宛跪在地上，看到郁赦的第一眼就知道完蛋了，真能收拾自己的人来了。

八

不等钟宛恶人先告状，冯管家先跳了起来，指着钟宛的手指直哆嗦，口齿不清道："他、他……聊我娘……还唱曲儿……要给我上坟，三个月了！！！那……那墙那么高！那么高！！"

少年郁赦："……"这是在说什么？

冯管家终于把小主人请来了，一心要告状，奈何他奔波了一天一夜，又是累、又是气，已经说不清楚话了，偏偏他又着急，天上一句、地上一句，想到什么说什么，把郁赦说得一头雾水。

少年郁赦迷惘地看着把自己从小照顾到大的老成持重的冯管家，沉默片刻，转头吩咐随从："去请魏太医来。"

"我没疯！！"冯管家气地呛了一下，扶着椅子背指着钟宛，"是他……他……他他他！"

郁赦点头："我知道，你总得先看病。"

冯管家无法，拼尽全力瞪了钟宛一眼，奄奄一息地被下人们扶下去了。

堂屋里只剩下钟宛和郁赦两人了，两人对视一眼，相顾无言。

"你父亲做了这么漂亮的'好事'。"钟宛微微眯着眼，"你把我买来，不怕我宰了你，为王爷报仇？"

郁赦静了片刻，点头："想到过。"

"但还是把我弄来了，胆子真大。"钟宛上下看了郁赦一眼，喃喃，"没想到……年纪不太大，心倒不小"

郁赦表情僵了下："不是你想的那样。"

郁赦又道："况且我知道，你不会杀我。"

钟宛深吸了一口气，确实，他对郁赦下不了手。

“你猜对了。”钟宛起身，揉了揉被人拧得生疼的肩膀，“冤有头，债有主……我……我他娘的……”

钟宛一阵头晕目眩，没站稳，又跌跪了下来。

钟宛摔了个实在，疼得直抽气。

冯管家熬了一天一夜，可中间至少还打了个盹儿，钟宛则是活生生一直熬到现在，中间饭都没吃过几口，撑到现在，也有点站不住了。

少年郁赦想扶钟宛，但想到钟宛方才说的话，觉得自己不便碰他，只得吩咐下人把钟宛搀起来，送去了卧房。

不一会儿魏太医来了，给两人诊了脉，给钟宛留下了些外伤药，给冯管家开了一副静心安神的药。

冯管家病恹恹地养着，暂时没精力看管钟宛了，郁赦只得自己盯着他。

卧房里，钟宛不劳旁人动手，掀起裤脚，露出一片擦伤的腿，取了药膏往伤处涂。

郁赦坐在不远处的书案前看书，目不斜视。

不多一会儿，郁赦听到一片窸窸窣窣的声音，本能地抬头……

钟宛已经把两膝的伤口料理好了，站在床前，背对着郁赦，将上衣脱了下来，又将里面的中衣退下，露出了少年瘦削的筋骨。

钟宛皮肤很白，衬得伤处青青紫紫的，分外骇人。

钟宛自己给自己上药，一边上一边轻轻吹着，嘴里好像还在念叨什么。

郁赦下意识地屏息，原本以为钟宛是在骂骂咧咧地咒自己，没想到——钟宛一边轻声抽气一边小声说：“不疼、不疼、不疼、不疼……”

少年郁赦心里莫名软了一下，一时愣住了，不想钟宛正上好药转过身来，四目相接，郁赦飞速偏过了头，看向窗外。

钟宛：“……”

钟宛心里有点慌，虚张声势：“你、你想做什么？！”

郁赦心里也不太安稳，重新低头看书，一言不发。

钟宛警惕地看着郁赦，披上衣服，躺了下来。

钟宛困极了，但是不敢睡着。他还防备着郁赦。

一个时辰后，郁赦看完了一本书，批注都做好了，起身正要再取一本的时候，余光扫到钟宛，见他正瞪着一双熬得通红的眼，死撑着。

郁赦换了另一本书过来，沉声道：“你睡吧。”

钟宛梗着脖子：“我不困！”

郁赦掀开书，低声道：“我不会做什么。”

郁赦刚才真的就只是下意识地看了过去，想辩解，但不知道说什么，犹豫之后，起身拿了两片安息香，放进了桌上的小香炉里。

馥郁的香味慢慢传了出来，钟宛原本扛不住要睡了，但一闻到安息香的味道，眼睛瞬间瞪得如铜铃一般大。

郁赦看向桌上的香炉，明白了钟宛在害怕什么，急道：“我点香是为了，我……”

少年郁赦拿着书的手微微发抖，想替自己辩解又一时想不出该说些什么，急得耳朵都红了。

钟宛了无生趣地躺在床上，等着命运的审判：“是我小看你了。”

郁赦被憋得气息不稳，尽力克制着，一字一顿：“我、不、会、把、你、怎、么、样。”

钟宛一个字也不信，郁赦气得捡起书，继续看。

两人又僵持了半个时辰。

钟宛满眼血丝，就是较着劲不睡。

郁赦被气得胸口发闷。他觉得钟宛再这么熬着不行，捂着要气炸了的肺，起身，又往自己香炉里丢了几片安息香。

少年郁赦耿直得很。

床上的钟宛则欲哭无泪，他都要困死了，郁赦还烧香熏他！

他这会儿骨头都有点软了，怕是过不了多久就要睡过去。

钟宛看破了红尘，觉得自己逃不过去了，但到底还是不甘心，抬手狠咬了自己一口。

“你！”郁赦气结，“你做什么？！”

钟宛困得说话声音都小了：“我在等你料理了我……”

郁赦急道："我是让你睡觉！"

钟宛摇头："睡了就要遭祸了……"

"那你到底在等什么？！"郁赦气得口不择言，"就你现在这精神，我真的要做什么，不管醒着睡着，你挡得住吗？！是不是一定要我做了什么，你才能死心睡下？！"

钟宛终于等来了一句准话，起身大声道："你看！果然还是图谋不轨！"

"噗……"钟宛想起前事，笑得呛了一下，把手里的药碗递给严管家，"咯……不喝了。"

严平山欲言又止，端着药碗，好一会儿道："你前天晚上，是坐郁王府的车回来的？"

钟宛愣了下，点头："是。"

严平山踟蹰着问："见着郁小王爷了？"

郁家的别人，绝不会在大半夜明目张胆地当街劫人。

"见着了。"钟宛倚在床头，想到郁赦阴恻恻的那句"笑一声，让你哭一次"莫名觉得后背冷，咋舌道，"和少年时比……变了好多。"

九

严平山看着钟宛眼底淡淡的乌青，想说什么，没开口。

钟宛看出来了，抬眸："怎么了？有话就说。"

严平山心里憋不住事，低头看看手里端着的半碗药，低声道："你当年要是老老实实地在郁王府里，一辈子衣食无忧，现在也不至于把身子糟践成这样……"

钟宛笑了出来。

"我以为你要说什么呢。"钟宛扯过宣从心给他改好的狐裘披上了，不以为然，"我是能好好过下去，他们……"

"我天生贱命，过不了好日子。"

严平山听不了钟宛这么说自己，还要反驳，钟宛最不耐烦聊这个，起身道："问你个事儿。"

严平山说："什么？"

钟宛下床走到炭盆前坐着，伸出手在火盆上拢着，漫不经心道："严叔，王爷的血亲，还有几个？我是说宁王。"

严平山没太明白："王爷的血亲，那不多了？"

宁王出身皇族，血亲遍布京城，先不说宫中住着的那些人，死活攀连起来，怕是跟哪个世家大族都能牵扯上。

"我是说……自己家的。"钟宛声音低了点，"进京一趟不方便，下次不知何年何月了，我想等我病好了，避开别人走动一二，看哪家有些不宽裕的，周济周济，宣瑞他们不方便露面做这些事，我是无妨的。"

严平山一想，觉得也是，但仔细回想了一下，又实在说不出什么来。

“哪儿还有亲戚可走动？”严平山叹了口气，“王爷的外家钟府多少年前就败落了，当初费了那么大的劲儿，才勉强找到个已出了五服的你，哪儿还有旁人？”

钟宛微微蹙眉——“三四个血亲”。

若从亲戚上算，严平山说得不错，钟宛虽也姓钟，但同本家钟府早已出服，他和宁王甚至不能算是有亲，不然当年也不会没被牵累，活了下来。

钟宛绝不是宁王那三四个血亲里的人。

从严平山这是问不到什么了，钟宛无法，坐了片刻觉得腿疼，又躺回去了。

钟宛身体和少时相比差了许多，当年先是在刑部大牢被轮番严审了三个月，出来后又天天熬着跟冯管家斗智斗勇，但不管多苦多累，只要好好睡一觉就什么毛病都没了。现在则不行了，一场小风寒，拖拖拉拉了六七天才彻底大好。

钟宛在病中，黔安王府闭门谢客，对外只称黔安王宣瑞病了；如今他已经好了，宣瑞也不好继续装下去，该有的应酬就得有了。

好在愿意跟黔安王府走动的人并不多，宣瑞还应付得过来，不敢轻易应对的，能躲的都躲了。

“但这个躲不了。”钟宛刚把传旨的小太监好好打发走，“皇后娘娘明日要见小姐。”

宣瑞如临大敌，不安心道：“她……见从心做什么？”

“没见过，想看看？”钟宛也不确定，“不过我刚问过那个传旨的小公公了，不单是要见她，明天不少王妃、郡主会入宫，也有小姐这样的宗室女，应该……就是年底了，要一起见见吧。”

宣瑞忧心忡忡：“能不能说她病了？”

“最好不要。”钟宛沉吟片刻，“皇后办事周全，这会儿称病，皇后八成会赐医赏药的。等病好了，要不要去谢恩？皇后万一又想起她来，会不会再召见？”

钟宛摇摇头：“到时候单独见她，那还不如明天混在一堆人里呢，没事，明天还是我送她去。”

宣瑞想了想，觉得钟宛说得没错，无奈地点了点头。

翌日，钟宛亲自送宣从心入宫。

同上次一样，钟宛早早地下了马车，走到宣从心轿前叮嘱了几句，宣从心倒比她两个兄弟淡然，在轿子里答应着，还让钟宛快回马车上去，又吩咐他觉得冷了就回去，不必死等。

钟宛笑了下，摸了摸袖中的荷包，要去打点接引宣从心的内侍。

不等钟宛开腔，内侍躬身恭敬道："还请钟少爷一同入宫，圣上想见见您。"

钟宛微微眯起眼。

上次宣瑞、宣瑜进宫，说过什么、做过什么，宣瑜回来就一五一十地跟钟宛讲了。钟宛也想到崇安帝可能还不放心，也要见见自己，提点敲打几句。

该来的躲不掉，钟宛扶了向他行礼的内侍一把，把手里的荷包往对方手里一推，淡淡一笑："我们小姐头一次入宫，若有礼数不当之处，请公公多多照拂。"

宫中十年如一日，没什么变化，钟宛熟门熟路地被带到了崇安帝面前。

暖阁里，九龙香炉静静地吐着袅袅清香，微微晃动的帘帐后，崇安帝盘坐在榻上，正在看折子。

钟宛跪下行礼，崇安帝命内侍把帘帐掀开了。

一时无言。

跟宣瑞、宣瑜还能当成没什么事发生，不疼不痒地关怀几句，对着钟宛，饶是崇安帝，也装不下去了。

"这些年，还好吧？"

钟宛跪在地上，垂着眸子，并不抬头，须臾间把崇安帝的话在心里反复咀嚼了好几遍，崇安帝既然不说那些冠冕堂皇的客套话，钟宛就也得随着他，思虑片刻，低声道："还算好，起初不太适应南边的气候，住得久了也就那样，只是没想到，这次回京，反倒不习惯北边的严寒，来了没多久，府内上下病了大半。"

崇安帝沉吟片刻，道："旁人就罢了，你自小长在这里，也不习惯吗？"

钟宛道："不习惯了，自去南疆后，反复病了好几场，身子已经虚了，受不得寒了。"

又是一阵漫长的沉寂。

“你当年……”崇安帝想不太起来了，问道，“你现在，是不是还是奴籍？”

钟宛低头：“是。”

想起当年钟少爷的风采，崇安帝似乎自己也觉得很滑稽，摇摇头：“回头吩咐下去，你、你那卖身契……”

崇安帝想了想，问道：“是不是在子宥那儿呢？”

钟宛顿了下，点头：“大约是。”

“他今天也要入宫，等他来了，我让他给你送去。”崇安帝叹了一口气，“让人给你脱了奴籍，你以后……在黔安走动，也方便点。”

这会儿是不能装得受宠若惊的，那就真是在讥讽崇安帝了，钟宛垂眸，不咸不淡道：“谢圣上。”

崇安帝“嗯”了一声，又不说话了。

他不说话，钟宛就静静地跪着。

“史太傅……”崇安帝突然道，“你走的第二年就没了，你知道吗？”

史今史老太傅死后，钟宛曾在黔安守孝一年，怎么会不知道？

钟宛却摇头：“黔安路远，里外消息不通，老太傅走了好久我才接到讣闻，伤心了……好几天。”

崇安帝审视着钟宛，好似在猜测他说的是真是假。

崇安帝道：“史太傅……很疼你。”

钟宛深呼吸了一下，没说话。崇安帝扶着炕桌，回忆前事，慢慢道：“走之前，史今跟朕说……归远天资聪颖，本应一枝桂折，名扬天下，当年若未受牵累，汗青卷上必有他重重一笔。”

钟宛一脸平静，仿佛说的不是自己。

崇安帝继续道：“归远年少经难，这些年，吃的苦太多，将来若有一二不周之处，请圣上念在此子命苦不易，多加宽宥……”

钟宛嘴唇微微颤动，不肯让崇安帝看到，俯下身，将额头抵在了手背上，再起身时，神色已如常，好似在谢恩。

崇安帝长吁了一口气。

“没什么事了，去吧。”崇安帝精神不济地摆摆手，“藏书阁内还有些史今留下的手抄和字画，你想要，就去挑拣一二，再出宫吧。”

钟宛磕了个头，起身随着内侍出来了。

钟宛揉了揉眉心，想起自己少年时被史今拘在府中写文章的情景，淡淡笑了一下。

内侍带着钟宛进了藏书阁偏殿，引他到里间的一排书架前道：“史老太傅生前的手抄大半放在了这里，只是奴才们都不识字，匆忙间找出来，也分辨不清哪些是老太傅的，烦请钟少爷自行挑拣了。”

钟宛点头：“好。”

一堆陈年典籍堆在一起，一时半会儿厘不清，内侍交代好后就退下了，钟宛走到书架前，逐本翻看，准备把史太傅的手抄全部带走。

钟宛一本一本看下来，把前面的两个书架查看了一遍，只挑拣出了两三本。他揉了揉酸疼的眼，又走到更靠里的阁子里，刚拿起一本，突然察觉身后有异动，不等他转身，已被一人拦住了腰。

郁赦……

钟宛挣动了一下，郁赦手臂瞬间用力。

郁赦眯着眼：“你想要你的卖身契？”

钟宛一顿，没解释。

郁赦索性将钟宛押在了书架上，问道：“着急了？”

郁赦小声道：“想不想知道，我是怎么回皇上的？”

钟宛下意识问道：“怎么？”

郁赦声音里带着笑意：“我说……不给。”

钟宛奋力挣扎了一下，撞在了书架上，书架摇晃了一下，几本书啪啪地掉在了地上。

“闹。”郁赦死死地押着钟宛，微笑，“继续闹，我不怕丢人。”

十

到底是谁在闹？

成年的郁赦比钟宛高出两三寸来，力气也大得出奇，钟宛根本挣脱不得，无法，只能道："我当然要闹……我巴不得今天入宫的所有人都知道才好……郁小王爷，您大概忘了，我这些年是靠什么活下来的吧？"

郁赦垂眸，眼中不辨悲喜："我自然知道。"

钟宛尽力压低声音："外面那么多内侍，真闹起来，你以为传不出去吗？！让世家大族知道你跟我这种人来往密切，你的名声就不好了……"

钟宛脱口道："你怕是一辈子都娶不上郁王妃了！"

郁赦怔了一下，反而笑了出来："那就太好了。"

钟宛语塞："你……"

郁赦死死地攥着钟宛的手腕，低声问道："你要卖身契，是真的想走个干干净净，再不回京了？"

钟宛简直想一棍子敲死崇安帝那个老东西，半点儿忙没帮上，倒把郁赦激怒了，钟宛气结："不是我要的……我就算是想要，你会给？！"

郁赦想了一下，手上放松了一点，低声道："算你有点脑子。"

钟宛想象不到郁赦是怎么回拒崇安帝的，无力道："你……直接说不给？"

郁赦"嗯"了一声。

钟宛失笑。

"觉得我行事太乖张了，是不是？"郁赦微微侧过脸，看着钟宛，眯起眼睛，"其实我能更乖张……钟宛，你担心我娶不上郁王妃，是不是？"

郁赦微微俯下身，小声道："说起来，我的亲事，你是可以帮忙的？要不要帮忙？”

钟宛手指微微发抖。

郁赦低声道：“你帮不帮我？”

钟宛深呼吸了下，咬牙：“你到底想说什么？”

郁赦随口道：“你把宣从心嫁给我吧，她应该很听你话的，是不是？”

“你敢！”钟宛怒道，“郁赦你……”

钟宛又要挣扎，郁赦死死钳住钟宛的手腕，笑道：“你生什么气？她虽勉强还算是个宗室女，但黔安王府现在已经败落了，这亲事说起来……是她高攀了我吧？”

“是……”钟宛气得脸色发白，“从心年幼，资质未定，自小又无母亲教养，将来……怕是撑不起郁王府的门第，请王爷……高抬尊手。”

郁赦眯起眼：“她跟你朝夕相伴着长大……你想娶她？”

钟宛怒极：“她才几岁！你把我当什么人了？！”

郁赦又问道：“你当真不想娶？”

钟宛彻底没力气了，倚在书柜上，喘息片刻后道：“王爷……我现在是什么身份？她是什么身份？我娶她，你觉得可能吗？”

郁赦没说话。若当年没出事，宁王那么疼钟宛，也许真的会将女儿嫁给他。

钟宛见郁赦不出声，咬牙继续道：“郁小王爷……我从没想过别的，只想好好将这对龙凤胎养大，让宣瑜能顶门立户，让从心能嫁个年岁相当的清白门户。她也是凤子龙孙，别拿她……和我这种人牵扯，好不好？”

郁赦静了片刻，点头：“好。”

钟宛松了一口气，冷静了几分后，后悔自己如此失态。

郁赦这个疯子……怎么可能会娶从心？

先不说这门亲事有多门不当、户不对，他求娶惠阳公主，崇安帝都气得将他禁足，从心……也姓宣啊。

钟宛明白自己被郁赦耍了，低声问道：“你在借题发挥吗？”

郁赦被戳破心思，反而笑了：“你清楚我因为什么才要发挥就行了。”

钟宛心道：我从来就没想过要跟你讨卖身契。

郁赦偏过头看钟宛，问道：“你方才是不是要急哭了？”

“哭什么？”钟宛愣了一下，“上次哭还是我的爹娘死的时候……我没那么容易哭。”

郁赦回忆了下……自己确实没见过他哭。

知道宣从心不会有事，钟宛放松下来，也不跟郁赦较劲了，他刚病了一场，体力不济，心里一松，嘴里的话就不经脑子了：“手腕好疼……”

郁赦一怔。

钟宛轻轻挣扎了一下，无意识问道：“是不是掐红了？”

郁赦垂眸，把钟宛袖口挽起些许，果然……钟宛手腕上被攥出了几痕指印。

郁赦沉默片刻，道：“你说错话了。”

钟宛皱眉：“什么？”

郁赦重复道：“你说错话了。”

钟宛怀疑自己是不是又发热，烧迷糊脑子了，他说错什么了？

“你原本应当说，”郁赦放开了钟宛，沉声道，“我手腕好疼，你替我揉揉。”

钟宛：“……”我疯了吗？

郁赦继续道：“然后我没理会，你又说，真的疼，你轻一点。”

钟宛：“……”

钟宛终于被放开了，反而心惊胆战、头皮发麻地看着郁赦，这……到底是自己疯了，还是郁赦疯了？

郁赦瞟了钟宛一眼，从袖中拿出一本书，丢进了钟宛怀里。

钟宛：“……”

原来没疯，只是在背话本台词，但钟宛依旧觉得这事冲击很大。

京中居然有这种话本，北方民风竟也开放至此吗？

皇上，公主，郁王爷……随便是谁……都没人管管吗？郁赦为什么会看这个，居然还背下来了？

钟宛艰难问道：“郁小王爷……您天天带着这么一本话本出入宫禁，就……不觉得有什么不对吗？”钟宛试探道，“还是……特意带来给我看的？”

“不是给你准备的。”郁赦神情自然，“是我自己平日看的。”

钟宛："……"

郁赦看着钟宛的神色，笑了："类似的话本，我都看过。"

钟宛十分想找个地缝钻进去，苦苦挣扎着问道："你……图什么呢？"

"图个乐子啊。"郁赦莞尔，"有几年，我日子过得很不如意……唯一开心的事，就是看话本，我觉得很有趣。"

钟宛敏感道："什么不如意？"

郁赦静了片刻，一笑："不如意的事与你无关……这句是实话。"

钟宛还想再追问，郁赦打断他："这本写得还不错，艳而不俗，我挺喜欢。"

钟宛看个题目就要羞耻而死了，根本不想看里面的内容。

郁赦也看出来了，故意道："我送你，你要不要？"

钟宛讪讪："既然是小王爷心爱之物，我哪儿敢要？"

郁赦危险地眯起眼，钟宛迅速知道自己说错话了，硬改口道："但……我又实在很想看，不知小王爷……可否割爱？"

郁赦点头，大方道："送你了。"

钟宛松了一口气，把书揣进怀里，准备出宫就烧掉。

"一出宫门就丢了，是不是？"郁赦一眼看透了钟宛的心事，冷冷道，"你想应付我……"

钟宛心虚地低头："不敢，王爷所赠……必然是要日夜拜读的。"

"日夜就不必了。"郁赦给自己倒了一盏茶，喝了一口，"你就在这儿，完完整整地读一遍吧。"

钟宛："……"

钟宛问："你是认真的吗？"

郁赦点头："你读完了，我可能会放你走。"

郁赦威胁得十分明显："你知道，我是可以把你扣押在宫里的。"

钟宛崩溃，拿起书略翻了一下，心都凉了……

郁赦嘴角一点点挑了起来。

钟宛欲言又止："小王爷……"

郁赦淡淡道："不读也行，我今天就宰了林思。"

钟宛深吸一口气，七年了，林思在京中一直活得好好的，吃得饱、睡得着，自打自己来了京中，可怜的哑巴，日日命悬一线……

钟宛咬牙："我读。"

郁赦点点头："声音别太小，带点感情……开始吧。"

自作孽，不可活。

钟宛坐下来，翻开第一页两眼就开始发黑。

钟宛清了清嗓子："如今且说那某朝某代，有一公子，尤为多情……"

钟宛浑浑噩噩地开始想，有关郁赦的身世，是不是自己想多了呢？

什么内情，什么私生……长年累月地读这种东西，好人也得性情大变吧……

十一

郁赦静静坐在一边，神色自然地听着钟宛念话本。

民间话本，写得再好在两人面前也略显粗糙，有不通不顺之处，钟宛念的时候当场就给改了。只是没想到郁小王爷过目不忘，早已逐字逐句熟记在心，故而每次听到他的校对，嘴角都微微勾起。

相较而言，钟宛简直如坐针毡。

前面就算了，读到后面，钟宛仗着自己才情过人，略了好些句子，再将前后润色一番，妄想瞒天过海。

可惜骗不过郁赦。

郁赦品着茶，打断他："你少读了一句……翻回去，重读。"

钟宛："……"

"他再也撑不住，他……"钟宛闭上眼静了静心，睁开眼继续念道，"他……他……"

郁赦好整以暇地看着钟宛，眼底带着几分戏谑。

钟宛终于绷不住了，将书摔到桌上："他不想读了！"

郁赦撑不住，闷声笑了起来。

钟宛耳朵微微红了，偏过头看向窗外，磨牙："你以前……明明什么都不懂……"

"后来我就全懂了。"郁赦笑了好一会儿才停下来，把话本拿起来，抚平封皮上被钟宛摔出的折痕，"好看吗？"

钟宛咬牙："好、看。"

郁赦笑了："那回头我再给你送些。"

钟宛声音发颤：“你……还有许多？”

郁赦点头：“自然，郁王府书斋里，有十来个书柜里都是此类话本，比这本好看的有很多。”

“郁王爷他……”钟宛难以置信地看着郁赦，“他老人家知道自己府中书斋里都是这种话本吗？”

郁赦神情愉悦地点头：“自然知道。”

钟宛艰难道：“没……打死您吗？”

郁赦摇头：“他从未对我动过手。”

钟宛不死心：“公主呢？皇上呢？”

郁赦笑了：“没人管得了我。”

钟宛喃喃：“看出来了……”

郁赦脸上的笑意渐渐散去：“只是收藏点儿话本而已，又没做别的什么，他们很知足了，并不会管我太多……大家都清楚，让我闲下来，没事做，不痛快了……可能更麻烦。”

钟宛心道：比如去奏请崇安帝，要求夺了你的世子之位；再比如自请去北疆带兵，让郁王府和崇安帝的关系变得微妙紧张。

钟宛神色复杂地看着郁赦，很想知道这些年到底发生了什么。

“你就不能……”钟宛忍不住道，“好好的？”

郁赦抬眸看着钟宛，一笑：“不能。”

不等钟宛再问为什么，郁赦又道：“我说了……我只是想让大家都不好过。”

“这本书送你了。”郁赦突然就下了逐客令，“你走吧。”

钟宛却不着急了，动作迟缓地收拾着史老太傅的手抄，包裹好抱起来，犹豫片刻，道：“史太傅……”

郁赦看向钟宛。

钟宛道：“老太傅……曾跟我说过你。”

郁赦挑眉：“那个老东西并不喜欢我……对我从不假以辞色，他说我什么了？”

钟宛垂眸：“子宥同郁王爷不同，秉性良善。”

郁赦好似十分不屑："他什么时候说的？"

是钟宛春试前在史府小住，偶然和史今聊起郁赦时，史今说的。

钟宛隐去实情，暗暗捏了一把汗，赌了一把："是在我去黔安的头一年的时候，太傅给我的信中提及的。"

郁赦不置可否，不在意道："原来如此……他要是能活到现在，大概就不会这么想了。"

钟宛确定了，就是自己离开京中的第一年，郁赦出了什么事。

从藏书阁出来后，宣从心也刚刚被内侍送出来，两人一同回了黔安王府。

书房里，钟宛捏着话本，眉头紧锁。

他走的第一年，京中明明一切安好，郁赦能遇到什么事，以致他性情大变？或者……是他知道了什么事？会不会是他身世真如传言那般，有些蹊跷，而他恰巧在那时知道了内情？

可这也说不通，就算他真的是崇安帝的私生子，这就能将他逼成这样？

现在的郁赦，疯起来不想让任何人好过，这个"任何人"，也包括郁王爷。郁王爷待他如亲子，替别人养儿子本就很倒霉了，为什么也要被郁赦这样报复？

钟宛深深记得，七年前的郁赦，明明是很敬重自己父王的，对安国长公主也很孝顺。

钟宛拿着话本来回翻，心里一团乱麻。

好好的子宥……到底是怎么了？

"当年我那么作死，都没把他逼疯……"钟宛自言自语，"这样的人……当时能因为什么事彻底崩溃，连活也不想活，要去吃寒食散……"

同一时刻，在郁王府别院中，郁赦倚在窗边的贵妃榻上，轻轻地吹着口哨，逗弄着廊上挂着的一只鸟儿。

"世子。"冯管家捧着一条狐皮毯子过来，替郁赦盖在了腿上，"外面天冷，待一会儿就把窗户关上吧。"

"不急。"郁赦吩咐，"替我去拿两本书，架子上的，随便什么。"

想起架子上那些书，冯管家有点牙疼，但还是老老实实地去取了。

不多时送了来，郁赦抬手接过，道："我在宫里又见着钟宛了。"

冯管家脸色一变，"钟宛"这俩字对他来说，就是煞星魔障。

郁赦抬头看了他一眼，莞尔："放心……他比以前懂事了很多。"郁赦轻轻摩挲着手里话本的封皮，"非常识大体，顾大局，被我气了半天……为了不得罪我，居然都忍了。

冯管家讪讪道："这不是很好？都是大人了，当然不能像小时候一样。"冯管家揣摩着郁赦的心意，又道，"不过……说起来，那还是少时张扬不羁的样子招人喜欢，若真没脾气了，倒……也没意思了。"

"不啊。"郁赦完全不这么觉得，"一样有意思。"

冯管家讷讷，心道：钟少爷，我可是帮过你了。

郁赦吹了一声口哨，引着窗外的鸟跟着叫，逗了一会儿道："钟宛来咱们府上半年多的时候，有一次，我同他打赌打输了……你知道，我那会儿什么都不会，什么都不懂，同他玩什么都是被他耍得团团转，我输了，便许他带他出去透气。"郁赦看着窗外的大雪，缓缓道，"我们去了城西的珍宝斋，恰巧遇见了史老太傅的小儿子，那个比他父亲还要死板的史小公子史宏。

"史宏看到钟宛，鼻子不是鼻子，眼睛不是眼睛，厉声质问他明明已考取功名，在御前有一席之地，却无法为宁王做证翻案，是为无能。

"身为宁王义子，受宁王养育大恩，在宁王死后却不戴孝，脸上半分哀思也无，是为不忠不孝。

"宁王遗孤如今惶惶不可终日，身为义兄，却无半点相助，是为忘恩负义。

"为苟活于世，委身仇敌之子，是为寡廉鲜耻。"

史宏那铿锵有力、正气浩然的责问言犹在耳："你这样的人……居然也有脸苟活于世！"

冯管家不知道还有这段事，气得浑身发抖："他凭什么这么说？！当时那个情形，钟少爷一个半大孩子，能做什么？！他是能一头碰死在牢里，还是揣着刀去闯午门？！苟活？他不苟活，宁王那几个孩子是怎么活到今天的？这个史宏……"

"我当时也气得浑身打战……"郁赦看着窗外，"但钟宛一句也没辩驳，反嘱咐史宏，说史太傅年纪大了，大雪天里，老人家骨头松，腿脚又不好，要小心。”

冯管家难以置信地看着郁赦。

“后来我才知道，那天他出门，也是为了探听宁王那几个孩子的事。”郁赦看着窗外，“你看……他就是这样的人。”

这样的人，是耻于将自己的情深义重摊开给旁人看的。

“装乖，装不在意……不过是那臭毛病犯了，或者是装习惯了，改不过来了。”

郁赦掀开书，喃喃自语：“他变什么了？明明没有，你看……就算是后来我让他走了，我不是也托他的福，活下来了吗？”

冯管家不自觉地想起六年前的事。

六年前，也是在这别院中，知晓了前尘旧事的郁赦将自己关在房中，三日未沾米水，披头散发，眼中尽是血丝，几欲赴死。

冯管家当时真的以为，小主人会将自己困死在房中。

好巧不巧，两个月前被郁赦派到黔安探听钟宛情况的家仆回来了。

冯管家在郁赦卧房外拍了半个时辰的门，身上没半点人气的郁赦才将门闩抽开，将门打开了一条缝。

郁赦面如白纸，唇上带着点点血痕，声音沙哑：“他……怎么样了？”

冯管家忙将风尘仆仆的家仆揪了过来，家仆什么也不知道，见郁赦这副仿若厉鬼的样子，吓得一句话也说不出来了。

郁赦冷笑了一声，没心思再听，转身就要关门，冯管家急得在家仆后脑上狠拍了一下：“有话快说！”

家仆瑟瑟发抖，断断续续道：“没……没见着钟少爷，但……但听、听到了钟少爷最近的一则传闻，听、听人说，钟少爷在黔安，逮着个人就说，说、说……”

冯管家恨铁不成钢，踹了家仆一脚：“钟少爷说什么了？！”

家仆被踹倒在了地上，破罐破摔，磕头大哭道：“钟少爷说，郁子宥无情无义！”

郁赦目眦欲裂，几口呼吸后，“哇”地一口将连日来郁结于心的血吐了出来。

冯管家松了一口气，忙替他拍打着，哄道："世子你可不能有事，你这要是有个好歹，你的事儿，就一辈子也说不清了！他没准还要给你戴孝！唱'小寡妇上坟'！"

郁赦喘了半晌，声音发抖："他……他当真……"

家仆叩头："当真！"

"我呸！"冯管家后知后觉地扇了自己一巴掌，"说什么呢！世子你一定没事！你就是为了洗干净这屎盆子，也得好好活着！"

"他……他……"

郁赦"他"了半日也没说出个所以然，突然喘息着大笑了起来，癫狂若疯子。

当日，郁赦开始吃饭吃药，过了半月，身体大好，但性情一点一点地变了。

章贰

身世

十二

钟宛白天在藏书阁跟郁赦斗智斗勇了一番，回家后精神不济，晚上早早地就躺下了。他觉少，睡得早，半夜就醒了，在床上翻来覆去睡不着。

初来京中时，听林思说了郁赦这几年的事，钟宛还怀揣一丝希望，是皇帝他们太骄纵郁赦，生生将他宠坏了。毕竟自己当年离京时，郁赦才十几岁，少年人心性不定，长大后如何都有可能。但近半月两次同郁赦接触，钟宛暗暗心惊。

现在的郁赦，性情乖戾，眼中带着藏都藏不住的森森戾气，好似随时准备着拉上所有人一起死。

这股深深的怨气……到底是从哪儿来的？

钟宛枕在自己手臂上，心烦意乱，刚要起身点灯时，听到了窗棂微微响动的声音。

钟宛屏息，片刻后，窗户外有人轻轻敲了三下。

钟宛松了一口气，起身披上衣裳，下床把窗户打开，林思轻盈地翻身进来，没带出一点儿声音。

“你来做什么？”钟宛点上灯，轻声道，“不是跟你说了，我不叫你，不要过来。”

林思给钟宛行礼，来不及找纸笔，打手势道：郁小王爷的事，我查出了一些眉目。

钟宛快步走到桌前，写：如何？

林思打手势：先问主人一句，可否知晓郁小王爷生辰？

钟宛点头，写道：天和元年三月十六卯时生。

钟宛曾和郁赦同吃同住了半年，那会儿郁赦年纪还小，身上带着辟邪的桃木符牌，钟宛记得，那小小的木牌上刻着“三月生”，钟宛有次拿着那个小木牌打趣郁赦，问他生辰，他亲口说的。

林思比画：主人确定吗？

钟宛顿了下，眉头拧起，写：什么意思？

一块辟邪木牌而已，京中哪个寺庙里都能请来，自然不能当作证据。

而且这能怎么确定？钟宛又没看着郁赦出生，且郁赦是安国长公主为先帝守灵时生在皇陵别庄的，相传当年长公主早产了半月，京中的太后都没能来得及送太医和安胎嬷嬷过去，就是皇陵别庄的一个老太医临时接生的。情形到底如何，知道的人本来就很少，只知道长公主早产加难产，将养了许久才缓过来，但那之后再也不能有孩子了。

林思比画：郁小王爷的这个生辰，同我近日查到的，略有出入。

钟宛突然有点心悸，隐隐猜到什么了，但不死心。

钟宛坐了下来，低声道：“你说。”

林思打手语：四殿下这边，这几年一直在暗暗探查郁小王爷身世，我出力不少，但一无所获，四殿下近年来本没了这个心思，可近日，四殿下从安插在五殿下那边的探子口中得知了些内情。

钟宛眼中闪过一抹冷光：“都在查……呵，郁赦是宣琼的亲表兄，连他都在查……”

林思点头，继续比画道：就因为沾亲，方便许多，故而查到的比我们多一些。五殿下查到，安国长公主是太裕四十七年六月由太医院的胡太医诊出了喜脉，当年的脉案，现下就在五殿下府中。

太裕四十七年，先帝走的那一年。

钟宛蹙眉，这没问题。

长公主在六月时有了身孕，先帝是在转过年来正月时驾崩的，当时长公主孕中哀思过度，还险些出了事，过后跟去皇陵，在三月产下了郁赦。

林思比画：关键是，五殿下查到，当年三月，皇陵别庄中，并无婴儿降生。

钟宛心跳渐渐加快，突然有点目眩，定了定神，写道：证据？

林思比画：在皇陵别庄伺候的人，到现在还活着的没几个了，苦苦寻觅到了一两个，也是粗使仆役，并不知内情。但听他们说，整个三月里，皇陵别庄不闻一声婴儿啼哭。

钟宛忍着目眩，写：也许郁赦生来不爱哭？他不是早产的吗？早生的婴儿体弱，可能哭不出什么声音来……

林思摇头：那也不对，若真是体弱得哭都哭不出，那太医们应当忙乱非常，毕竟这是长公主和郁王爷的嫡长子，但太后派来的人进进出出，也没看出他们有多急切，甚至听说，伺候长公主的嬷嬷传话，长公主产后怕见光又不能被风吹，所以根本没什么人进过产房。

钟宛深吸了一口气，写：那是何时才听到哭声的？

钟宛抬头看着林思，怀揣着几分希望，问道："四月？"

顺产应该是在四月，或是记录有异呢？林思摇头。

钟宛写：五月？林思继续摇头。

钟宛指尖微微发抖：六月？

林思比画：长公主一直在皇陵别庄将养到了七月，那会儿，原本伺候的仆役已换了几轮，就连世世代代交替的守陵人都被换了大半，五殿下找到的这个粗使仆役就是在这个时候被换走的。他走的当日，终于在皇陵别庄听到了婴儿啼哭声。

林思拭去额间汗珠，打手语：当日，正是七月十五。

钟宛把手里的毛笔放下了。

安国长公主在头年六月被诊出了喜脉，隔年七月十五孩子才出来……这孩子无论如何都不是她的。

七月十五……鬼节，最差的日子。

林思打手语：那仆役走后，没隔几日就听人说，皇陵别庄的管事在寻奶妈。

林思又道：又过了两三天，安国长公主带着小世子回京了。

钟宛面色沉寂，飞快写道：回来时有没有带着什么不能见风的人？安国长公主身边有没有什么身份特殊的人？回京后，长公主有没有安排什么人去庄子上养着？

林思摇头：没有，什么也没有，长公主带回来的人，个个有名有姓，没任何特殊之处。

钟宛咬牙。

那个女人，显然在产下郁赦当日就被处理了。

林思比画：两种可能，郁小王爷的生母身份极其低微，长公主无需顾虑，不想以后麻烦，所以轻轻松松地就处理了她，或者是……

钟宛心道：还有一种可能，“她”的身份不能见光。

世人只要看到“她”，就能知晓更多秘密。

这人是谁?

钟宛现在来不及想这个，看向林思，正色写道：有没有可能，把那份脉案从宣琼那儿偷出来?

只要毁了那份脉案，这桩旧事就能判成糊涂账。

生辰可以记错，长公主可以忘了，只要不能证明安国长公主是在六月怀孕就好。

一怀一生，只要把一边的铁证毁了，他们就永远查不清楚。

林思为难地看着钟宛。

钟宛苦笑，自己糊涂了。这么要紧的东西，宣琼不会轻易让人拿了去，且就算通过林思真的将那脉案偷出来，自然也就落在了宣璟手里。

在他们两个谁手里，其实都是一样的。

宣琼想当太子，宣璟就不想吗?

崇安帝对郁赦的偏爱早就引得旁人起疑了，四皇子和五皇子针锋相对之余，会不会暗暗揣测，自己这番争斗是在为他人做嫁衣?

万一郁赦的生父是崇安帝呢?

万一将来山陵崩，崇安帝在临终前颁一纸诏书，表明了郁赦的身世呢?

那这些年的明争暗斗，不就成了笑话?

若郁赦真是崇安帝的私生之子，一旦宣璟、宣琼查清真相，恼羞之际，第一个就要除掉他。

钟宛咬牙：“他这个处境……”

林思知晓钟宛心事，劝道：如今只确定了郁小王爷非安国长公主所生，但他生父是谁尚不得知，不能判定什么，他们还不敢轻易动手，且……

林思想到了一种可能，比画：没准，将来皇帝驾崩，真就是郁小王爷他……

林思指了指天，意思不言而喻。

钟宛头疼欲裂："你忘了郁王爷？"

林思一时没反应过来。

钟宛拿起毛笔，飞快写道：郁王爷是宣琼的亲舅舅！一个是旁人的儿子，另一个是自己亲外甥，你若是他，你扶持谁？！

林思不比钟宛通透，想了片刻，心里咯噔一下。

林思迟疑了一下，不确定道：主人是说，郁王爷这些年其实是……

钟宛疲惫不已："我不知道……"

钟宛看着跳动的烛火，淡淡道："我只知道，世人无利不起早。"

林思只得勉强劝慰：一切还都是猜测。

真让这群人查出什么来，就都晚了。

钟宛将书案上的纸张尽数丢进炭盆里，火苗舔了上来，轰地蹿起了尺来高。

钟宛道："万寿节后，你随几个孩子回黔安，我留在京中。"

十三

林思忙摇头：你多年来耗尽心血，好不容易要摆脱京中是非了，现在又跑回来做什么？

林思目光复杂地看着钟宛，神情焦急，急切地抬手往正房方向指了指，掌心向下画了一个圈，向下压了压，又快速地指了指钟宛，摊开手掌前后晃了一下，手指向上指了指钟宛，指着自己太阳穴飞快地画了两个圈。

他们、已经长大、你、该、替自己、打算了。

钟宛怔怔出神，片刻后自嘲一笑："替自己打算？我早就忘了怎么替自己打算了……"

林思急道：他以后如何，跟我们又没关系！

钟宛语塞，确实，他跟郁赦没什么关系。

"他……"钟宛胡乱道，"我们毕竟也曾有过不浅的交情。"

林思一言难尽地看着钟宛，打手语："不浅的交情，这事儿郁小王爷认吗？"

自然是不认的。

钟宛不想跟林思掰扯这个，道："总之就这样定了，这事儿你也不要再查，身世是他的一块逆鳞，郁赦如今喜怒无常，你不要再惹他。"

林思面有难色。

钟宛清楚林思是在替宣瑞办事，道："但你不能为了这个，把命搭上吧？"

林思无法，只得点头。他想了一下，又比画：但主人你确定郁小王爷想要你留下？恕我直言……当年他若是想留下你，你是走不了的。

钟宛毫不在意："他管不了我。"

林思点头：郁小王爷管不了你，但只要不让你接近，你无法知晓内情，一样帮不上什么。

林思抬头看着钟宛，心有不忍，但还是比画着问道：主人自回京后，同郁小王爷已经见过两次面了，郁小王爷可念过旧情？

钟宛看着火盆里跳动的火苗，没说话。郁赦如今性情诡谲，令人捉摸不透，待钟宛忽冷忽热，这几分“热”，钟宛都怀疑是自己臆想出来的。

钟宛不说林思也猜得到，他比画：若不能推心置腹，那如何帮得上忙？说不准，郁小王爷会觉得主人你另有所图，届时分辩不清，反倒惹祸上身。

钟宛叹口气：“我也没说要如何，就是想留下来看看。”

林思执着地劝着：郁小王爷只要不想让你靠近，你就没法子。

钟宛破罐破摔：“我又不要脸！死缠烂打没见过吗？”

林思设想了一下，不尴不尬地打手语：主人，现在的郁小王爷……你还敢去死缠吗？

钟宛硬撑着道：“有什么不敢的！我怕过什么？”

林思苦劝无果，又不能多逗留，只能走了。

钟宛大话说得好听，细想一下，也知道这事儿太难。

要是七年前就好了，七年前的郁赦，那钟宛是太敢了——

七年前，郁世子来了别院后，别院各类仆役跟着多了一倍，府外还来了一班从郁王府调来的家将，内外防守森严。他们虽都是为了保护郁赦的安全，但连带着也“保护”了钟宛这条被殃及的池鱼。

郁赦来之前，钟宛还能跟冯管家周旋一二，想办法逃出去几次，现在是想也不用想了。

“青天白日，朗朗乾坤，哪儿就有那么多刺客了？”钟宛站在窗口，看着戒备森严的别院愁断了肠，“你们这么小心做什么？你们世子仇家这么多吗？”

自打郁赦住在别院，白天有郁赦看着钟宛，冯管家只需晚上盯着钟宛，精神好了许多。他看着钟宛闹心的样子心里颇有些快意，哼哼道：“这是长公主派来的，防患于未然。”

钟宛瘫倒在床上，长叹了一口气。

冯管家看钟宛恹恹的样子，有点心软，没再挤对他，勉强劝道：“如今我和世子轮班日夜盯着你，不会再被你熬困了让你找到机会，你也别打这个主意了，好好歇息！你看看你……好好的一个少年人，眼底发青，像什么样子！”

钟宛瞥了站着说话不腰疼的冯管家一眼，低声道：“我日夜照应你们主仆二人，我能不辛苦？这一天天的……”

冯管家总觉得这话哪里不太对，又说不上来。

“总之，我今天白日里已经睡足了，晚上不可能再打盹儿，你寻不着机会的。”冯管家老神在在地端坐在椅子上，“就寝，睡觉！”

钟宛满腹烦忧，翻过身，开始琢磨别的法子。

现在熬是熬不过这主仆俩了，且府外守着那么多人，想跑出去不太可能，除非……

郁赦搬走。

只要那群家将跟着走了，就还有机会。

郁赦是这别院的主人，他不想走，钟宛自然是支使不动的，但钟宛可以恶心他。

第二天，天一亮，钟宛就开始作死。

“郁赦，你天天这么跟我在一起，我要告诉你一个事实。”

少年郁赦近日在给前朝的一套古籍做批注，一心两用，闻言古井不波道：“什么？”

自打那天把钟宛熏倒，让他睡了一个安稳觉，少年郁赦就觉得钟宛不应再提防自己了。

钟宛安静了一会儿，问道：“郁赦……你知道吗？男人的好年纪，其实就这么几年。”

年过半百，伺候在一旁的冯管家：“……”

郁赦抬头，甚至觉得自己听错了：“你……说什么？”

“我说我自己啊。”钟宛坦然道，“时光如白驹过隙，等过两年我是什么行情可就说不好了。”

郁赦压着火，低头继续批注，不理会他。

钟宛静了片刻，又小声道：“郁赦，你知道吗？没有什么是会在原地一成不变的。”

郁赦：“……”很好，这是越聊越深了。

郁赦深呼吸了下，依旧装没听见，沾了沾墨。

钟宛开始反间了，指了指冯管家：“你看不上我，别人就不一定了。”

冯管家大怒：“你说什么？！我我……”

冯管家百口莫辩，急急忙忙地向郁赦表忠心，“我看管钟少爷的这三个月里，没多看过他一眼！天地可鉴！再说，再说……老奴都五十四岁了！我就是有什么心思，我能做什么？！”

“欸！”钟宛劝慰冯管家，“我不许您这么说自己！”

冯管家登时气得话都说不出来了，郁赦无奈地放下笔，叫来仆役把冯管家扶下去了。

打发走冯管家，郁赦定定地看着钟宛：“你到底想如何？你既怕同我有瓜葛，那总凑到我跟前做什么？”

钟宛心道：我想恶心你啊！

相处几日，钟宛也看出来了，郁赦是个真君子，很遵礼义，非礼勿视，非礼不言，自律得可怕。既然如此，钟宛索性变了个态度，故意去气郁赦，另辟蹊径，想让这个怀瑾握瑜的小君子受不了，自己跑掉。

碍事的冯管家已经走了，屋里终于只剩郁赦和钟宛两个人了。

钟宛慢慢地走到了郁赦身后，问道：“你……看什么呢？”

郁赦头也不抬：“《豫章遗》。”

“讲什么的？”钟宛凑近了点，把手搭在书页上，“都没听说过。”

郁赦低声道：“前朝孤本，讲一位游历老人路经豫章郡时的见闻。”

“哦。”钟宛干巴巴道，“我能看看吗？”

郁赦没说话，起身拿了前几卷递给钟宛，自己重新坐了下来。

钟宛把书放在桌上，自己走到一边搬了把椅子过来，就放在郁赦身边，也坐了下来。

钟宛坐下来安静看了半炷香的书，突然指着一处道：“这是什么意思？我看不懂。”

郁赦心道：还有你看不懂的？但还是偏过头来，扫了一眼后讲解一二。

钟宛点点头，夸赞：“你怎么什么都懂啊！世子你好棒！”

郁赦没理会，低头继续看自己的。

钟宛翻了两页，一会儿一个问题，郁赦耐着性子，一一回答了。

两人看了一晌午的书，钟宛没有找到机会，午膳时，冯管家带着仆人们摆膳，钟宛看了看那一桌子的饭，非常识时务地殷勤问道：“世子……我需要伺候你用膳吗？”

郁赦压着火：“不……不用，你一起吃。”

钟宛满意地点点头，坐下了。

食不言，寝不语。

郁赦静静地吃着东西，屋里十来个仆人也静悄悄的。

钟宛咽下一口菜，扫了屋里众人一眼，想想自己徒劳无功的一上午，狠了狠心道：“郁赦……我想吃红烧鹿筋，你喂我一口。”

屋里的十来个人瞬间僵了。

冯管家一脸震惊，不敢想象这一上午两人都发生了些什么，现在居然都要相互喂饭了！

郁赦看着自己面前的这道红烧鹿筋：“……”

郁赦抬头，难以置信地看着钟宛，眼中意味不言而喻：你疯了吗？！

钟宛硬着头皮，张嘴：“啊……”

十几个仆役，惊恐地面面相觑。

郁赦拿着银筷子的手微微颤抖。

这一筷子要是真的喂下去，郁王府的百年清正家风，自己这些年读的圣贤书，这几日好不容易守住的清白……就全毁了！

十四

将自己从小照料大的冯管家在看着自己……

屋里这十来个仆役在看着自己……

郁家列祖列宗在天上看着自己……

郁赦咬了咬牙，放下筷子，将自己面前的一盘红烧鹿筋端起，放在了钟宛面前。

郁赦耳郭微微发红，强自镇定道："爱吃，就自己夹……"

钟宛看着自己面前的菜失望地叹气，并没恶心到郁赦。他并不喜欢荤菜，更不想吃红烧鹿筋，做得再好也有点腥味，说要吃，不过是因为这道菜离郁赦最近罢了。

冯管家则松了一口气。

郁赦余光一直留意着钟宛，察觉钟宛好似有点消沉，自忖是不是下了钟宛的面子，想了想吩咐道："从明天起……"

冯管家忙抬头听着。

郁赦看了钟宛一眼，道："一日三餐，都准备鹿筋。"

"噗……"钟宛干笑，"不是，我不……"

冯管家白了钟宛一眼，勉强答应着："是。"

郁赦点点头，又看向钟宛。

钟宛有苦说不出，心道：你这期待的眼神是什么意思？还要我跪下来说谢主隆恩吗？

钟宛苦笑："谢谢……世子。"

郁赦权衡利弊，安抚了各方面的势力，觉得这事儿自己做得不错，这顿饭还多吃了半碗。

钟宛搬起石头砸自己的脚，愁苦地守着一盘子不喜欢的鹿筋，没吃下去几口。

用过午膳，郁赦又去看书了，钟宛只得跟着。

恶心，还是得继续恶心的。不把郁赦恶心走，自己怎么逃出去找宣瑞他们？

郁赦将书案让给钟宛，自己坐在窗口的矮榻上，专心致志地做批注。

郁赦显然是不许钟宛靠近的，钟宛无法，只得想别的法子。

“郁赦……”钟宛突然道，“我怎么记得，从去年长公主就开始给你议亲了，定了吗？”

郁赦顿了一下，道：“只是说有这事……还未定下。”

“哦？”钟宛眼睛亮了，“那就是说已经在商议了？议的是哪家？还是……三公主？”

郁赦头也不抬：“不是三公主，你别乱说。”

“你的皇帝舅舅那么疼你，就差把你当儿子了，难道不想招你做个小女婿？”钟宛不死心，“那说的哪家？说说嘛……三书六礼，行到哪一步了？”

郁赦没再下笔，静了好一会儿道：“哪一步也没有，只是议了议。”

钟宛百爪挠心：“那到底是哪一家啊？你说吧……我保证不说出去，我也没人可说啊。”

郁赦无奈地抬头，问道：“你打听这个做什么？”

“说说怎么了？”钟宛可怜兮兮的。

郁赦：“……”

钟宛放下书，倚在矮榻上：“她会不会带着很多人过来？”

郁赦当没听见。

“她会不会找嬷嬷用针扎我？”

郁赦深呼吸了一下，还是没理钟宛。

钟宛一点儿也不觉得自己烦，还在问：“到时候，我们还能这样一起看书吗？”

钟宛悲怆地看着郁赦：“我还吃得上红烧鹿筋吗？！”

郁赦放下书，直直地看着钟宛，双眸中隐隐有几分愠色。

钟宛马上㞞了，不再问了。

房中安静了半炷香的时间后，郁赦突然道："你放心，除了我，没人能进这个别院，别说是……就是长公主和父王，也进不来。"

钟宛愣了下，郁赦想了下又道："那从今天起，别院的守卫会再加一倍，定能护你周全。"

"不不不不……"钟宛叫苦不迭，"我不怕别人来找我麻烦，真的，你别再让人来了！"

郁赦心意已定："你放心。"

钟宛恨不得扇方才嘴欠的自己一个巴掌。

"那什么……一般情况下，不管你怎么护着，也会有人来找我麻烦的。"钟宛垂死挣扎，"你要是真的为我好，应该故意冷着我，把别院里的仆役全部撤走，然后让我吃不饱、穿不暖，这样我就安……"

郁赦接口道："这样你就能跑了。"

钟宛哑口无言，郁赦这……不也不傻吗？

郁赦反问："这些奇奇怪怪的话你都是从哪儿听来的？"

"话本上，"钟宛惨兮兮的，"都是这么写的。"

郁赦微微皱眉："话本？没看过。"

钟宛来了兴致："我出去给你买几本？"

郁赦毫无兴趣："不想看。"

"好吧。"钟宛蔫蔫的，老实了一会儿。

隔了半个时辰，钟宛又突然问道："你方才还没说呢，到底议的哪家？"

亲事并没真的定下来，郁赦不想议论人家没出阁的姑娘，但要是不说，钟宛估计能一直问下去，郁赦犹豫了下，道："听我母亲说……是文国公府上。"

钟宛想了下，依稀记得文国公有个孙女好像是同郁赦年岁差不多。

"门当户对，挺合适。"钟宛点点头，"是国公爷的小孙女吗？"

郁赦垂眸，不说话了。

"怎么了？给你议亲了，不是好事？"钟宛道，"也挺门当户对的。"

郁赦欲言又止，重新拿起书来了。

钟宛眯着眼，突然觉出哪里不太对了："郁赦……你是不是并不喜欢这门亲事？"

郁赦沉默片刻，道："母亲给我选的，我自然喜欢。"

"我不觉得。"钟宛上下看看郁赦，"你要是真喜欢，我刚才一问你就该说了，就算你不爱聊天，也会忍不住多提两句的，真的倾慕谁……是藏不住的。"

郁赦手里的毛笔一顿，一个小墨点滴在了书上，缓缓地晕开了。

真的倾慕谁，藏是藏不住的。

"我……"过了好一会儿郁赦才道，"文国公夫人……之前带着她的孙女去公主府赏花。"

郁赦慢慢道："母亲那天也叫我去了，让我跟文国公夫人问好，其实是……"

钟宛懂了："其实是为了让你提前相看相看？私下见不着，只能借着给长辈请安的时候，远远看一眼。"

郁赦点头。

钟宛眨眨眼："怎么样？不好看？"

"好看。"郁赦沉吟，"但我并不想娶她。"钟宛想了想，估计文国公的孙女样貌肯定是好的，不然也入不了安国长公主的眼，但大约是品性上并不招郁赦喜欢。郁赦是个君子，君子不能背后说人坏话。

郁赦把笔放下了，道："况且……我看文国公夫人的样子，其实并不太情愿。"

"啊？"钟宛讶然，"跟你结亲还不情愿？说起来，这是他们家高攀你了吧？怎么会不情愿？"

郁赦摇头："不知，但我见文国公夫人闪烁其词，看着我的时候……那眼神不太对，好像很怕我，又好像在担心什么。"

钟宛想不通了："有什么担心的？安国长公主就你一个嫡子，你将来稳稳地会袭爵，就不说这个……皇帝那么偏爱你，将来还有什么可愁的？"

郁赦也想不明白："我担心这是母亲自己的主意，文国公府不敢不从。"郁赦低声道，"我本来也不想成亲，再勉强别人……没意思。"

这倒是实话，安国长公主给自己挑儿媳，看中了谁，谁就只有谢恩的份儿，哪儿敢说什么。

“那就去跟公主说呗。”钟宛道，“说你不喜欢。”

郁赦皱眉：“父母之命……”

钟宛失笑：“这可是一辈子的事！要不……”

钟宛干脆道：“你带我出去一趟，我保证，让文国公府有由头、有胆子、有魄力地，干干脆脆地退了这门亲。”

郁赦迟疑：“你准备怎么做？”

“这你先别问，肯定不伤你脸面就是了。”钟宛豁出去了，揉了揉脖颈，“作死……我现在可是太会了。”

郁赦心里其实已经有主意了，准备明天就去公主府跟安国长公主说清楚，但现在看着钟宛发亮的眸子，不自觉地就道：“好。”

十五

翌日，钟宛同郁赦出了别院。

马车上，郁赦撩起车帘看外面，再看着钟宛，游移不定。

钟宛看着郁赦，迟疑：“怎么？你后悔了？你……是不是不想退亲了？”

郁赦摇摇头：“我不后悔退亲。”

郁赦一言难尽地看着钟宛：“但我突然后悔带你出来了。”

明明去跟公主说一句就能解决的事，为什么要绕这么大圈子，把这个人弄出来让他演戏？

钟宛忍笑：“我说了，肯定不伤你脸面，就让你破个小财，你又不在乎，怕什么？”

“不是怕伤脸面，我是觉得……”郁赦犹豫了一下，跟钟宛打商量，“我一定要说那句话吗？”

钟宛点头：“当然啊，你别是一句话都记不清吧？就一句，我对你一使眼色，你就说出来，记着了吗？”

郁赦咬牙，点点头。

马车停在了奇珍轩店门口，两人下了车。

“稀客稀客，早知道您要来，我们该早早把库房全打开，把珍玩打点一二，直接给小王爷送到府上去，哪儿敢劳动小王爷来店里？这……哈哈哈……这太仓促了，不像话，不像话。”店主人忙不迭地从楼上下来给郁赦行礼，亲自招呼着两人，“小王爷，是……想看点什么？”

郁赦看向钟宛：“我不看，他看。”

店主人忙招呼钟宛。钟宛也不说话，左瞧右看，慢悠悠地拖着时间。

过了一炷香的时间，文国公府的少爷来了。钟宛等的就是他。

文国公少爷前些日子在这儿定了个摆件，今天要来取。他也没想到郁赦会在这儿，也不敢取东西了，忙上前拜见。

钟宛装没看见，不行礼，也不说话，自己看自己的。

店主人还在殷勤招呼着："您看这套茶具，虽说是小窑口出的，但您细看这釉，润不润？再看这色儿，端端正正的梅子青，这……"

"砸了。"钟宛把手里拿着的小茶盏放回架子上，用丝绢擦了擦手，淡淡道，"我不喜欢青色。"

郁赦："……"

文国公少爷："……"

店主人以为自己听错了，干笑："少爷，您……您刚说什么？"

钟宛不耐烦道："我说，我不喜欢青色，看不了这个色。"

店主人差点儿找不到自己舌头了，结巴道："不、不喜欢……哈？"

钟宛看着店主人，一字一句："没有人，可以让我看到这个颜色，你懂不懂？"

文国公少爷惊恐地看向郁赦，郁赦强撑着，不发一言。

钟宛扫了一眼前面的珍宝架："所有青色的，全砸了。"

店主人吓疯了，半跪不跪的，求救似的看向郁赦。

郁赦点了点头："随他。"

郁王府带来的几个仆役上前，干脆利索地把青色摆件全拿了出去，包上麻布，砰砰砰地砸了。

文国公少爷听着那砰砰的声音，起了一身冷汗。

钟宛偏头，看了看另一个架子上的一只木雕灵猴，眯起眼，不可思议地看向店主人，诘问："我不喜欢猴，你不知道？"

店主人声音发抖："这……还真不知道！"

"那你今天知道了。"钟宛摆摆手，"烧了。"

店主人眼睁睁地看着郁赦的仆役把那木猴取下来拿走了。

侍立在郁赦身旁的文国公少爷惶惶不安、胆战心惊，他妹妹就是属猴的！

文国公少爷扭头看郁赦，见郁小王爷嘴角要挑不挑，脸色虽然有点奇怪，但并没有任何要阻止的意思。

那将来……自己妹妹过了门，这位钟少爷说句不喜欢，自己妹妹是不是也能烧了？！

钟宛把店里跟猴沾边的东西全毁了，点点头：“这看着还稍微顺眼一点。”

“记住了，少爷我属马的。”钟宛语气平静，“店里所有跟马有关的摆件，以后都披上红布，听到没？”

店主人哆哆嗦嗦的，忍不住扭头看郁赦。

差不多了，钟宛给郁赦使了个眼色，让他说最后一句话。

钟宛怕郁赦忘词，给他安排得很简单，就一句：你还有完没完？

然后钟宛撒泼要赖，郁赦则做出一副顺从的样子来，把文国公少爷恶心走，这事儿就算齐全了。

郁赦嘴唇动了动。

店主人心里有了几分期许，忙热切地看着郁赦。

郁赦放下茶盏，道：“那就……都披上红布吧。”

钟宛猛地咳了起来。

文国公少爷彻底疯了，都不敢取自己的摆件，屁滚尿流地跑了。

一炷香后，奇珍轩里几大大小小，四十多具瓷的、木的、铜铸的马摆件上都系上了大红色披风，虎虎生威，好不精神。

钟宛一脸不忍直视，借口自己累了，出了奇珍轩。

回到马车上，钟宛头大如斗，失声道：“你怎么回事？！”

郁赦抿了抿嘴唇：“我……就没记清。”

“一句话你都记不清！”钟宛崩溃，“我不管，过几天无论你找什么理由，都要让店家把那些红布撤下来！人家已经够倒霉了！”

郁赦道：“毁了的东西，我都会赔上，他一次卖了这么多东西出去，算不上倒霉。”

“遇见个疯子，还不够倒霉？”钟宛回想自己刚才说的话，觉得浑身痒痒，抽了一口气，“我真是……把祖宗的脸都丢出去了。”

不过想想文国公少爷方才的神情，钟宛笑道：“他回去肯定是要退亲的，到时候你顺水推舟地应下，公主最多怪罪我，不会说别的。”

郁赦点点头。

两人又去了宁王府。这是郁赦昨晚答应钟宛的。

郁赦没陪着钟宛，在马车上等着，半个时辰后，钟宛从宁王府出来了，怔怔的，没甚精神的样子。

“你……”郁赦觉得这会儿该劝慰他几句，奈何不知说什么好。

郁赦想了想，没提宁王，没提那几个小孩子，反问道：“我听说……你是宁王妃带大的？”

钟宛愣了一下，点头一笑：“是，我来王府的时候刚三岁，本来是由一个从钟府跟来的嬷嬷照顾着，嬷嬷老了，眼睛不太好，颜色都分不清，给我做了好多姹紫嫣红的衣裳……

“王妃进府几年一直没孩子，王爷那会儿认了我为义子，嬷嬷怕我碍着王妃的眼，整天把我拘在房里。但我太淘了，也不懂事，总是偷着跑出去玩，可怜嬷嬷已经半瞎了，每天还得摸摸索索地出去找我，还不敢大声喊，怕扰到王妃，只能压着嗓子叫着我的小名找我……

“有天我好像跑进了内院，把嬷嬷急疯了，她壮着胆子颤巍巍地进了内院，好不容易找到我的时候，正好被王妃撞见。”

郁赦皱眉：“然后呢？”

“王妃看我一脸的泥，身上还穿着小姑娘的花衣裳，根本没认出这是谁来，还以为我是个丫头，问清楚后就让嬷嬷带我回去了，然后过了一天……王妃就让我们搬到内院去了。

“王妃说，自己没孩子的话，抱一个来养着，渐渐地就会有了，也不知道是不是真的。总之，我和嬷嬷就在王妃院里住下了。王妃待人宽和，对我很好，亲自教养我到十岁才让我去自己的小院子里单住。嬷嬷年纪太大了，王妃说嬷嬷照料不了我，就把嬷嬷留在她院里养老了。”

郁赦静静地听着，道：“我以前也见过宁王妃几面，是个和善人。”

郁赦抬眸看看钟宛，心道：要不是长辈慈和又娇惯，是养不出你这样的性子的。

“是啊。”钟宛脸上并不见悲戚，“人那么好，可惜身子不太行，生他俩的时候，就……”

钟宛没再往下说了。不用他说，郁赦也知道，宁王妃在生双生胎的时候因为难产去了。

“你……”郁赦不想钟宛伤心，挑起别的话头，“你刚说，你的嬷嬷在王府里找你，唤的是你的小名？”

钟宛抬头，“嗯”了一声，不知道郁赦怎么留意到了这个，干巴巴道：“是……是啊。”

郁赦迟疑了下，问道：“你小名是什么？”

钟宛警惕地看着郁赦：“你问我这个做什么？”

郁赦也不知道自己怎么就突然好奇，不自在道：“就是……问问。”

“我那小名……就我爹娘、嬷嬷，还有王妃叫过，王爷都不叫我那个。”钟宛不放心地看着郁赦，“你要是知道了，叫我那个，不就成了我长辈？你这人心思怎么这么歹毒？！”

郁赦很想告诉钟宛，不是只有长辈才会叫小名的，但这话要说出来，似乎就更不对了。

郁赦脸色越来越不自然，索性不说话了。

钟宛欠兮兮的，试探着问道：“那你先说你小名是什么！”

郁赦摇头：“我没小名。”

钟宛不信：“怎么可能没有？那你很小的时候，公主他们是怎么叫你的？”

郁赦道：“就叫名字。”

钟宛根本不信，觉得郁赦是故意不说：“那我也没小名，我刚才是瞎说的。”

郁赦较真道：“你方才明明说了有的……”

钟宛：“……”

“我后来问过他好多次，他都没说……”郁赦看着自己屋里一个系着红披风的小瓷马，喃喃，“怎么问都不说。”

冯管家失笑：“那会儿钟少爷都算半个大人了，当然不想听别人叫自己小名，怪害臊的。”

“但我就想知道。”郁赦轻轻地点了点那个小瓷马的头。

冯管家打了个冷战，心道：钟宛今年都二十好几了，您还想打听人家小名，这是什么古怪兴趣？

“上回没让他哭出来……好像有点难。”郁赦把手里的话本放在一边，自言自语，“那还是先问小名吧，最近那条不会叫的狗那边，有什么动静吗？”

冯管家摇头：“倒没听说。”

“想办法让他有点动静。”郁赦挑眉一笑，阴恻恻道，“用那个哑巴逼他，让他告诉我，小名到底是什么……”

冯管家只得答应着：“是。”

十六

钟宛打定主意后，跟宣瑞几个人通了个气。

钟宛不想让他们无端担心，没把这个当正事儿，在饭桌上语气轻松道："万寿节后，我想在京中留一段日子。"

钟宛说得轻松，几个孩子还是怔住了。

钟宛神色自然："我在京中还有一二旧友，现在不方便，等你们走了，我想避开人，去照看照看。"

几个人面面相觑，钟宛还有什么"旧友"？

宣从心最先反应过来，用手帕按了按嘴角，慢慢道："这次见过之后……皇上大约不会再想起我们来了，黔安那边左右也没什么大事，你要是在京中有未了之事，就留下吧。"

宣瑜看看宣从心再看看钟宛，眼眶一下子就红了，急道："为什么要留下啊？！我不跟你分开！这儿这么冷，你受得了吗？咱们一起回去呗！你到底有什么事？不然……让哥哥和姐姐先回去，我陪着你，等你的事儿了了，咱们再一起回去！"

"钟宛自然有自己的事。"宣从心十分看不上自己弟弟动不动就掉眼泪的窝囊样子，皱眉斥道，"这有什么值得哭的？！不许哭！憋回去！"

"我……"宣瑜自小就怕自己这个强势的同胞姐姐，被骂了一句登时不敢哭了，死命撑着眼泪，可怜巴巴道，"那钟宛，你什么时候回去？我……我等着你总行吧？我、我……"

宣瑜病急乱投医，胡乱道："我还得跟着你念书呢！"

"念书跟着谁不能念？！"宣从心拧眉，"我们请不起个先生吗？还敢哭！”

宣瑜马上收了眼泪，吓得一句话都不敢说了。

钟宛叹气，心道，可惜了，宣从心要是个男人，过不了两年必然能顶门立户，自己就真的能放心了。

钟宛看向宣瑞，宣瑞忧心忡忡地埋头咽饭，好一会儿才缓缓道：“还是跟我们回去吧，你在这儿……你不放心我们，我们也不放心你。”

宣从心皱眉：“大哥，怎么连你也……”

宣瑞抬头瞪了宣从心一眼，低声怒道：“京中是好待的吗？你们从小在黔安无忧无虑地长大，怎么知道我们以前受的罪？那时时刻刻提心吊胆的日子，我一天也不想……”

“你放心。”钟宛宽慰地拍了拍宣瑞的手，“我不做什么，就是……”

“你们怎么一点儿都不替他想想？”宣从心实在忍不住了，“钟宛今年都二十四了，寻常人家里，这都……”

宣从心一个女孩儿，再强势有些话也说不出口，脸色微红，顿了一下才道：“万寿节后，咱们王府就算是彻底安稳了，照料咱们这么多年了，他总得想想自己的事了吧？”

宣瑜呆愣愣的：“什么……自己的事？”

宣从心两颊绯红，低声道：“如今皇帝已经免了钟宛的奴籍，正该把大事定一定了，黔安有什么高门贵女？回去之后，也寻不着什么合适的。他这是要在京中把亲事定下来，你们怎么什么都……”

宣从心说到这儿再也说不下去了，低头喝了一口汤，声音轻不可闻：“等他亲事定下来……自然会带着夫人回去的，瞎急什么？”

宣瑜转头看向钟宛，高兴道：“原来是这样？你是给我找小嫂嫂吗？”

宣瑞也看了过来，哑然：“你是……这个意思？”

钟宛一言难尽地看着三人，干笑：“这让我怎么说呢……”

宣从心十分好奇，但碍于女儿身份，不能多口，只能旁敲侧击地淡淡道：“还是说……你是已经相中了哪家？”

宣瑜兴奋道：“小嫂嫂生得好看吗？”

钟宛只能将错就错，尴尬道：“好看……”

宣从心忍不住打听："多大年纪？"

钟宛艰难道："二十……三。"

三人面面相觑，厅里一时间落针可闻。

两个小的不好意思说，还是宣瑞迟疑道："这年纪也太大了些吧？你……不要委屈自己。"

钟宛打落了牙往肚子里吞，尽力笑着："不委屈……我觉得不算很大。"

"是不小了。"宣从心喃喃，"你……何必找个这么大岁数的？"

钟宛干笑："我也不小了，且……看上去倒不很显老。"

宣瑞吃了一惊："你见过了？！"

钟宛后悔不迭："嗯……"钟宛恨不得咬死自己，到底为什么要撒这种谎……说个什么由头骗不过他们？！

宣瑜两眼发光："那说说，身量如何！"

钟宛心里正暗悔，嘴上一时没把门的："比我高一些。"

"嚯……"宣瑜受惊不小，"比你高！！！"

宣瑞和宣从心脸色亦骤变，钟宛这是寻了个什么姑娘？！

"啊……不是。"钟宛死死攥拳，"和我……差不离吧，我……我不看重这些东西的。"

"你喜欢就好。"宣从心神色复杂地看着钟宛，忍不住又问道，"那……秉性如何？"

这么大年纪，生得如此魁梧，还能让钟宛喜欢，此人必然有什么过人之处，许是脾气很好，温柔又体贴？

"秉性……"钟宛心道：阴晴不定，喜怒无常，时时想杀人，刻刻想发疯。这话要是说出来，宣瑞、宣瑜、宣从心怕是死也不让自己留下了。

这是看上了个什么怪物……

钟宛死撑着道："很好……"

三人两两对视一番，心道钟宛自己开心就好。

一顿饭后，几人各怀心事，回了各自的屋子。

钟宛松了一口气，笑了两声，回了自己院里。

刚进屋，外面严平山严管家跟了来。

“怎么了？”钟宛坐在火盆旁边，拿过铁筷子，在自己手炉里夹了一块炭放进火盆里，拨了拨，轻轻吹了吹，不多时，炭盆热了起来。

严平山把门窗关好，低声道：“听我们的人说，三皇子怕是要不好了。”

钟宛拧眉。三皇子自出生就病恹恹的，拖了这三十几年已经很不容易了，但为什么非在这个当口上出事……

严平山忧思重重：“最好再能拖几个月，等万寿节过了……不然丧事赶在万寿节前后，我们还是先走不了。”

“是啊……”钟宛问道，“太医是怎么说的？”

严平山道：“太医说，若熬得过春分，就可见大好了。”

钟宛叹了一口气：“这是说他活不过春分了……正巧是万寿节前后。”

严平山忍不住低声抱怨：“不选好时候。”

钟宛问道：“皇帝必然也知道了，那万寿节还过吗？”

“过啊。”严平山轻蔑一笑，压低声音道，“三皇子如今喝口粥都费劲了，也没见皇帝多伤心，该怎么还怎么，就近日，还宴请宗室了呢，吃得饱、睡得着，谁都没他自在。”

钟宛忧虑，这么一来……怕是又要多耽搁几个月了。

郁王府那边，郁赦连日来心情颇不好。

他本想寻林思一点儿错处，把林思再抓到大理寺去关两天，奈何几天过去了，林思好似突然蔫了一般，整日缩在四皇子府中，头也不露一下。

郁赦不知林思是得了钟宛的授意按兵不动，只觉得这个哑巴是天生克自己，不用他的时候天天在眼前碍事，用得着了，竟怎么也寻不着。

郁赦不耐烦了：“他没毛病，我就揪不得他吗？不用找由头了，直接把他弄来！”

冯管家讪笑：“无故就把人抓来，怕是会得罪四殿下……”

郁赦反问：“我怕得罪他？”

冯管家呼吸一窒，心道：是啊，您连皇帝都敢得罪，还有什么怕的？

就这样，林思只是出个府、透个气，就被郁王府的人套上麻袋抓了来。

郁赦坐在正位上，居高临下地看着林思。

七年前，钟宛走后，郁赦起先和林思没有任何交集。郁赦不照料他，也不会去寻他麻烦，彼此相安无事，直到林思不知死活地查了郁赦的身世。

郁赦当日是真的动了杀心的。就是宣璟大闹了大理寺一场后，郁赦也没改变主意。宣璟敢查自己身世，自己不给他个教训，就是在等死。

“要不是看在……”郁赦看了林思一会儿，没往下说，淡淡道，“拿上来吧。”

仆役抬了无数刑具上来，摔在了林思面前。

“我的手段，你是清楚的……”郁赦慢慢道，“不用跟我说什么不可妄动私刑，在我这儿，没有规矩。我就问你一件事，你可以不说，咱们一件刑具一件刑具慢慢来。”

郁赦深谙刑讯之道，并不着急动手，而是找了个善于用刑的老衙役来，让他将几十件刑具，一一安置妥当，准备先给林思一个下马威。

大理寺的刑具比刑部的要精致许多，老衙役摆弄了半个时辰才料理好，郁赦慢条斯理地品着茶：“你放心，我有的是时间。”

林思看看刑具，抬头看向郁赦。

郁赦终于理会林思了，问道：“钟宛的小名，叫什么？”

林思：“……”

郁赦语气平静：“不用同我说你不知道，你俩自小一起长大，我不会信。”

郁赦放下茶盏，看向一件刑具，道：“不想说？可以，我先说……你想不想知道这是做什么用的？我今天正好闲着，可以慢慢同你讲……”

林思微微挣扎了一下，郁赦眯起眼。

林思艰难地抬起一只手，按在了地上。

郁赦疑惑地看着他。林思被两个仆役按压着，行动颇为不便，他抬手，费力地蘸了蘸洒在地上的辣椒水，在自己面前的青石板上，一笔一画地写下了两个字——钟宛的小名，然后磕下头来。

郁赦：“……”

过了好一会儿，郁赦才道：“你如此忠义，你主人钟宛知道吗？”

林思脸上稍有愧色，低下头来，不回答了。

郁赦一言难尽地看看满屋的刑具……折腾这一个时辰，摆弄这些陈年摆设是为了什么？

“很好，能屈能伸。”郁赦半晌道，“你走吧。”

林思又磕了个头，走了。

十七

郁赦起身走到林思方才跪着的地方，低头看着那未干的水渍，看了许久。

以前为了问这个小名，郁赦费了许多心思。那会儿的郁赦不会威逼，只懂利诱，可钟宛吃硬不吃软，问多少次都被他挡了回来。郁赦一度以为，自己这辈子都不会知道他的小名了。

万万没想到，林思那个哑巴，竟半点骨气都无。

"你说他……"郁赦好似在自言自语，"知不知道，钟宛曾经放过狠话，宁愿死，也不要告诉我这个？"

冯管家干笑："大概不知道吧？"

林思当然不知道。从郁王府出来后，林思本是要往钟宛那儿跑一趟的，但转念一想，又觉得没什么必要。

郁赦此番闹的动静虽大，但就是问了个小名而已，且是钟宛自己说的——没要紧的大事，不要来找我。

这算哪门子大事？

郁赦半点儿道理也不讲，起先也不说清楚，上来就把人按在了地上，想打个手语都不行，欺负哑巴说不出话，若是能开口，自己一个时辰前就能出来了。

林思没有丝毫愧疚之心，为了个钟宛的小名，难不成自己还要走一遍大刑？那不是疯了？

林思揉了揉被按得酸疼的肩膀，接着遛弯去了。

郁王府别院里，郁赦嘴里还在念叨着那两个字，好一会儿突然问道："听说，宣瑾要不成了？"

宣瑾，崇安帝的三皇子。

冯管家低头："是，说是只吊着一口气了，两三月之间，不知哪天怕就要……"冯管家压低声音，"礼部那边，都已经备下了。"

郁赦表情淡然，不见半分悲戚。

"长公主前几天入宫去探视，说贤妃娘娘哭得眼睛都要瞎了，娘娘命苦，养了三十多年，三殿下一儿半女都没留下，如今白发人送黑发人……唉，贤妃娘娘说，三殿下要是没了，她也不活了。"冯管家唏嘘，"长公主劝了好一会儿，不过看样子……是劝不动的。"

"不错了。"郁赦神情自然，"这不是也养了三十多年吗？皇帝的儿子里，数他寿数最长了。"

"嗐！"冯管家皱眉，"世子这是说什么呢！"

"说的实话啊。"

郁赦坐回矮榻上，倚在软枕上看着窗外，好一会儿道："其他人，年纪最大的才二十三……不是不比他长吗？"

冯管家听不得这个，打断郁赦道："三皇子那是胎里弱！从生下来就病恹恹的，其他……其他人又不是这样。"

"是啊，前三个都是因病去的，也许下一个就该横死了？"郁赦闲话家常一般地问冯管家，"欸，你说，下一个是宣璟，还是……"

"世子！"冯管家真急了，"怎么说起来没完没了呢！"

郁赦低声笑了起来。

冯管家狠狠地瞪了郁赦一眼，替郁赦倒了一杯热茶过来。

郁赦接过茶盏，缓缓道："我听说……那个女人，死前一直在诅咒尖叫，生生叫了一天一夜。"

冯管家恨不得把郁赦的嘴堵上："先喝茶吧。"

郁赦低头喝了一口茶，慢慢道："在鬼门大开的日子里，这么叫上一天一夜，应当是很吓人吧？你说他们怕不怕？"

冯管家急促地呼吸了两下，没说话。

郁赦故意问他："你知不知道她诅咒的是什么？"

冯管家近乎哀求地看着郁赦："别……别说了！"

郁赦笑着点头："好，你不想听，我不说了。"

郁赦渐渐地收敛了笑意，道："你歇着去吧，我累了，想眯一会儿。"

冯管家不太放心地答应着，走之前，给郁赦点了一炷安息香。

郁赦合上眼，不一会儿真的睡着了。

梦里，郁赦不知多少次见过那个女人。

女人身穿红衣，坐在床上，右手搂着一个婴儿，左手扯着床帐，声嘶力竭地哭喊着："……你口蜜腹剑，恶事做尽，坑害我至此！

"我咒你做一辈子的孤家寡人！

"我咒你生时断六亲，死后无香火，断子绝孙！留不下一条血脉！！！"

女人怀里的婴儿被吓得啼哭不已，女人低头看了一眼，双手发抖，又哭又笑的，癫狂得可怕。

"哈哈……还有你……还有你这个小孽障……"双目赤红的女子突然高举起孩子，生生地摔在了地上……

郁赦在梦里似乎也会感受到那锥心的疼，眉头紧紧地皱了起来，额间沁出点点冷汗。

婴儿被摔在地上，一时断了气一般，一声也不出了，女人怔了片刻，又发狂一般扑到地上来，抓起婴儿细看，口中还重复着："断子绝孙，断子绝孙……"

郁赦修长的手指掐进软垫中，指尖发白，过了许久才从噩梦里挣脱出来。

郁赦虚脱一般出了一身的冷汗，呼吸粗重，失神地看着窗外。一炷香后，郁赦似乎才明白过来方才不过是在做梦而已。郁赦狠狠地捏了捏眉心，重新闭上眼。不知是不是那安息香的缘故，片刻后，他又睡着了。

方才的噩梦竟连了起来。

梦里，红衣女人把婴儿当成宝贝一般搂在怀里，轻轻晃着，眼泪扑簌簌落下："孩子……娘的好孩子……别死，别死啊……"

那婴儿也是命大，竟还存着一口气，呛了一下，又哭出了声。

女人先是一喜，继而惊恐地看着怀里的婴儿，指甲残破的指尖微微发抖，慢慢地掐在了婴儿纤细的脖子上。

屋外传来一群人急促的脚步声，女人疯了一般，指尖瞬间收紧……

“咯……”郁赦蓦地坐了起来，好似溺水的人一样，咳了半天，起身灌了半盏放凉了的茶，脸色才稍稍好了一点。

“呵……”郁赦冷笑了一声，不准备再睡了，觉得有这个工夫，不如琢磨琢磨怎么把钟宛诓骗出来，用小名的事……逗逗他。

黔安王府，毫不知情的钟宛惨兮兮的，一边看着书，一边应对着宣瑞、宣瑜、宣从心三人。

这三兄妹，大约是在一起商议过什么了，这会儿一起聚过来，看样子是想打探个清清楚楚、明明白白。

宣从心自恃是黔安王府唯一的女眷，理应操持家事，打听起嫁娶之事来也不难为情了，旁敲侧击：“她……家风可清白？”

钟宛点头，瞎应付着：“清白，清白。”

宣从心委婉道：“门第高吗？”

钟宛含糊道：“不算低……”

宣从心迟疑片刻，小心打探：“应当不会让你入赘吧？”

钟宛呛了一下，摆摆手。

宣从心放心了，只盼着小嫂嫂能早日过门，自己就有伴儿了。

宣从心又问道：“能帮忙打理家业吗？”

钟宛迟疑：“大约能吧……不过也用不着他吧？等王爷将来娶了黔安王妃，自有王妃打理，也轮不上他啊。”

宣瑜还是最关心钟宛什么时候能回黔安：“那你们何时能定下日子来？”

钟宛犹豫了下：“这个……怕是先定不下来。”

宣从心皱眉：“为什么？”

钟宛干笑：“他还不一定乐意呢……”

宣瑞骇然：“她这个年纪，这样的身量……有你去求娶，还不乐意？她有什么不满意的？！你是不是在聘礼上小气了？这是大可不必的，咱们府上虽败落了，但也不至于拿不出一份像样的聘礼来，你不要让人家轻看了。”

“跟聘礼无关……”钟宛苦哈哈的，翻了一页书，随口道，“大约是嫌我矮吧。”

三人倒吸了一口凉气。

“她怎么能这样？”宣从心忍不住道，“她自己长了九尺高，又不是我们生喂出来的！嫌你矮？那她想找个什么样子的？比你高的能有多少？不是我刻薄，她这个身量，再找个十尺的，将来孩子一个赛一个高，一家子走出去，生生比旁人蹿出一截来，也太扎眼了。”

宣瑞设想了一下，担忧道：“是不好，按照她的心思，只能找比自家高的，那你们孩子世世代代这样传下去，身量越来越高，怕是会异于常人，以后你们钟家随意走出来一个就是十来尺高的，惹人侧目……”

宣瑜惊恐道：“这岂不是生生造出一种人来？对！就是《山海经》里说的那种！老大老大的！夸、夸……”

宣从心白了课业不精的宣瑜一眼：“夸父逐日。”

宣瑜一拍腿：“对！夸父！她还想让自己子孙去追太阳不成！”

宣从心道：“劝劝她吧，追太阳有什么好下场？”

宣瑞皱眉：“大喜的事，别说不吉利的话！”

钟宛：“……”

钟宛把手里的《大荒东经》放下了，长叹了一口气。

这是……造的什么孽啊！

十八

临近万寿节，三皇子宣瑾的身体一日不如一日。

雨水那日，按旧例，宗室们是要带着红绸进宫和崇安帝共进家宴的，但就在前一晚，三皇子宣瑾出了事。

“是皇上说，记挂着三皇子殿下，今天要赶早出宫一趟，去三皇子府上看看三皇子，同他一起吃了家宴再回宫陪宗室们，贤妃娘娘觉得这是天大的体面，又觉得有皇上亲自探望，三皇子必然能见好了，提前一天出了宫打点着。”冯管家一面给郁赦整理着衣襟一面道，“三皇子病中憔悴，贤妃娘娘觉得这样面圣不敬，嗐……提前一天让人准备了药汤，给三皇子沐浴梳理，本来也没什么……”冯管家取了玉佩来给郁赦戴上，“三皇子自己也说了，觉得舒坦，要多泡一会儿，但谁知道……就是下人们出去拿东西的工夫，三皇子竟被那热气熏得晕厥了过去，直直地就这么滑进那浴桶里了！半人高的金箍浴桶，躺着下去了，那不登时就没了顶？”

冯管家拿起仆役递上来的狐裘，给郁赦裹好了：“也不知道呛了多久，反正听说，人捞上来时，那肚子都胀了起来，几个太医救治了半个时辰，差一点儿人就没了……”

郁赦接过仆役递给他的小手炉：“救回来了，也快不行了吧？”

“就这一个月了。”冯管家叹气，“您说这叫什么事儿？之前还说能熬到春分呢，现在不行了……”

郁赦嗤笑：“他就不该去看宣瑾。”

冯管家当没听见，给郁赦整了整狐裘：“世子一会儿去三皇子府上，露个脸就回来吧，不是什么好地方，他府里的园子里还有小池塘，三皇子刚犯了黄泉水，晦气，长公主说了，今年一整年不让您靠近水处了。”

“他明明是自己体力不支淹在浴桶里……”郁赦说着说着愣了一下，问道，“有人说宣瑾是犯了水？”

冯管家撇撇嘴：“说得更邪门儿的也有，还有人说，三皇子原本没事的，是那浴桶底有女鬼在拉他的脚……唉，多半是伺候的人怕被株连，编出来的鬼话。”

郁赦轻轻摩挲着小手炉，道：“仆役这么说就算了，长公主为什么也跟着这么说呢？”

冯管家笑道：“还能因为什么？担心您呗。这次您就听长公主的吧，这一年，沾水的地方不要去。”

“昨天，”郁赦看向外面，“长公主在哪边歇下的？”

外面一个下人进来了，低头道：“回世子，昨晚长公主是在公主府歇下的。”

郁赦问道：“王爷呢？”

下人回道：“也在公主府。”

郁赦了然，摆摆手让人下去了。

平日里，郁王爷和他的两个庶子住在郁王府，安国长公主住在公主府，郁赦住在郁王府别院，几人互不相扰，只有郁王爷偶尔歇在公主府。

冯管家不懂郁赦问这个做什么，试探道：“王爷宿在公主府怎么了？您觉得是王爷在托长公主提醒您，让您避着水？”

郁赦没说“是”，也没说“不是”，反问：“你觉得他会信这种无稽之谈？”

冯管家讪讪：“按理说是不信的，但王爷和公主如此在意您，不信也得信了，小心驶得万年船嘛，王爷和公主是怕您有事，您就听着呗。”

郁赦莞尔：“皇子遇险，为什么让我跟着小心？关我什么事？”

冯管家憋红了脸，为难道：“世子……”

“行，我不说了。”郁赦吩咐道，“备车吧。”

冯管家道：“等会儿吧，长公主这会儿怕是还没梳洗停当，您一会儿再去公主府不迟。”

“我不跟长公主一起去了。”郁赦道，“我早点过去，吓唬吓唬宣璟。”

冯管家急道："那怎么行！长公主特意说了，三皇子府里那个池子里有活水，故而隆冬里也只结了一层薄冰，一想起来就让人不安，长公主不放心您，让你跟着她一起去一起回……世子！"

郁赦听也不听，自己早走了。

三皇子府。

前来探病的宗亲络绎不绝，但大多连三皇子府的内院都进不去，里外乱糟糟的，郁赦走过场似的在三皇子院外看了两眼就走了，不等他去寻宣璟，宣璟先气冲冲地找了过来。

郁王府是五皇子宣琼的外家，故而郁赦和宣璟自小就相互防备，并不亲厚。

宣璟长大后性情愈加冲动急躁，郁赦则是破罐破摔不给任何人脸面，故而近年两人彻底撕破脸皮，例行的虚与委蛇都没了，随时随地都能吵起来。

"郁赦！你前几日是什么意思？"宣璟推开拦着他的人，暴怒道，"你胆子是越来越大了！光天化日之下抓我府里的人！谁让你抓他的！"

"哦……林思啊。"郁赦这才想起来，笑道，"他回去跟你告状了？"

"他没说，我就不知道了？！"宣璟冷笑，"郁子宥……别人捧着你，我可不捧着你，这事儿你给我个说法，不然我定要参你们大理寺一本！我倒是想知道知道，大理寺的人，什么时候成你府上的家将了，竟由着你这么差遣！"

"好大的威风……"郁赦上下看了宣璟一眼，一笑，"果然是不一样了。"

宣璟一怔："什么不一样了？"

"四皇子的地位如今不一样了啊。"郁赦往三皇子内院看了一眼，"里面那位一走，你就是皇上的长子了，确实能跟我叫板了。"郁赦点点头，"熬了这么多年，不容易，恭喜。"

"你……"宣璟被戳中了心事，恼羞成怒，"我从没这么想过！再说我三哥定然会安然无恙的！"

"希望是吧。"郁赦真心实意道，"我比你更盼着他长命百岁，不然下面轮到谁，还真不好说。"

郁赦转身就要走，宣璟被郁赦唬住了，迟疑道："你……这话什么意思？"

"没什么意思。"郁赦回头，"看在……当年同窗的分儿上劝你一句，梦别做太好，心别安太早。"

"等下！你……你给我站住！"宣璟听出郁赦话中有话了，几步走过来拦着郁赦，"你这话什么意思？你是不是……是不是也听说……"

郁赦挑眉："听说什么？"

宣璟不太敢说。他今天也听到一些鬼鬼神神的传闻。他听说三皇子宣瑾是被女鬼抓进水里的；他听说宣瑾府里的池塘不干不净；他还听说有人又翻腾起陈年旧事，说崇安帝于子孙运弱，膝下的儿子大多养不住……

宣瑾要不行了，宣璟心里自然是隐隐欣喜的，崇安帝剩下的两个儿子中，自己若能居长，就又多了一分胜算。但想起那流言，宣璟又隐隐不安了起来。

宣璟低声急促问道："你说'下面轮到谁'，是什么意思？！"

郁赦见宣璟眼神飘忽，满意了："字面儿上的意思，你都听不懂，你是蠢吗？"说罢走了。

宣璟还想拦他，奈何前面人多，再拉拉扯扯实在不好看，生生忍下了。

宣璟看着郁赦的背影，狠狠道："你比我还大几个月呢……轮也先轮你！"

宣璟本是来找郁赦麻烦的，现在麻烦没找到，还被郁赦吓唬了一顿，什么心情也没有了，匆匆走了。

另一边，钟宛带着宣瑞和宣瑜，规规矩矩地进了三皇子府，跟着众人一起走过场。

宣瑞完全是被赶鸭子上架来的，一点儿也不想知道宣瑾病情如何。但京中宗亲全来了，他不得不也带着幼弟来充个人头。他频频侧头看钟宛，忐忑不安道："不会让我们进去看他吧？我就算了……宣瑜万一不会说话，坏了规矩怎么办？"

"没事，宣瑜可以不说话。"钟宛叮嘱道，"这种日子，没人会注意到你们，进了里面，自有他们府中的人来接引，跟着就行了。"

宣瑞清楚钟宛这身份肯定是进不去的，无奈点头，拉着宣瑜进去了。

钟宛走到倒座房前，看着几株红梅出神。

钟宛原本还怀着一丝期望，盼着三皇子能争口气，多撑俩月，容宣瑞他们回黔安后再断气，万万没想到，这位差点儿把自己淹死了。

“是钟少爷吗？”

钟宛回头，一个仆役躬身道：“小人乃长公主府厮役。”

钟宛认出仆役身上的腰牌，略点了点头：“不知……”

“钟少爷别担心。”那仆役温和一笑，“长公主刚才在里面陪着贤妃娘娘，看到黔安王后，聊起些旧事，因说起当年钟少爷也是在郁王府住过一段日子的，长公主一听说钟少爷也来了，就让小人来寻，说想见见。”

钟宛迟疑片刻，笑着从袖中拿了个荷包出来，拉起这仆役的手：“不知长公主怎么这么有兴致，是不是我们王爷……”

“可不敢。”仆役侧身躲了，婉拒道，“我们公主府上没这个规矩的，小人绝不能收少爷的东西。”

钟宛也知道安国长公主府上规矩大，无奈点头：“那烦请小管家引路吧。”

仆役起身，带着钟宛进了内院。

当年在郁王府别院住着的时候，钟宛见郁赦并不喜欢文国公的孙女，在奇珍轩一顿装疯卖傻，吓跑文国公少爷，果真搅黄了二人的婚事。

文国公夫人以“小女属相不吉，恐与世子相克”为由，顺顺当当地退了亲。

安国长公主大怒，派人来押钟宛去公主府上，要亲眼看看这是个什么牛鬼蛇神，但来人连郁王府别院都没能进去。

郁赦自己下的令：除他以外，任何人不得入别院。

从那时到钟宛离开郁王府别院，安国长公主始终未曾见过钟宛一面。

钟宛苦笑，今天终于能见着了，新仇旧恨，一起算吧。

仆役带着钟宛走了许久，终于绕到了内院厢房，仆役在院外停住了脚，道：“里面小人不能去了，请钟少爷自己进去吧。”

钟宛点头：“有劳。”

钟宛整了整衣冠，进了厢房……

“嗯……”钟宛一进屋就被人捂住嘴，按在了墙上。钟宛瞳孔瞬间放大，刚要还手，突然愣了一下，泄了气，不做挣扎了。

郁赦锁着钟宛的手臂，一笑："对不住，骗了你……但不借着长公主的名义，你怕是不会老老实实地过来。"

钟宛心里蹿起几分火，想咬郁赦的手一下。

郁赦偏头细看他脸色，好一会儿低声道："……你的小名是宝宝？"

十九

钟宛眸子微微颤了一下，脸上褪去一层血色，拼力挣动了下，大怒道：“你把林思怎么了？！”

郁赦：“……”

钟宛奋力转过身：“他一个哑巴，你难为他做什么？！你把他关到哪儿了？！他现在如何？”

郁赦被钟宛带得晃了一下，继而攥着钟宛的手臂。

郁赦一言难尽地看着钟宛，缓缓道：“我一时间，竟有些心疼你。”

钟宛没听懂，眉头紧蹙，低声质问：“你到底对他用了什么刑？！”

郁赦深呼吸了下：“我要是说，我连他一根头发都没碰，你信不信？”

钟宛斩钉截铁道：“不信！”

郁赦表情复杂：“如此，我更心疼你了。”

钟宛彻底蒙了：“为什么这么说？到底……怎么了？”

“虽然你不会信，但我还是要给自己辩驳一句。”郁赦放开钟宛，转身坐了下来，“我是把他抓了，但前后统共不过一个时辰，他怎么进来的就又怎么出去了，毫发无伤。”

钟宛警惕地看着郁赦：“这一个时辰，你对他做了什么？没用刑，那就是威胁了？你威胁他什么了？！你是不是用我威胁他了？！”

“别说了，别说了……”郁赦听不下去，打断钟宛，怜悯地看了他一眼，“你越着急，我越心疼。”

钟宛一头雾水。

郁赦低头品茶，好一会儿才道：“没威胁，我问了，他答了，就这样。”

钟宛死也不信。

郁赦笑了："那我没办法，我说的你又不信，等回去你自己问他吧。"

这是自然。一会儿离了这里，钟宛必然要先确定林思一切无恙才能放心。

郁赦挑眉看着钟宛，饶有兴味道："说实话，他答得那样干脆，我原本还怀疑那条哑狗是在诓骗我，但看你这个样子……应该是真的了。"

钟宛这会儿才想起来害臊，尽力冷着脸，低声道："我早不叫那个了。"

"宁王妃已去，你的小名自然没人叫了。"郁赦好心道，"不过你若怀念，我今后可以叫你这个……"

钟宛红了耳朵："不劳郁小王爷体恤至此！"

郁赦自顾自地乐了好一会儿。钟宛戒备地看着郁赦，问道："郁小王爷费这么多心思把我骗到这里来，就是为了笑话我的小名？"

郁赦毫不遮掩，坦荡道："是。"

钟宛被气得头晕目眩。

郁赦乐够了，摆摆手道："你去吧。"

钟宛犹豫了一下。这些日子，自宣璟那儿得来的消息扰得钟宛心神不宁，他一直想找机会给郁赦露个口风，让郁赦小心些。见郁赦一次不容易，钟宛不想就这么浪费了。

但不能把宣璟卖出来，钟宛同宣璟有几分旧交，且中间还夹着一个林思。

钟宛决定坑一把宣琼。

"世子……"钟宛斟酌着语气，"前几日，我从五皇子府上打探到了一段皇室秘闻。"

郁赦抬眸："宣琼？"

钟宛点头："和世子有关的。"

郁赦脸上的笑意淡了下来："什么秘闻？"

钟宛暗暗捏了一把汗，低头道："有关世子身世的。"

郁赦脸上笑意彻底散尽，放下茶盏："滚。"

该提醒郁赦的，已经提醒到了，郁赦很聪明，废话不用多说，只要引出身世的事来，郁赦自然会心生警惕，多多防备着宣琼。钟宛目的已经达到，转身就走。

郁赦突然道："站住！"钟宛停住脚。

郁赦指尖掐着红木扶手，好似苦苦忍耐着什么，过了好一会儿才问道："你都知道了什么？"

钟宛心道：你不该问宣琼都查到了什么吗？

钟宛不知郁赦真正忌惮的是什么，避重就轻道："从五皇子府上传出来的消息看……世子可能并非安国长公主所出。"

郁赦轻蔑一笑，神色稍霁。

钟宛怕郁赦轻忽了这件事，想了下又道："五皇子怕是在怀疑……世子是皇上私生的。"

"这种无稽之谈自我幼时就有。"郁赦不甚在意，"宣琼和他母妃一直在担心这个，我知道。"

钟宛实在是看不透郁赦了："那你就不担心？三皇子一旦没了，你猜宣璟、宣琼两个是会内斗，还是暂时结盟先解决了你？"

"这要看宣璟如何考量了。"郁赦想也不想道，"我同宣琼背后站着的都是郁王府，宣璟若先解决了我，郁王府就彻底成了宣琼一个人的臂膀，这样将来一对一地较量起来，宣璟占不着什么便宜，但若是先解决宣琼……"

钟宛接口道："你绝不可能同他联手，宣璟单占着一个'长子'的名分，又没多大可能斗倒宣琼。"

"聪明。"郁赦敲了敲桌面，"所以说现在最两难的是宣璟，我为什么要着急？"

钟宛蹙眉："如果他真的和宣琼联手了呢？！"

郁赦干脆道："那就来吧，我不在意。"

钟宛急道："你就这么相信皇上保得住你？"

"我当然不信。"郁赦笑了，"我说的不在意，不是不在意他们，而是我自己的死活。"

钟宛气结，这个人……

"我就是个疯子。"郁赦笑吟吟地看着钟宛，"你不是已经知道了吗？"

钟宛脑中嗡嗡作响，艰难道："世子……你这条命……单是你自己的吗？"

郁赦嘴角的笑意传不到眼底，看着钟宛，反问："不然呢？是你的？"

钟宛自那场大病之后，凡怒火攻心必会心悸，脸色有点不好，转口道："身体发肤，受之父母……"

郁赦"扑哧"一声笑了出来。

钟宛定了定神："你这么说，是已经清楚自己的身世了？你……"

"我是顺着你的意思替你在分析啊。"郁赦并不入套，"你已认定了我是皇帝的私生子，不是吗？"

钟宛摇头："并不很确定，但我隐约觉得……你是知道了。"

郁赦点头："自然。"不等钟宛开口，又道，"但我不会告诉你。"

钟宛本想找个机会说服郁赦同意自己留在京中，但现在看郁赦戒心很重，且两人之间早无信任可言，贸然开口，郁赦只会觉得自己另有所图。

这事儿只能缓缓图之了。钟宛低头："这是自然。"

"虽然不知你是为了谁，但既然你好心提醒我，我也告诉你一件事。"郁赦敲了敲桌面，"若不出我所料……近日会有一些鬼神传闻，有人想借此生事，你可以告诉那条哑狗一声，让他劝宣璟龟缩度日，不要生事，不然……轮不到他同别人斗法，就要先被人当了奠仪。"

郁赦似乎一句也不想再聊了，摆摆手："言尽于此，你走吧。"

钟宛转身走了。

不出郁赦所料，不过两日，京中就传出了许多流言。

钟宛同林思坐在黔安王府的书房里，一个写、一个比画，安安静静。

林思道：果然有人翻起了陈年旧事，说起了当年相师的话，今上皇位来得不正，所以皇子一个都保不住。

林思忧心忡忡：还说，下一个遭难的，必然就是四皇子了。

钟宛写道：宣璟怎么说？

林思叹气：他整日发火，说要严查流言的源头，杀一儆百，我劝阻了，他……并不听。

钟宛写：一石二鸟。

宣璟这会儿要是当没这回事，不加防备，被人害了就是遭了天谴，不明不白。他要是很在意，急吼吼地去探查，就等于承认了流言中"皇位来路不正"

的说辞，犯了崇安帝的忌讳。

钟宛眉头紧蹙，都被郁赦说中了，先陷入两难的，竟真就是宣璟。

林思有点着急，比画：怎么办？

“查肯定是不能查。”钟宛低声道，“现在唯一能保他的就是皇帝，开罪了皇上，争储就真的无望了。”

钟宛抬头看向林思：“他不是很听你的吗？劝着点。”

林思苦笑，比画：劝不动，那日从三皇子府上回去后，宣璟怒不可遏，亲自写了一沓郁小王爷和五皇子的名讳，找出百十来件瓷器，挨个儿贴上，然后找来一根这么粗的棍子！

林思比了个碗口大的样子，钟宛骇然：“做什么？”

林思打手语：大吼一声，举着棍子砸向瓷器，再大吼一声，砸向另一个瓷器，循环往复……

钟宛沉默许久，问道：“砸完之后，他消气了吗？”

林思摇头，比画：没有，因为后来砸顺手了，不小心把皇帝钦赐的一个九环琉璃盏也砸了。那个琉璃盏很是珍贵，皇上之前来府上还特意看过，四皇子怕皇上将来问起，后悔不迭，一边痛骂着五皇子和郁小王爷，一边去拣那琉璃盏碎碴儿，一共有……几百片吧？混在其他碎瓷中，犹如大海捞针，我方才来时，他还在分拣呢。

钟宛头疼：“他以前只是才情不好，怎么现在脑子也不行了？就这样还好意思争储？”

林思叹气，比画：主人还有事吗？若没事了，我就回去，替他分拣一二。

钟宛点头：“你去吧。”

林思又想起一事来，比画：主人，郁小王爷如此忌讳身世之事，会允许你留在身边？若不行……你还是回黔安吧。

“不。”钟宛想也不想道，“他现在自然不信我了，但我不能不管……唉，随便吧，最多挨他几次羞辱，还能如何？”

林思心道：按着郁赦如今阴晴不定的诡谲脾气，怕不只是“几次羞辱”这么简单。

钟宛决定的事，林思向来劝不动，他叹口气，转身要走。

“等等。”钟宛突然道，“还有件要紧事，我要问你。”

林思认真地看着钟宛。

钟宛沉声道：“前些天，郁小王爷是不是抓了你去，问我小名？”

林思愤愤不平，比画：郁小王爷蛮横又不讲道理！他问主人你的小名，我当即就要说！奈何他上来让人按住我，我一个哑巴，口不能言，白白吃了好半天苦头。

钟宛回想自己厉声质问郁赦是否刑讯林思的场景，满目苍凉。

钟宛无力地摆摆手：“委屈死你了……你去吧。”

林思耿直地磕了个头，走了。

二十

“这话到底是谁传出来的呢……”钟宛躺在榻上，长吁了一口气。

不过几天，流言已经从女鬼索命拉扯到崇安帝帝位来路不正的事了，钟宛不信这其中没人推波助澜。

流言的走向让钟宛隐隐不安。扯到崇安帝即位的事，必然会让人想起宁王，想起了宁王，必然又会提起黔安王府的几个人。

钟宛这些年殚精竭虑，只希望宣瑞他们远离是非，万万不想再蹚这浑水。

不过现在看，崇安帝显然对宣瑞几个还没什么别的心思，钟宛明知宣瑞不想露面，但近日还是逼他同其他宗亲一样每日去三皇子府上探病。宣瑞畏惧不安的样子，是他们最好的保命符。

流言下一步会被传成什么样谁也不知道，钟宛不想冒险，出门叫了严平山来。

待人来了，钟宛直接道：“我想让宣瑞他们早点回黔安。”

严平山像听了个笑话：“万寿节还没到，三皇子不知什么时候就没了气，咱们怎么早点回去？是因为流言的事不放心？那也太小心了吧？哪儿有人想到咱们？”

“不小心不行。”钟宛发愁道，“京中形势波谲云诡，谁知道会栽在哪股暗流中？”

万一崇安帝的哪个儿子再出事，钟宛不确定年迈的崇安帝不会把视线转移到黔安王府来。

严平山迟疑道：“你是觉得皇上的皇子真的还会出事？”

“不知道，希望不会。”钟宛皱眉，“但我总觉得有双手在暗中默默地推动什么。”

严平山一头雾水："推动什么？"

钟宛也不清楚，但自打知晓了一二分郁赦的身世，钟宛心中就总是隐隐不安，不然也不会拼着再蹚浑水也要留下来。

这些话就不能跟严平山说了，钟宛商量道："我想给宣瑞下点药，让他病一场，你觉得行吗？"

严平山咋舌："什么药？你……你让王爷吃毒药？"

"当然是不会太伤身的。"钟宛无奈，"要是我病了就能借故回去，我自然不会让他遭这个罪，但……我现在就是一碗砒霜喝下去，他们也走不了。"

严平山不满道："好好说话！"

钟宛一笑，继续道："两个小的太小，不能乱来，所以……让宣瑞吃点苦吧。"

严平山犹豫道："装病行不行？"

钟宛摇头："宣瑞一病，皇帝必然会派人来看，混不过去的，万一被发现了，那事儿就大了。"

"三分病，装出十分来就行了，到时候说宣瑞受不住北方严寒，求皇帝放我们回黔安养着，八成是能走的。"

严平山瞪大了眼："八成？"

钟宛一笑："哪儿有什么实打实的事？你先把药准备下，我去跟宣瑞商量商量，看看他的意思。"

"行，不过……"严平山突然想起什么来，"你是不是不跟着王爷回黔安了？我怎么听说你要留在这儿说什么亲？"

"说亲？"钟宛反问，然后回过神来，自嘲一笑，"是……是要说亲。"

"你这又是作什么妖？说个亲用得着你多长时间，还特意留下？"严平山是宁王府的老管家了，婚丧嫁娶的事比钟宛清楚多了，不似那几个小的好糊弄，"是要说哪家？总不能你自己去说吧？请媒人了吗？你也没长辈，谁替你操持的？人家家里如何说的？"

钟宛被严平山问得一句也答不上来，敷衍道："没那么多礼数，不需长辈，也没请媒人……"

"那怎么行？！要不你说不下来呢。"严平山不满道，"你礼数如此不周，轻忽人家小姐，人家没把你打出来就是好事！明媒正娶，哪儿有你这么做事的？你告诉我是哪家，我来替你操办……”

“不用。”钟宛根本不知道婚嫁之事的细节，只能硬着头皮继续往下编，“再说也不是明媒正娶……”

严平山瞪大了眼睛：“你不明媒正娶是要怎样？！你难不成要拐带人家姑娘？！”

钟宛闹心道：“不是！我……我就纳个妾，哪儿有这么多事？”

“哦。”严平山喃喃，“原来是纳个小妾……你年纪不小了，是该找个人来伺候你了，那女子如何？哪里人？年岁几何？会疼人吗？”

钟宛一个头比两个大，借口要同宣瑞商议，抬脚跑了。

黔安王府正房，宣瑞坐卧不安地来回走动，忧心忡忡：“我……我吃了药，万一被看出来怎么办？”

“不会。”钟宛宽慰道，“和普通风寒没什么不同，太医也看不出来的。”

宣瑞又问道：“对身体损害大吗？”

“没什么大损害吧？”钟宛回想了下，道，“应当是没什么的，我以前吃过好几次，看着吓人，但只要一停了药，养上半个月就好了。”

宣瑞看看钟宛，更不放心了：“你这身子……”

钟宛好笑道：“我身子现在是不行了，但也不是吃这个药吃的，我骗你做什么……”

“怎么这么多话？”宣从心在里间做着女红，听了一会儿实在忍不住了，隔着屏风不耐烦道，“把药拿来，我替你吃！”

宣瑞就是这样婆婆妈妈的性子，被亲妹妹训了一句也没动怒，只是皱眉道：“你什么时候来的？没你的事，回你自己房里去！”

宣从心闻言动了气，怒道：“不是你跟我说，让我替你也做身狐裘吗？！”

钟宛忍笑，打圆场道：“我送小姐回房。”

宣从心把手里的针线丢在一边，起身跟着钟宛走了。

宣从心憋着火，边走边低声跟钟宛道：“你还不如直接跟我商量。”

钟宛走在宣从心身后，抬手虚比了一下，惊觉宣从心又长高了许多，竟比宣瑜都要高出半头了。

“到底是什么药？你一会儿拿过来，我吃了就行了。

“别告诉宣瑜了，他心里藏不住话，就让他觉得我是真病了吧。

“钟宛？”

钟宛回神，笑道：“瞎说什么？有你两个兄弟呢，哪儿轮得到你？”

宣从心不胜其烦道：“那你说动他了吗？”

“王爷只是小心，他从小吃苦吃太多，吓怕了。”钟宛低声道，“从心，别这么说你哥哥。”

宣从心瞟了钟宛一眼，冷冷道：“是，他吃的苦比你多多了，担惊受怕了这么多年，多可怜啊。”

钟宛叹口气。

钟宛后悔自己当年年纪太小，人事不知，带着几个孩子去黔安后，都不知道请几个嬷嬷来带宣从心。

钟宛那会儿自己还是个半大孩子，也粗心，焦心劳累得什么都顾不上，就把两个小的放在一处，去哪儿都捎着，一起教养，直到宣从心七岁就能将宣瑜按在地上教训的时候，钟宛才惊觉得有个女眷来教导这个丫头了，特意让林思从京中请了老嬷嬷送去黔安，但到底是晚了。

宣从心容貌一如宁王妃，但脾气性子和早逝的王妃是一个天一个地。

宣从心刻薄了自己大哥一句后没再往下说，半晌道：“你说你小时候吃过那个药，是什么时候？”

钟宛道：“十六岁的时候。”

“比我也大不了多少。”宣从心很放心，“你如果懒得跟我大哥废话，就把药送来，好过耽误事，还有……”

钟宛低头看着宣从心。

宣从心静了片刻，垂眸道：“我大哥懦弱又愚钝，说的话怕是总会刺你的心，你别寒心，我心里是明白的，你当年……为了我们吃过很多苦。”

“人不能只把自己的命当命，不把别人的命当命吧？”宣从心眼眶微微红了，“我不是不识好歹的人，也懂什么叫知恩图报，如今不过略尽一点儿心而已，跟你之前为我们做的没法比，有用得着我的地方，你说就是，别总把我当小孩子，行不行？”

钟宛方才其实一点儿也没在意，但听宣从心这么一说，心里突然就软了。

钟宛点头：“好。”

宣从心转身继续往自己院里走，接着问道：“你以前吃那个药，是什么症候？过后治了多久？中间是谁照顾的？妥帖吗？”

“症候和普通风寒无异，来势汹汹……”钟宛想起前事，嘴角微微弯起，“我……我一个朋友照顾的我，很妥帖……”

郁王府别院，郁赦略有不适地按了按鼻尖。

郁赦喝了一口茶，脸色阴沉：“你继续说。”

一家将打扮的人单膝跪在地上，一字不漏道：“他们府上晚膳都是一起吃的，那个老管家在一旁伺候，老管家说：‘纳妾也不能太随意了，我备好了一份礼，已经打点好了，你回来看看。’

“小姐很惊讶，说‘不是娶妻吗？怎么又纳妾了？’

“黔安王点头说：‘如此年纪，如此身量，确实做个小妾更妥当。’

“然后那老管家问：‘什么年纪？什么身量？为何你们都知道了？’

“小少爷说：‘新嫂嫂身高九尺，年纪很大，性格刚毅，顶天立地，气拔山河，许是上古之神夸父后人。’”

郁赦：“……”

郁赦眯着眼看着自己的探子，一字一句：“你在逗我？”

探子一腔苦水没处吐，为郁赦卖命多年，出生入死，是靠着自己一身的刀疤才混到了今天这个位置上，如今不知为何被派去探听这种小事，还要因这奇奇怪怪的事失了郁赦多年的信任！

他怎么会知道钟宛好好的为何要娶夸父后人？！

他也很不解！

探子双膝跪地磕下头来：“若有一句捏造，小人愿受五雷轰顶！”

探子说着抽出腰间短刀，这就要往自己腿上刺，郁赦摆了摆手：“罢了。”

短刀落地，铁汉也流了泪：“世子……”

郁赦淡淡道：“去查查，那个夸父后人是哪路神仙。”

二十一

郁赦叫来冯管家，大致交代了一下，吩咐：“去查查，他要纳个什么玩意儿。”

冯管家也是一头雾水，小心地问道：“世子……这其中，是否有什么误会？”

郁赦冷冷道：“什么误会？”

冯管家谨慎地分析道：“这自古以来，小门小户借着自己的姓氏强行往古时圣人门上攀扯的是有不少，反正无从追溯，不过是他们给自己脸上贴金罢了，但……老奴还是头一次听人炫耀，自己是夸父后人的。

“一来，夸父是《山海经》里的人物，是不是真的有此人都不得而知，除非这女子真的高大非常，令人惊骇，不然也不能取信于人。

“二来，夸父并非圣人，硬说自己是他的后人……也不见得就能抬高身价，这要是招入府中做家将自然很好，做小妾……着实不算是个长处。”

郁赦淡然道：“可能除了魁梧，也没别的勾引男人的能耐了。”

冯管家揣摩着郁赦的心意道：“确实，此沽名钓誉之例不可开，今天她说自己是夸父后人，明天另一个说自己是盘古后人，再过两天，又有说自己是嫦娥后人，孟婆后人，观世音后人的……这算什么？以后不攀扯个上古神魔，就娶不着亲、嫁不了人了？将来这京中鬼妖聚集，又成什么了？！”

郁赦一阵头疼：“别说了。”

冯管家忙闭了嘴，改口道：“钟少爷定是被人糊弄了，待我们查明白了，第一个告诉他！”

郁赦烦躁地揉了揉眉心，都是什么乱七八糟的……

“说起鬼神来。”冯管家低声道，“正要同世子说呢，晚间宫里刚传出来消息，世家大族中，再有把三皇子溺水的事往鬼神之说上拉扯的，一概以谋逆论罪。”

郁赦一笑：“皇上终于急了？”

冯管家压着嗓子：“发了几次火，只是这事儿不能明着说，不然知道的人更多了，只能暗暗放出口风来，震慑一二。”

郁赦的心腹不止冯管家一人，外面的事很多都是郁赦直接交给别人做的，冯管家知道得不多，冯管家慢慢道：“这是谁……放出这种流言来搅浑水呢？”

郁赦听出来冯管家的言外之意，眼中带了几分讥讽：“不是我。”

冯管家忙道：“是老奴糊涂了。”

“这事儿要是我来做，绝不会这么轻拿轻放。”郁赦大方道，“皇帝现在最怕的是什么？”

冯管家想了下，答道：“那必然是再有皇子出事了，真的出事了，就显得……显得……帝位来路不正的事是真的了。”

郁赦问：“那他最怕哪个皇子出事？”

冯管家迟疑：“四……四皇子？”

郁赦冷笑。

冯管家擦了擦额上的汗珠，声音微不可闻：“您……”

“他现在最怕的，是我出事。”郁赦声音如常，没放低半分，“宣璟、宣琼就算出事了，最多就是让更多人可以拿当年相师说的话做文章而已，但能如何？这能算什么证据？且皇子们就算死绝了，也不一定有人能撼动帝位。”

冯管家听得心惊肉跳，点头：“是……”

“我就不一样了。”郁赦低头一笑，“在这个当口上，我出了事，才能牵连出更多令人作呕的旧事来。这事要是我在幕后操纵，我第一个不能放过的，就是我自己。”

郁赦看看窗外，轻松道：“咱们院子里池塘，破冰了吗？”

冯管家不知郁赦怎么突然问起这个来了，如实道：“还没呢。”

“这个池子连着外面的活水，结的冰层不会很厚。”郁赦幽幽道，“你说我踩上去……会不会踏碎那层冰？”

冯管家大惊失色，忙道："老奴刚才是瞎说的！这事儿当然跟世子无关，你……你别瞎想！"

郁赦神色如常："我没瞎想，只是觉得在这个当口上，我要是夜半溺死在冰窟中，一定很有意思。"

冯管家急得额上青筋都出来了，别的人说这话可能只是说说，但眼前这位可是曾经背着别人吃半年寒食散，险些就被砒霜毒死的！

郁赦道："其实那天长公主让你吩咐我离水边远点时，我就考虑过了。"

冯管家焦急道："你！你……"

"逗你的。"郁赦笑了，"我现在又不想去睡冰窟窿了。"

郁赦想起方才听探子说的话，目光阴鸷："我得先弄明白……他到底要纳个什么妾。"

冯管家松了一口气，哭笑不得："您真是……"

冯管家想笑，回想郁赦这些年过的日子，心里又突然酸了起来。

"没这个糊涂想头就最好了。"冯管家宽慰道，"天也不早了，世子先歇下？"

郁赦点点头，起身去卧房了。

冯管家到底不放心，但他准备出门一趟，没法守夜，只得命几个家将严守住郁赦卧房的窗子和门，绝不许他半夜出来，就算拦不住，让他出来了，也一定要跟着，寸步不离。

家将们应下了，冯管家定了定心，出门去了。

同一时刻，宫内兴和宫中灯火通明。

崇安帝坐在暖阁的围子床上，面色沉郁，声音低哑："会不会是子宥那孩子又有什么想不开的了？"

内阁大臣梁齐坐在一个小矮凳上，轻轻摇了摇头："不像，郁小王爷行事果断，这事儿要是他做的，三皇子怕不会有命拖到现在。"

崇安帝眼中晦暗不明："是吗？那年他吃那种东西，朕就想过，他是不是存了这个念头，故意刺朕的心。"

崇安帝疲惫地叹了口气："朕自问待他不薄，这些孩子里，只有他是朕从小疼到大的，早年……还动过认回他的念头。”

“万万不可！”梁齐起身，躬身道，“郁小王爷资质过人，但性情孤僻，行事乖戾，若他没有争储之心还好，若是有这个念头的，皇上贸然将他认回……怕要害了四皇子和五皇子，届时国本动荡，天下不安。”

说起宣璟和宣琼，崇安帝脸色更差了：“他俩若有出息，朕又怎么会动这个心思？子不肖父……”

“两位皇子刚刚成年，还可慢慢教导。”梁齐担心崇安帝因膝下单薄，真的要认回郁赦，又道，“且不说认回皇子平息内外质疑之声有多难，将来郁小王爷问起自己母亲，皇上又该如何向他解释？”

崇安帝垂着眼睑：“府中旧人而已……”

“郁小王爷若硬要问个明白呢？”梁齐心事重重，“就算他不问，将来……若要立郁小王爷为太子，皇上总要给宗亲和朝内大臣们一个交代，不然名不正、言不顺，总有人要借此生事，自然，皇上可能并没有立他为太子的心思，那又绕回来了……郁小王爷，容得下其他两位皇子吗？”

崇安帝靠在软枕上，长吁了一口气：“不认回他，你觉得他就能容得下那两人了吗？”

“郁小王爷如今还没有争储的心思，且他一个异姓之人，名不正、言不顺，只要皇上不认，他翻不出风浪来。”梁齐抬眸看了崇安帝一眼，声音轻了些许，“为保皇子平安，将来若有万一，只要皇上狠得下心，就能……”

崇安帝倏然睁开眼，冷声道：“你是让朕亲自除了他？！”

梁齐跪了下来。

暖阁内安静了许久。

崇安帝倚回软枕上，摇摇头：“朕没几个儿子了……他是朕留在长公主那儿的最后一个念头。将来若有万一，不管他愿不愿意，都得……算了，你起来吧。”

梁齐知道崇安帝舍不得，没再深劝。

“接着查吧。”好一会儿崇安帝才道，“朕也觉得不像子宥做的。”

梁齐起身，想了一下问道：“皇上，关于郁小王爷的身世……他自己都知道了吗？”

崇安帝疲惫道："六年前就都知道了，朕还记得，记得他连夜冲破数道宫禁，带着一身落雪，就在这儿，他问朕……"

梁齐接口道："问……什么？"

崇安帝按了按眼角，不堪回忆，摆摆手让梁齐下去了。

暖阁外的太监给梁齐掀起厚厚的帘子，灌进一阵冷风，年迈的崇安帝瑟缩了一下，咳了起来。

夜半，冯管家叩响了黔安王府的大门。

钟宛迷迷糊糊地起身披上衣服，半睡半醒道："谁啊？"

严平山把自己的手炉塞到钟宛手里，悄声道："郁王府别院的冯管家。"

二十二

钟宛将冯管家请进小书房，等茶的工夫里，两人相对无言，偶然对视上，马上双双移开眸子。尴尬无比。

钟宛心里有愧。

年少时太不是个东西，住在郁王府别院那半年，钟宛没少给冯管家添麻烦。

严管家亲自沏了一壶好茶送了上来，钟宛给他递了个眼色，严管家带着其他仆役下去了。

钟宛自省近日的言行，不知道得罪了郁赦什么，劳动他半夜派人来府上。

还特意派了自己最怕的冯管家来，是让冯管家来骂自己的吗？

钟宛让茶，试探道："可是……郁小王爷有什么事要交代？"

冯管家忙摇头："不是，我是特意趁着世子睡下后，偷着出来的。"

钟宛心道：那您可太不避嫌了。他面上却老老实实道："哦，这样啊。"

冯管家问钟宛："待过了万寿节，钟少爷是不是就要随着黔安王回封地了？"

钟宛没打算回去，但说："自然。"

冯管家叹了口气。

钟宛抿了一口茶，小心翼翼道："冯管家是嫌我走得太晚？"

冯管家忙摇头："没有没有，钟少爷多心了。"

冯管家慢慢道："钟少爷这一去……大约不会再回京了吧？"

钟宛点点头："自然。"

冯管家目光复杂，好一会儿才道："我有个不情之请，不知钟少爷能不能看在老奴也曾看顾你一二的分儿上，照应一二？"

钟宛道："您说。"

冯管家左右想了半天，紫涨着老脸道：“钟少爷若是无事，能不能……在京中略住一住？”

钟宛差点儿就脱口说“求之不得”了，但为了套冯管家的话生生咽了下去，故作为难道：“不好吧……我在京中早就没亲人了，且身份尴尬，每每同故人相见，彼此都难堪，还有就是……”钟宛看向冯管家，“之前郁小王爷将我拐到府上的事您大约也清楚，说实话，我现在很怕他。”

“正要说世子。”冯管家苦笑一声，“明人不说暗话，世子这些年的情况……钟少爷必然已经知道一些了。”

钟宛心里转过千百个念头，嘴上还是滴水不漏：“只听说，世子性情变了一些，不似少时温和了。”

“岂止？”冯管家愁断了肠，“我同少爷交个底，世子能活到今日，实在是……实在是不易了。”

钟宛心里焦急，脸上却一切如常，故作讶异道：“郁小王爷上有皇帝庇佑，下有长公主和郁王爷爱护，怎么会呢？”

冯管家似是憋了一肚子的话，摇摇头：“天家之事，我说不清楚，总之……世子如今，是不能闲下来的。”

钟宛蹙眉：“不能闲下来？”

“世子只要一闲下来，必然要生事。”冯管家回想前事还会心悸，“而且每次都要闹出个大动静来……几年前，皇上带着宗亲们去秋猎，长公主担心流矢伤人，不许世子跟着，您猜如何？”

钟宛下意识觉得没什么好事。

冯管家后怕道：“世子甩开跟着他的人，没带弓箭，没带长刀，就带着一把匕首，纵马进了猎场，出来的时候……带着一身的血，万幸只是受了点轻伤，但谁也不知道他一个人在猎场里面出了什么事，也不知道他那次能活着出来是不是运气。

“那年公主府中修缮园子，建了一栋三层高的栽花楼，建成当日，连皇上都去了，长公主内外照应着，没顾上世子，也不知世子看见什么还是听见什么了，自己走到那栽花楼楼顶上去了。他喝得半醉，坐在扶栏外面！这一不小心从楼上摔下来，那人可就没了！长公主被吓得差点儿昏过去，还是我们王爷镇定，让几个身手好的侍卫慢慢地上了楼，将世子带了下来。

“还有一回，也是世子一连多日无事可做，听说五皇子府上新来了个驯蛇的艺人，他去五皇子府上看艺人吹曲儿御蛇，不知怎么的，世子自己抓了一条毒蛇摆弄，被那毒物一口咬在了手臂上！幸好那蛇毒不能要人命，且太医救治得当，不然……因这个，五皇子被皇上申斥了好一顿。

“这些事说都说不完，世子这些年……步步走在刀刃上，若不是皇上和长公主盯得紧，不知要出多少事，总是如此……只要连日没事做，世子必然如此，老奴……日日心惊胆战。”

钟宛死死地攥着椅子扶手，深吸一口气，尽力让自己语气自然些：“郁小王爷他……如此不爱惜自己，到底是为什么？”

冯管家端起放凉了的茶喝了一口，嘴唇动了动，还是没说。

“您今天来找我，想来是对我有几分信任的。”钟宛低声道，“您让我帮忙，我自不敢辞，但我得知道该怎么帮吧？”

“给他找点事做就好。”冯管家忙道，“分一分他的精力，别让他腾出空来折磨自己！”

钟宛犹豫道：“你确定……我能分了他的精力？”

“能！”冯管家确定道，“肯定能！钟少爷不知，世子对您的事是最较真的。”

钟宛干笑了下，并不信：“您抬举我了。”

冯管家忙道：“这话是真的！少爷可记得那次，那个姓沈的知州进京述职？他来府上打秋风，世子当真就答应了他的请求！虽然那知州走后，世子发了一顿脾气，还借故去找四皇子的不痛快，同四皇子吵了一架，但我看得出来，世子那几日心里非常舒坦！”

钟宛哭笑不得。

郁赦在京中替钟宛遮掩，默认了两人私交甚笃的事，是钟宛心头的一个疙瘩。每每想起来，钟宛心里都半酸半苦，想跟郁赦问个清楚，又觉得很没意思。

何必呢？

钟宛抬眸看看冯管家，狠了狠心：“那我有件事想问……”

冯管家忙道：“少爷请问。”

钟宛豁出去了：“子宥他对我有过几分情谊吗？”

冯管家局促道：“世子当年对您那么好，他秉性如何……您自己不知道？”

钟宛摇摇头。

钟宛道：“知道他对我有没有几分同窗情谊，我才好对症下药。”

冯管家仔细地想了下，拍了一下桌子：“我觉得是有的。”

钟宛抬眸，冯管家也顾不得什么非礼勿言了，老着脸皮道：“您走的头一年，世子有段日子很不好过，几乎熬不下去，世子有天喝了酒，自顾自地说了几句话，被我听到了。”

钟宛飞快道：“他说什么？”

“他说……”

少年郁赦醉眼蒙眬地坐在地上，拿着一小坛酒生灌：“没一个人想我活着……爹，不是我的，娘，不是我的……亲爹不是我的，亲娘不是我的，兄弟不是我的，姊妹不是我的……”少年郁赦咽下烈酒，呛了一下，哑声道，“归远也离去了……”

冯管家隐去前面几句话，只告诉了钟宛最后一句。

冯管家低声道：“老奴记得，少爷字归远。”

钟宛闭眼偏过头，不让冯管家看自己。

钟宛好一会儿才平复好情绪，点了点头。

冯管家存着一分希冀，道：“所以我想，世子当时念的就是少爷的名字。”

“而且，而且！”冯管家又想起什么来，急道，“隔日我旁敲侧击过！问世子，是不是后悔放少爷走了，世子说……”

冯管家仔细想了下，道：“世子当时万念俱灰，说，得之我幸，失之我命。”

“他如此，您亦然。”冯管家顿了一下，结巴道，“然后没几天，就传来了您在黔安的一些消息。”

钟宛收起心头痛楚，咳了一下，端起茶盏喝了一口。

冯管家怕钟宛以为自己在讥讽他，忙又道：“少爷别误会，自有了这些传言，世子又精神了不少！”

钟宛按着冯管家说的时间往前推算，惊觉那竟是他和郁赦彼此最难熬的一段日子。

阴差阳错，两人一个在京中，一个在南疆，竟靠着彼此生生撑了过来。

钟宛低声道：“您要我做什么，吩咐就是，我无所不从。”

冯管家大喜道：“那您这是答应了？先不回黔安了？”

钟宛点头：“确定他没事前，我不会走。”

“不过……郁小王爷就算对我有过两三分同窗之情，现在也不一定了。”钟宛深吸一口气，道，“将来若是玩脱了，还请您看在当年的情分上，让郁小王爷给我留个全尸。”

冯管家痛快道：“这是自然。”

翌日，刚用过早膳的郁赦难以置信地看着冯管家：“你昨天大半夜去找钟宛了？”

冯管家提心吊胆地答：“是。”

郁赦道：“我让你去查查，你就直接问到他脸上去了？”

冯管家拼了：“我觉得世子着急知道，就直接去了！”

郁赦一时无话可说。郁赦怀疑冯管家被自己传染了。

“那……”郁赦一言难尽地看着冯管家，“那他说了什么呢？是不是觉得你跟我一起疯了？”

冯管家擦了擦汗：“没有，钟少爷说，说……说……”

郁赦觉得冯管家简直莫名其妙，不耐烦道：“说什么？！”

冯管家狠了狠心，大声道：“钟少爷说，他自进京来，世子完全不顾惜当年同窗之情，他在世子这儿受气实在太多，心如死灰，决定要娶上十几房小妾自暴自弃！”

郁赦眸子微微发颤，隐隐带了几分血色。

郁赦怒极反笑：“很好，很好。”

二十三

冯管家目的达到，要退下了，郁赦突然道：“站住。”

冯管家心里咯噔一下，面上如常，躬身道：“世子吩咐。”

郁赦审视着冯管家：“钟宛现在走路都恨不得绕开郁王府十里以外，他会这么说？他敢？”

当然是不敢的。冯管家昨晚跟钟宛聊了许久，全是在说郁赦，把纳妾的事抛到脑后，回了别院才一拍大腿想起来自己忘了要紧事。

冯管家知道去黔安王府的事瞒不过郁赦，无法，现在只能胡编乱造。

冯管家原本觉得自己编的话很合钟宛的语气，没想到还是被郁赦听了出来。他稳了稳心神，反问：“钟少爷不一直是这样吗？他有什么不敢的？”

郁赦闻言心头火又加了一把：“好，真是长本事了。”

冯管家跟着叹气：“人大心大了。”

郁赦被气得险些摔茶盏：“你去吧。”

冯管家待要走，但看郁赦这样子，又替钟宛担心。他揣摩着郁赦的心思，替钟宛周旋道：“不过也怪不得钟少爷，他二十好几的人了，至今孤孤单单一个人。圣人都说，食色性也，又说人之大欲存焉，他一个正经的成年男子，至今房中无人，才不对劲呢。”

郁赦闻言周身的戾气又强了几分，抬眸冷喝道：“你是说我不对劲？”

冯管家恨不得给自己一巴掌，哪壶不开提哪壶！

冯管家忙补救道：“不不……世子比他年轻！不急！”

冯管家这一顿火上浇油彻底惹怒了郁赦，郁赦冷笑：“行……他房中空虚是不是？我明白了。”

冯管家多说多错，不敢再劝，讪讪地退下了。

出了正厅，冯管家擦了擦头上的冷汗，庆幸郁赦如今性子癫狂，越是怒火攻心脑子越是不清楚，才能糊弄过去。

砰的一声，正厅里郁赦不知砸了个什么器物，冯管家放心了，被气成这样，郁赦总没心思去跳冰窟了吧？

冯管家心满意足，去忙自己的事了，几番惊吓后，又忘记了托人去同钟宛串供。

黔安王府内，宣瑞和宣从心坐在暖阁里，一起看着一碗药。

宣瑞盯着这碗药足有半炷香的时间，终于端起了药碗。

宣从心瞥了他一眼，低头给自己绣荷包。

宣从心的女红其实不太行，做大件的衣裳看不出，摆弄这些精细小物件就容易露马脚，两株牡丹花，被宣从心绣得看不出头尾来。

给宣瑞做了一半的狐裘，至今还被她丢在里间小榻上。

宣瑞端着药仔细地闻了闻，又放下了。

宣从心凉凉道："大哥，药是不是凉了？我让人替你热热去？"

"你又在这儿做什么？"宣瑞皱眉，"绣活儿哪里不能做？"

"等着。"宣从心摆弄着手里的针线，将牡丹改绣成老虎，心不在焉，"你若是耗到晚上还没喝，我就替你。"

宣瑞被妹妹一激，又端起了药碗，然后品茶似的，尝了一点点。

宣从心尽力忍着，没发火。

宣从心低头戳着老虎，头一次体谅了历代皇帝，为何为了那枚玉玺可以手足相残，兵戎相见。

别说皇位了，宣从心抬头看看自己大哥，心道：我若是个男子，为了这个郡王之位我大约都会跟你斗一斗法，实在是……忍无可忍。

宣从心在心里感叹了几句女儿命苦，继续绣她的老虎。

过了好一会儿，宣瑞第三次端起药碗，又放下了。

宣从心麻木地看着宣瑞，心道：你我若同为皇子，就算出自一母，我肯定也不会手软，早早地将你扔到封地上去吃草。

又过了半个时辰，宣瑞似是下定了决心，站了起来，端起药碗，手抖了抖，又放下了。

宣从心把已经被她绣成了凤凰的绣样丢下，一把拿起药碗，仰头就要灌下，宣瑞吓了一跳，扑上来抢过去，药洒出了半碗。

“你做什么？！”宣瑞急了，“你才几岁！你能喝这个？！”

宣从心拿起帕子按了按嘴角：“不然怎么办？我想回黔安了，你不喝，只能我喝了。”

宣从心抬头看着宣瑞：“你耗了这么久，不是想让我替你？”

“混账！”宣瑞大怒，“我是胆子小！但我能害你？！”

宣从心眼中疑豫不定，宣瑞被气得直喘气，将宣从心从头到脚数落了一通，命她的嬷嬷将她带回房。

宣瑞看看只剩了半碗的药，叹了口气，吩咐：“去……再给我熬一碗，熬……浓一点。”

过了一会儿，下人将药送来了，这次宣瑞没犹豫，趁着热，将一整碗药喝了下去。

外院，严平山拍拍身上的落雪，进了钟宛的房间。

“喝了？”钟宛隔着屏风问道。

严平山点头：“喝了，这会儿已经发起热来了，我想着让王爷再烧热点再去请太医，显得严重点。”

“行。”钟宛忍笑，“是不是跟小姐吵起来了？”

严平山嗔怪地看了钟宛一眼：“你让小姐过去做什么？”

“激他。”钟宛淡然道，“我若不回黔安了，宣瑞就要自己操持王府的事了，总要一步一步地强硬起来。”

“真先不回去了？”严平山欲言又止，“你不是为了纳什么小妾吧？昨天来找你的……那不是郁小王爷的心腹管家吗？”

钟宛点点头。

“此番若是能顺利回黔安，我们就再没什么可担心的，终于能好好过日子了。”严平山不忍道，“这是费了你多少心血才换来的？放着好日子不过，何必呢？”

钟宛一哂：“你当我命贱，过不了安稳日子吧。”

严平山急道：“瞎说什么？！”

“没瞎说。”钟宛突然道，“你知道……史今史老太傅的书房叫什么吗？”

严平山愣了下，不明白钟宛怎么突然说起这个来了：“叫什么？”

钟宛道：“四为堂。我当年头一次去太傅府上，看到书房上的匾额时，心潮澎湃，觉得这三个字题得实在太好了。”钟宛眼中带笑，“四为，为天地立心，为生民立命，为往圣继绝学，为万世开太平。”

“少年时不懂事，心高气傲，觉得身边琐事都不值一提，唯有这四件事值得我去耗费心力，觉得将来一定要封侯拜相，才不算辜负了这一腔抱负，后来……去他娘的吧。”钟宛面无表情道，“能照应自己家里几口人活下来就不容易了，我根本没那个能耐，是太傅高看我了。”

严平山急道：“你既然这么惜命了，就该跟我们一起……”

“严叔。”钟宛打断严平山，无奈一笑，“但我放不下的，不止府里的这几个人。”

严平山呼吸一窒，轻声道：“还有郁王府吗……”

“往事无须再提。”钟宛给自己倒了一盏茶，唏嘘，“我不想哭。”

严平山：“……”

严平山心里一阵心酸一阵好笑，想了一下道：“只是……将来若有万一。”

钟宛点头：“生死有命，我自找的。”

初来京中时，钟宛确实没留下的打算，但回想冯管家说的话，钟宛觉得这边可能更用得着他。

明知郁赦时时命悬一线，钟宛哪儿还走得了？

“好吧，府里有我照应，你一切放心。”严平山宽慰钟宛道，“王爷胆小，不一定是坏事，胜在稳妥，将来娶个能操持家事的王妃就好，只是小姐……”

钟宛道：“不要强给她定人家，听她自己的意思，不行就招个小女婿吧，养在自己府上，免得她这脾气去别人家里受委屈。”

严平山苦笑着点头：“是。”

说话间伺候宣瑞的人来了，说宣瑞不知怎么，突然发起热来，已经开始说胡话了。钟宛则命人去请太医，又让仆役慌张点，务必要让京中所有人都知道宣瑞要不行了。

仆役走了以后严平山起身将门帘压了压，免得冷风吹进来。

“那你是怎么打算的？”严平山接着问道，“你要先同郁小王爷修复关系？怎么修复？有我能帮忙的吗？”

“没有，这事儿只能我自己来。”钟宛自己其实也头疼，“闹成今天这样，本就尴尬，他脾气又变了许多……我想先和缓一点吧，慢慢地示个好。”

严平山不懂：“如何慢慢示好？”

钟宛也没头绪，转念想起什么来，问道：“黔安那边前些日子又送来不少土仪，送光了吗？”

“没有。”严平山道，“大多送入宫了，又往老宗亲的府上送了些，还剩一些。”

“茶叶什么的，拿一点。”钟宛道，“以我的名义，送去郁王府。”

严平山点头，钟宛又叮嘱道：“别送错了地方，是郁王府别院。”

严平山答应着：“懂的，今天天冷，你别出屋，我去料理。”

严平山说罢去了，钟宛惴惴，盼着自己送的东西不会被郁赦丢出来。

严平山出了钟宛院直奔库房，左右查看了一圈，叫了小管事来，皱眉问道：“那剩下的几包毛尖呢？”

小管事摸不着头脑：“剩下的？不是您说不再送人了，让分到几个主子屋里去的吗？钟少爷最喜欢毛尖，他那边估计都喝了一半了。”

严平山这才想起来：“对，那还有几坛子酒呢？从咱们黔安运来的，去哪儿了？”

“厨子那边要去了……”小管事如实道，“前天说要做米酒蒸鸡，全拿走了，用了一半儿，剩下一半儿小姐又让人做了糟鹅。”

严平山无奈：“那还有什么剩下的？！”

小管事摇头：“没有了。”

严平山着了急，小管事忙道：“有有有……还有十来只咱们那边的土鸡，活着呢，现在就养在厨下！”

“放屁！”严平山皱眉，“送几只活鸡过去，扑腾扑腾的，像什么样子！”

小管事吓得不敢说话了。

“算了。”严平山无奈道，“你带我去看看。”

两人去看土鸡，严平山弯着腰看着鸡笼子里十来只冻得发抖的母鸡，不甚满意：“畏畏缩缩的，毛也掉了好多，看着就不漂亮！”

“是有点不好看……”小管事一拍脑门，“那就送鸡蛋吧！咱们这土鸡是一路颠簸得不好看了，但下的蛋是好的啊！也新鲜！一个一个擦干净了放在小竹篓里，再包上红绸，哎呀……体面！”

严平山想了下，这确实比送几只掉毛鸡好些，犹豫着点头：“好吧，勉强也算我黔安的土仪了，那你马上收拾出来，让人好生送到郁王府去。”

小管事忙屁颠颠地去了。

两个时辰后，本已消下火的郁赦看着桌上欢天喜地的红绸鸡蛋，脸色都变了。

冯管家站在一旁，惴惴不安。

“我听闻……”郁赦语气平静，“民间送人红鸡蛋，是家里有了喜事，生了孩子，对吧？”

冯管家谨慎：“好像是。”

“那他这是什么意思呢？”郁赦额间渐渐积攒起怒气，“是在挑衅我，让我知道他要纳妾，要生儿子了？”

“不不不……”冯管家忙道，“钟少爷绝没这个意思！他不敢！”

“我看他没什么不敢的了！”郁赦心里的一腔怒火随时能将整个府邸烧个干净，“要娶夸父，还送我他和夸父的红鸡蛋……钟归远还有不敢做的事吗？！”

冯管家把头摇成了拨浪鼓，他也很想捶钟宛一顿，之前不是说得好好的吗？这事儿得慢慢来，钟宛这是在弄什么？！

冯管家竭力劝着：“不不不，这肯定有误会。”

“他完了……”郁赦被气红了眼，“黔安王府完了，整个黔安郡全都完了……”

冯管家苦着脸：“世子！”

“什么时辰了？”郁赦看向外面，“备车！”

“别别别……”冯管家忙劝道，“马上就亥时了，闭门鼓都敲半天了！现在出去犯了宵禁不说，外面滴水成冰，正下着雪，根本走不动路，明天……明天再说。”

郁赦哪里会听，最后还是冯管家生拉硬拽地把郁赦拦了下来。

郁赦怒火攻心，喝了数盏花茶才堪堪睡着。

同一时刻，黔安王府，刚去看过宣瑞的钟宛回到自己院里，喝了口热茶，看着茶盏定定出神，突然笑了下。

郁赦现在也许和自己喝着一种茶吧？

钟宛记得郁赦喜欢喝茶，今天他收到那些茶叶的时候，不知想到的是什么。

无论怎么想，两人的关系，也许缓和一些了吧？

把过往一笔勾销是不可能的，但下次见面时，看在自己主动示好的面上，郁赦至少不会那么疾言厉色了吧？

钟宛回想两人的几次见面还心有余悸，曾经温柔又有礼的郁子宥，这变得也太多了吧？

钟宛放下茶盏，躺下了。

第二天一早，钟宛狠了狠心，又让人给宣瑞送了一服药过去。

宣瑞这次没精神犹豫了，烧得口舌发干，明知道是毒药也接过来一口干了。过了不到半个时辰，宣瑞烧得更严重了，将早起吃的一点东西吐了个一干二净，面如金纸，上气不接下气，宣瑜什么也不知道，见宣瑞这样，生生吓蒙了，宣从心拿着个帕子按眼角，低声道：“没事，还有姐姐呢。”

宣从心不说还好，说完宣瑜趴在宣瑞床前嘶声大哭了起来，宣从心在一旁看着他哭，想起自己早逝的父母，也跟着流了几滴泪，黔安王府上下登时显得凄风苦雨，好不惨淡。

钟宛命人再去请太医，这次终于惊动了宫中，崇安帝听说以后派了两个太医过来，又赏了不少补品。

崇安帝亲自过问了，其他宗亲自然也开始来看望了，自晌午开始，来人络绎不绝。天气实在太冷，严平山怕钟宛再犯病，没让他出门应酬，自己在前面招待着。

直到郁王府的车马也到了。

严平山吓了一跳："郁王府也来人了？谁来了？郁王爷派人来了？"

"好像不是。"守门的人也是一头雾水，"这要是派府上管事的来送东西，不应该提前清道吧？还有家将先来通报……郁王府家管事出门，也这么威武？"

严平山怒道："想什么呢！这是郁小王爷来了！人到哪儿了？"

守门的人吓了个半死："到到到到……这会儿大约已经到了！"

严平山来不及找人去通报钟宛了，郁赦来了不能没人迎着，他硬着头皮先赶了过去。

钟宛早上因为去看了宣瑞一眼，被严平山训了一顿，不敢再出门，在屋里守着个炭盆看书打发时间。

外面传来一阵嘈杂的脚步声，钟宛头也没抬，今天府上来了不少人，估计是严平山忙不过来，让人将收的礼先放在了自己院里。

有人敲了两下门，钟宛抬头："严叔？进来吧……门没插着。"

门被人推开了，钟宛抬头。郁赦带着一身寒意，眼中隐隐带着火气，定定地看着钟宛。钟宛浑然不知自己先被冯管家卖又被严平山坑的事，不明白郁赦怎么来了，一时愣住了。

郁赦一言不发，冷冷地看着钟宛，尽力压着火。

外面严平山快步追了过来，在门外喘着粗气道："小、小王爷……这不是我们王爷的院子！您……"

郁赦微微侧过头，眼睛依旧看着钟宛，沉声道："我头一次来，不识路。"

"没、没事。"郁赦下了车以后直直地往这边来了，严平山在后面追着跑了一身的汗，在门外躬身道，"您、您随我来。"

郁赦深深地看了钟宛一眼，转身。不等严平山松一口气，郁赦在屋里将门关好，抬手上了门闩。

一众仆役被关在门外，面面相觑。

屋里的钟宛："……"

钟宛看着郁赦的脸色，怎么看怎么觉得这表情实在说不上是友善。

钟宛自省，自己最近又做什么了吗？没有啊！

上次见面时郁赦让他滚，钟宛就老老实实滚了，昨天还送去茶叶，送东西还会让人这么生气吗？

郁赦周身好似燃着火一般，偏偏嘴角还噙着笑，钟宛本能地觉得不妙，有些事……似乎和自己想的不太一样。

钟宛一边飞快回想自己最近做了什么大逆不道的事值得郁赦动这么大的肝火，一边下意识地往后退了一步："请郁小王爷……安。"

郁赦环视房中："夸父和你的儿子呢？"

钟宛脑中一片空白。什么玩意儿？什么儿子？

郁赦见钟宛并不否认，笑了："敢做不敢认了？"

钟宛更茫然了。什么和什么啊？

钟宛想起冯管家说的郁赦疯起来时不讲道理，估摸他又犯病了，不敢激怒他，含混道："嗯……是吧。"

郁赦怒极，表情却愈加淡然，解开领口的披风带子，将厚重的披风丢到一边："你不否认就好了。"

钟宛心道：完了完了，郁赦这是真的疯了。

钟宛侧身要往外走，郁赦一把扯过钟宛的手腕。

"你……"钟宛竭力稳住心神，抱着一线希望，结巴着问道，"是不是又看了什么古怪的话本？生……生孩子的？"

郁赦闻言眼中闪过一抹幽光，声音低了下来："听说你觉得房中空虚？"

钟宛呆了一下恼羞成怒："你自重点！"

郁赦冷笑："咱俩是谁不自重？"

郁赦自己发疯不算，还要反咬一口，钟宛气结，他被郁赦攥住了双手，挣脱不得。

郁赦紧紧地盯着钟宛，嘴里道："归远，我是来羞辱你的。"

章叁

纠葛

二十四

钟宛闭着眼，从牙缝里一字一顿道：“你、能、先、放、开、我、吗？”

过了好一会儿，郁赦才松开了手。

钟宛背过身，倒了半盏放凉了的茶灌了下去。

郁赦也没想到钟宛会这么不禁欺负，诧然之下，比方才冷静了许多。他退后几步，站在窗前不看钟宛，好一会儿突然察觉出什么不对来。

郁赦转头眯着眼看着钟宛：“钟宛，你那妾室如何了？”

钟宛彻底蒙了：“什么妾室？！”

郁赦冷冷道：“夸父。”

钟宛：“……”

钟宛突然就明白了。钟宛深吸一口气，过了一会儿恢复如常后，问道：“我身边有你的探子？”

郁赦十分坦然：“是。”

钟宛死也要死个明白，得弄清楚自己今天被郁赦发作这一通，里子面子都丢了到底是因为什么：“你的探子，跟你说我要娶夸父？”

郁赦点头。钟宛被气得喘不上来气：“然后你就信了？！”

“他跟了我十几年。”郁赦冷冷道，“且愿意为这件事发血誓。”

钟宛无话可说了。钟宛回想前日冯管家来找自己的事，又问道：“冯管家是不是也跟你说了什么？”

这没什么可瞒着的，郁赦坐下来，把小妾的事连上那两篓鸡蛋，一五一十全说了。

钟宛听罢后倚在墙边，气若游丝，一时竟不知如何辩解。

“人活在这世上……”钟宛被气得脑中嗡嗡作响，“只能靠自己，身边人……谁也不能信，你永远不会知道谁会突然在背后捅你一刀。”

郁赦皱眉，不知钟宛前言不搭后语地在念叨什么。

钟宛有气无力：“我一个小妾也没有，不信你自己搜。”

“现在没有。”郁赦冷冷道，“是还没过门吧？”

钟宛无法，老实道：“没过门的也没有。”

郁赦显然还不信，但脸色比方才好了一些。

钟宛现在脑中一团乱麻，只想让郁赦忘了方才的事，急于换个话头，胡乱问道：“你为什么管我这个？”

郁赦怔了下，扑哧一声笑了。钟宛心跳又乱了两下。

郁赦收敛笑意，冷冷道：“因为全天下都知道你是我这边的人。”

钟宛语塞。

郁赦玩味地看着钟宛。重逢后，两人每次见面钟宛都绷得很紧，郁赦总觉得他有点陌生，又有点熟悉。

现在的钟宛变了许多，但偶尔会让郁赦想起少时的自己。

但今天钟宛大喜大悲，倒有点小时候的样子了。

“是误会那就最好了。”郁赦拿起披风，向钟宛走了过来，在他面前两尺处站住脚，看着钟宛的眼睛冷冷道，“再用‘纳妾’这事儿引诱我过来，你就试试看。”

钟宛闭上眼，在心里骂了郁赦几句。

郁赦转身走到门前，抽下门闩，将门拉开了。

钟宛的小院里站满了郁赦的家将、黔安王府的仆役，众人眼观鼻，鼻观心。

郁赦站在门口，面无表情地看着外面，慢慢地给自己穿好披风，抬手揉了揉脖颈，带着众家将走了。

过了许久，严平山才轻手轻脚地推开门，侧着头看钟宛。

钟宛坐在榻上，抬头看到严平山，气不打一处来：“你好好的送他红鸡蛋做什么？！”

严平山没反应过来，顿了一下无辜道：“不是你自己说的，以你的名义，送点咱们黔安的土仪去吗？那茶叶多半是让你喝了，酒也做成菜了，就剩了十来只落了毛的母鸡，我怕伤你脸面，没直接送过去，然后……”

钟宛被严平山说得头大，打断他道：“算了算了。”

钟宛竭力压下脸上的表情，尽量表现得和往常一样：“封锁消息，不要让别人知道他来过。”

“这怕是封不住了。”严平山不忍心道，“我也没想到郁小王爷的排场如此大，来咱们府上还封了路，前后四条街全被拦了，郁王府的家将严防死守，吓得来咱们府上探病的贵人们都不敢出门，直等郁小王爷走了，才刚从后院出来……”

钟宛生不如死……这下行了，宣瑞病得要死的事能不能传出去不确定，郁小王爷硬闯自己院子的事肯定是能传遍京中大街小巷的。

郁赦大约也会很开心，反正倒霉的只有自己而已。

严平山侧头看着钟宛，欲言又止了半天，吭哧出了一句：“你要热水吗？”

钟宛生不如死，心道：要热水做什么？清洗我被郁赦攥过的手腕吗？

发现钟宛脸色不对，严平山知趣地闭了嘴。

二十五

钟宛捂着被气疼的肝，气得说话声调都变了：“红鸡蛋的事我不跟你追究了……算我求你了，别送热水来，我不想边哭边洗手腕，忙你自己的去吧。”

严平山不放心地看看钟宛，一步三回头地走了。

钟宛揉了揉眉心，把门关好，自己走到手盆前，神情恍惚地一点一点清洗自己的手腕。

钟宛肤色白，手腕上被掐出了几点指痕。

钟宛深深地叹了一口气。这还要留在京中呢，以后见一次丢一次人，多见几次……在郁赦那儿仅存的一点儿颜面就全丢光了！

钟宛擦了擦手，强迫自己不再想郁赦，出门去后院了。

宣瑞两颊烧得绯红，嘴唇发白，呼吸粗重，胸口大起大伏，双腿还时不时地抽搐一下，看上去不能更惨了。

钟宛偏头看向守在病床前的太医，问道：“我们王爷这是怎么了？按着太医的方子喝了一天的药，病丝毫不见好，是不是要换换药？”

太医疑惑得很：“昨日来看，觉得王爷是受了风寒，突发急热，今天看……又觉得不太对。”

有外男在，宣从心就坐在了屏风后面，闻言道：“原本确实只是吹了凉风，大哥也没当回事，但不知道怎么的，突然就烧了起来，人再也叫不醒了，喝了几服药下去，病得越来越严重，现在吃什么吐什么，再这么下去……”

钟宛暗暗向太医施压：“原先至少还能吃两口粥，现在什么都喂不下去……这么拖着，怕要把小病熬成大病。”

太医也着急，连忙道："是是，容我同其他两位太医再商量一下，重新拟个方子。"

钟宛颔首："费心了。"

太医忧心忡忡地去了，严平山压低声音，着急道："他们还要再治下去？那我们什么时候跟皇帝请辞？"

"皇上派他们来的，他们不敢不尽心。"钟宛轻声道，"没事，宣瑞病得越来越严重，太医们不想将来受连累，回去必然会添油加醋地同皇上说，皇上不会信我们，但会信太医的。"

"太医们怕治不好宣瑞，皇帝也怕我们在京中出事，他说不清楚。"钟宛淡淡道，"到了那会儿我们再请辞，皇上会愿意甩掉我们这个麻烦的。"

严平山想了下点点头："你说得对，皇上不可能管也不管就放咱们走，不管真心还是假意，总要好好地医治上一阵子才说得过去，只是……要让王爷受罪了。"

严平山把宣瑞头上的湿帕子取下来，换了一条新的上去，忧虑道："这么连着吃那药……没事吧？这可都吃两天了！"

钟宛不甚在意道："没事。"

严平山皱眉看着宣瑞，还是不放心，看向钟宛，压低声音又问道："你当时吃了几天？"

钟宛淡然道："十七天。"

严平山呼吸一窒，眼中闪过一抹羞惭之色，转过头去不说话了。

钟宛一笑，并不往心里去。说话间，宣瑞肩膀抖动了两下，突然翻过身来，对着床下的痰盂"哇"地吐了起来。

宣从心用帕子捂住口鼻，闷声道："我先回自己屋了，有事让人叫我。"说罢走了。

钟宛看着宣瑞这副样子，突然想到，自己少时吃了那药也是这样吗？

那会儿……可是郁赦照顾的自己。

钟宛拼命回忆，自己当时也吐了吗？也是这么个……脏污的样子吗？

郁赦居然没把自己丢出府？果然少年时脾气太好了。

钟宛是真的记不起他当时吐没吐了，只能确定，那会儿的情形绝不会比宣瑞强到哪里去。

钟宛当时急于向史老太傅传递消息，郁王府的人自然是不能用的，传递的消息一旦被有心人拿到，就会连累史老太傅。

除了府中仆役，钟宛能见到的就只有郁赦了。但钟宛并不信任郁赦，只能另辟蹊径。

太医院的一个老太医是将钟宛从小照看到大的，钟宛想借他联络史老太傅，所以先装了两天病。

钟宛病了，郁赦自然会请太医，但请的不是钟宛要的。

钟宛防备着郁赦，郁赦也防备着钟宛。

郁赦不能给自己父王找麻烦，也不想让钟宛引火烧身。

钟宛装了两天病，被郁赦的心腹太医灌了一肚子无功无过的清火汤药，气得肚子疼，无法，只能再寻他路。

钟宛借着之前生病的引子，溜进别院的小药室内偷了许多药材。他没法避开人熬药，只能将药材全磨成细粉，分成一包一包的，藏在自己床下，每天生吞一包。

如此，钟宛真病了。

钟宛怕引起郁赦注意，起先老老实实地由着郁赦的心腹太医医治，太医给开什么药他吃什么药，半夜没人时他再偷吃药粉，如此下来，病得越来越重。

半个月下来，钟宛瘦了一圈，床都下不来了。他心里有个念头撑着，精神还好，还能跟郁赦叨叨："郁赦……你这次可赔本了，花了这么多钱把我弄来，什么也没做，过些日子还要赔一副棺材板。"

郁赦在一旁的椅子上坐着，一言不发。

钟宛事多得很，又提要求："棺椁……要金丝楠木的，我嘴里不要含珍珠，我要玉蝉，这样我来世托生，八成还是个文曲星……"

少年郁赦眼中隐隐带了几分愠色。

钟宛病得头昏眼花的，根本没看见，还在作死："你说……我这个身份，将来要埋在哪儿比较好？我的棺椁那么好，你别把我埋到城外乱坟岗啊……会……会被人挖走的，但我应该也不能埋回我们钟家祖坟了，我落了奴籍，没脸去见祖宗，那……"

钟宛无奈道："那就只能埋在你们家了，你可以把我埋在你的坟茔边上吗？"

少年郁赦低声道："埋我旁边作甚？"

钟宛坦然道："不然我没处去了啊，将来你把我和你的郁王妃埋在一起吧，行吗？"

郁赦道："你跟我的王妃葬在一处？那我去哪儿？！"

钟宛调戏了一把未来的郁王妃，想笑不敢笑："我又不要多大地方，大不了给我的棺材做小一点就是了，这样吧，喏……给我做个小小的棺材，把我葬在你和你的王妃中间，百年之后，我们三个就能在地宫里开开心心地住在一起……"

郁赦声音带着冰碴："钟、归、远。"

钟宛吓了一跳，费力地看向郁赦，咳了两声："怎么了？"

郁赦双目发红，两步走到钟宛床前，掐着钟宛的手臂狠声道："你到底想要什么，最好马上说了！等你真的死了，你的那些小算盘就全打不通了。"

钟宛心里咯噔一下，他本要在今天装个可怜，求郁赦请照顾自己的老太医来的。

但万万没想到，郁赦已经猜到了。

"把你的那些小聪明都收起来，我不知道你是怎么让自己病的，也不知道你到底想要什么。"郁赦声音冰冷，"但你再这么玩下去，我能保证，绝对会在我家祖坟里给你找个风水最好的坑！"

郁赦头一次这么失态，钟宛一时被吓呆了，好半天才轻声道："我……我想让柳老太医来看看我……"

郁赦推开钟宛，当即吩咐下人去请柳太医，又命所有仆役退出房间，方便钟宛和柳太医说隐秘话。

"见了你要见的人，你最好能马上好起来。"郁赦冷冷地看了钟宛一眼，走了。

之后再没来看钟宛。

而钟宛也在郁赦刻意的纵容下，顺利地给史老太傅传递了消息。

钟宛如此放下心来，精神一松懈，连日积在身体里的毒如狂风骤雨一般反噬而来，当天就将他烧了个人事不知。

那会儿林思已经被郁赦寻来了，小林思急得跟着上了火，日夜照顾着钟宛，但钟宛就是醒不过来，病也丝毫不见起色。

林思并不会照顾人，粗手笨脚，给钟宛换个湿帕子能淋钟宛一脸一头的水，给钟宛喂药能灌到他脖子里去，郁赦心里憋着气，本在和钟宛冷战，但一看两人这副样子，忍无可忍地把林思轰回了马房，挽起袖子，自己亲自照料钟宛。

钟宛记得自己再次醒来时，是躺在少年郁赦身旁的。

郁赦连着照顾了钟宛几天，也累坏了，手里拿着帕子倚在床头就睡着了，被梦中不见外的钟宛当了枕头。

钟宛当时大病初愈，没精神想别的，但现在回想起来，禁不住两耳发红。

钟宛清楚地记得，自己醒来时周身干净清爽，身下躺着的被褥也干燥蓬松，一看就是刚换的。

钟宛看着病得不成人形的宣瑞，头皮发麻地想，自己当时也是这个样子？

郁赦生生看顾了这样的自己七八天……是怎么照料得下去的？

钟宛一脸不忍直视，不敢再细想。

知道钟宛曾连吃了十几天的药后，严平山将心放回了肚子里，给宣瑞灌起药来毫不手软。三日后，宣瑞身体越发不好，太医们纷纷向崇安帝请罪，钟宛以宣瑜的名义适时地向崇安帝递了折子，以京中酷寒，不宜养病为由，奏请崇安帝允许他们回黔安慢慢调养。

崇安帝没说准，也没说不准，只说不忍宣瑞病中奔波，当日又派了几个太医过来，赐了许多补药。

钟宛明白崇安帝的心思：直接放他们走，会显得他这个做伯父的凉薄，丝毫不在意侄儿的病，定要做出关切的样子来留一留，再将他们这个麻烦送走。

钟宛放下心，开始跟严平山交代回黔南的事。

郁王府别院。

郁赦把玩着手里的一串珠子，低声道："已经准备要走了？"

探子跪在地上，点头："黔安王一病不起好几天了，沾上一点儿凉气就咳个不停，太医一筹莫展，说大概是水土不服，加上受不得北方的天气，所以……劝黔安王回南边慢慢调养。”

郁赦眼中非喜非悲，淡然道：“知道了，去吧。”

探子走了，郁赦静静地坐着。

冯管家隔了一个时辰再来找郁赦时，他还是那个姿势，一动不动。

冯管家最怕郁赦这样双眼死寂地出神了，心里暗道不好，赔着笑凑上来，替郁赦换了热茶，轻声道：“刚才听说，黔安王要回封地了？”

“京中波诡云谲，”郁赦好似在自言自语，“他不想让宁王的几个孩子被牵连，所以又要走了。”

不用郁赦细说，冯管家也知道这个“他”说的是谁，冯管家暗暗着急，上次同钟宛聊了不少，但钟宛并未放下准话，要不要留下来。设身处地地想，那自然是不留下来好。

去黔安做土皇帝多自在！

冯管家抬头看看郁赦，暗暗叫苦，但这位怎么办？

冯管家想起郁赦前些日子笑着说要跳冰窟的样子心惊胆战，狠了狠心，在心里发誓来世给钟宛当牛做马，低声道：“黔安王要走……但钟少爷不一定啊。”

郁赦看向冯管家。

冯管家把换好的热茶放在郁赦手边：“黔安王此番回去，怕是一辈子都不会再入京了，钟少爷可是够对得起宁王了，那……是不是也不一定要跟回去了呢？”

郁赦面如沉水，没说话。

冯管家又道：“我怎么记得……钟少爷的卖身契还在您手里呢？”

郁赦淡淡道：“是。”

“那不就得了。”冯管家笑了下，“自然，提那卖身契就太伤情分了，可以不说这个，钟少爷本就在咱们府上住过，咱们当日……对他也不错。”

郁赦语气平静：“不错？住了半年，病了好几次。”

“啊……是。”冯管家讪讪，改口道，“不提这个，世子自己就不想钟少爷留下来？”

郁赦静静地听着，没说话。

冯管家低声撺掇：“世子想想，钟少爷性子好，要是能把他留在府里……”

郁赦不由得回想起前几日钟宛的样子，端起茶盏喝了一口。

冯管家觉得有戏，低声道：“您要留下钟少爷，本就占着理，黔安王府绝不敢同您抢。”

郁赦眸子微微一动。

冯管家自顾自道：“您要是有了这个心思，老奴就提前吩咐下去，嗯……要不要准备点儿蒙汗药？”

蒙汗药……

郁赦没来由地想起多年前钟宛病中的情形。

少年钟宛当时发着热，整日整日地昏睡着，郁赦每次给他喂药都要费好一番功夫。喂了药也不能放心，钟宛烧得一阵冷一阵热，时不时地就会踢被子，郁赦整日坐在钟宛身旁看书，见他踢了被子就放下书上前帮他掖好，这还好说，最要命的是钟宛冷的时候。

少年钟宛睡着后很不规矩，烧迷糊了瞎摸瞎碰，有次竟把郁赦衣襟全拉扯开了，将郁赦气得恨不得丢下他自生自灭。

自然，最后也没丢下他。

郁赦闭上眼，狠灌了一盏茶。

二十六

郁赦时不时地出神，始终不表态，冯管家心里着急："难得遇见一个脾性相投之人，世子就不想长长久久地见着钟少爷？"

郁赦喃喃："长长久久，长长久久……"

这四个字不知怎么就诛了郁赦的心，他脸上仅存的暖意渐渐散去，眼神彻底冷了下来。郁赦嘴角微微挑起，笑着问："我都不知道自己还能有多少日子可活，哪儿来的长长久久？"

冯管家最怕听郁赦说这话，焦心道："您怎么总想这个？世子身子这么好，只要不做那些吓人的事，何愁活不到一百岁？"

郁赦淡淡道："但我就是喜欢做吓人的事，我也不想受一百年的罪。"

冯管家气结。

"不要自作聪明，背着我做多余的事。"郁赦垂眸，"也别想着算计他，你是斗不过的。"

冯管家真是要心累死了，郁赦这根本是油盐不进，且他同常人不一样，软硬不吃不说，一句话说不对，当场就疯了，让人不知该怎么劝。冯管家觉得这事儿还得从钟宛那边下手，想了下，苦哈哈道："那……世子能不能对钟少爷好一些？"

郁赦若能好好待钟宛，冯管家觉得这事儿还是有戏的。

郁赦皱眉："对他好一点？怎么好？"

冯管家无奈："拿出您当年待他的三分温柔来，就算是好了。"

"你想劝他留下来？"郁赦一语道破冯管家的心事，冷声道，"我当年对他不够好吗？他不一样走得干干净净？"

冯管家简直没法说理了："宁王将钟少爷从小养大，对他恩重如山，当时那个情况，他必然是要走的啊！再说，"冯管家想说又不敢说，声音低了许多，"那几天，是世子自己命人撤走了别院的守卫，又命人取了不少银票来放在明面上，明明就是故意放他走的啊。"

郁赦想起前事来，脸色又差了几分，倚在椅背上，阴沉着脸："下去。"

冯管家心惊胆战，但还是壮着胆子问道："若钟少爷自己执意要留下呢？"

郁赦想也不想："不可能。"

冯管家不死心："若少爷不留他，他也要来咱们府上，那怎么说？老奴总不能把他赶出去吧？"

郁赦愕然地看着冯管家。

冯管家狠了狠心，又道："到时候钟少爷带着行李，硬要搬来，怎么办？还请世子给个准话，若这样都不留他，老奴就让家将烧了他的行李，将他痛打一顿赶出大门！"

郁赦怔了片刻，皱眉问道："你是不是同我待的日子太久，也疯了？"

冯管家梗着脖子："老奴只是要世子给个话。"

郁赦眼中阴晴不定，看了冯管家两眼，起身走了。

郁赦这次并未全然拒绝，冯管家松了一口气，觉得这事儿还是有一线希望的。他想了下，匆匆写了一张字条，命人明天避开郁赦，把这字条送去黔安王府，交到钟宛手上。

第二天，黔安王府中，钟宛看着手里的字条，久久无言。

冯管家跟他说，若有留在京中的念头，不必提前和郁赦透口风，送走黔安王府的人后，直接带着行李搬入郁王府别院，和郁赦同吃同睡就好。

钟宛实实在在地惊了。

冯管家知不知道自己昨天有多丢人？

不只如此，冯管家还特意补了一句，让钟宛不要有所顾虑，死缠着郁赦就好。

缠着现在的郁赦？怎么缠？郁赦会不会一刀捅了自己？

钟宛攥着字条，心里许久无法平静。这太刺激了！

钟宛把字条燃了，喃喃：“要想留在京中，竟这么难吗……”

说话间，外面下人敲钟宛的门，问他是否收拾得当了。

钟宛收敛心思，点头：“好了。”

钟宛今日要入宫。

宣瑞的病越来越严重，崇安帝要叫个人过去问问，黔安王府里，也就只有钟宛能去了。

宣从心在正厅等着，见钟宛来了站起身来，十分不安地低声埋怨：“怎么这样麻烦？有什么不能问太医吗？”

“叫我去问问是好事。”钟宛一笑，“皇上不问，我怎么提要回黔安的事？”

宣从心对上次入宫的事耿耿于怀：“上次突然说要见见你，把你叫去，隔了那么久才出来，我在宫门口等得心焦，就差折回去找你了。”

钟宛怔了下，想了起来。就是送宣从心入宫那次，钟宛被郁赦劫在了藏书阁里……

钟宛不由得又想起方才那张字条上的话。

冯管家这到底是什么意思？送走宣瑞他们，自己就要直接搬入郁王府别院？

直接……就这么走过去吗？

钟宛行李倒是不多，都没必要雇辆车。

那边冯管家是不是都已经给自己准备好了？哦，对，还得缠着郁赦。这真行吗？为了防止郁赦捅了自己，提前应该给他捆上吧？

可自己打不过他。先给他下点药？

钟宛是有给郁赦下药的前科的，只是在茶水里放了一点点蒙汗药，少年郁赦就睡得人事不知，任人随便摆弄。

那会儿的郁赦已经很英俊了，比起现在来，眉眼要柔和一些，但睡着的时候又有点清冷，钟宛那会儿看着睡着的郁赦，都不太好意思。

现在的郁赦……钟宛觉得自己更不敢了。

现在的郁赦，就是被药迷倒了，估计也十分骇人。

“钟宛？钟宛？”

钟宛回神：“啊？怎么？”

宣从心无奈，把自己的手炉递给他：“早去早回，皇上让咱们走最好，不让……再想法子，不要惹怒了他。”

钟宛笑了：“自然，放心吧，最多两个时辰就回来了。”

钟宛接过手炉，转身去了。

钟宛没抱太大希望，崇安帝不会太在意宣瑞的死活，多挽留几日只是在做面子，钟宛得陪着他演。这一次可能不成，就还得耗几天，但总归是会放他们走的。

只要能赶在三皇子宣瑾死之前出了京就行。

黔安王府里有不少郁赦的人，钟宛前脚刚走，郁赦后脚就得了消息。

郁赦低声道：“替我换衣裳，我要入宫。”

伺候郁赦的仆役忙去了。郁赦身份和旁人不同，自小入宫出宫不必知会任何人，皇子们都不及他。

入了宫，郁赦却没特意去寻钟宛。

郁赦自己也说不清楚来这一趟是为了什么。冯管家的话扰得他心烦意乱，让他的脑子比往常更不清楚了。郁赦并不想让钟宛留下，但一想到钟宛会如少时一般和自己朝夕相处，郁赦又开始犹豫。

但钟宛当时不是走了吗？

冯管家如此折腾是为了什么，郁赦心里一清二楚。

郁赦低声笑了，无论是为了什么，很奇妙的，所有人都不希望自己死。

郁赦不自觉地走到了碧波池边上，看着池水上破碎的枯荷静静出神。

宫中地气暖，宫里的几洼池水都没结冰。

郁赦看着深色的池水，转身下了观景亭，直直走到了池边，目光空洞地看着深不可测的水底。

这么一了百了该多好。谁都干净。

凉亭上传来一阵脚步声，郁赦皱眉。

总有人在这种时候出现。

“他怎么入宫来了？”凉亭上，五皇子宣琼扶着栏杆，不耐烦道，“还让我先等着？这什么规矩？”

宣琼的随从附和：“是，实在不像话，不过皇上也不是给钟宛脸面，是在问黔安王的病情呢。”

“莫名其妙。”宣琼提起钟宛来就是一万个不痛快，“父皇偏爱表兄就算了，偏偏对钟宛也高看一眼，以前一同读书那会儿，呵……钟才子傲得，除了宣瑞从来不跟别人说话，陪皇子读书读成他这样的，真是独一份了。”

随从笑笑：“再傲气，如今不也就是个奴才了吗？当年是主子仁慈，不然把他买来，宰了杀了也不是没可能，只可惜……让郁小王爷买去了。”

“什么小王爷！还没袭爵呢。”宣琼烦躁，“要真能早早袭爵就好了……现在不上不下的，更让人心烦。”

郁赦身世成谜，宣琼早早就有疑心，总担心他真是崇安帝的私生子，将来挡自己的路，随从也明白，压低声音道：“隔墙有耳。”

“这儿不是没人吗？”宣琼虽如此说，但还是不再提这个了，转而笑道，“听说没？昨天，表兄去黔安王府上了，哈……好像去找钟宛了。”

随从跟着低声笑。

“钟宛确实好看，我刚打远瞅了一眼，比以前更俊了，不过……”宣琼一笑，“下贱骨头。”

随从声音几不可闻道：“他以前不就跟了郁小王爷吗？现在遇到旧主，背着人不知怎么讨好呢。”

“说起来，当年我也想买他来着，但母妃不让，舅舅也不许。”宣琼冷笑，“真是有意思，舅舅那会儿对我严防死守，说不许沾惹宁王府的事，倒管不住自己儿子，让郁子宥把钟宛买了去。”

“嗐，谁管得了郁小王爷。”随从笑道，“反过来说……越是疼，管得越严，郁王爷疼您，所以什么都要管，郁小王爷嘛……不过是放着好看罢了。”

“是啊……”宣琼不知想到了什么，突然笑了起来，侧过头跟随从嘀咕了几句，两人都笑了起来，宣琼吩咐，“拦着他，一定要给我拦住他！出了宫，他就是个奴才！”

随从迟疑片刻，劝道：“算了吧，钟宛也不是好惹的。”

“有什么不好惹？你……”宣琼低声笑道，“就说是表兄接他！他肯定跟着走了。”

随从还要劝，宣琼笑道：“这有什么？我跟他叙叙旧，哈哈……就算回头闹起来，你说舅舅是护着我，还是护着表兄？呵……舅舅没准巴不得我替他下了表兄的脸面呢！”

随从干笑：“这是自然，谁对郁小王爷不都是面上说好，背地里烦他烦得要命呢？”

宣琼越想越觉得有意思：“哈哈……钟宛一会儿看见我，那表情……哈哈哈哈……”

观景亭下，郁赦面无表情地静静地听着。

郁赦低头看着池水，还是很想走下去，一直走下去，沉入湖底，一了百了。

死了，就再也看不见这些人，听不见这些话了。

郁赦往水中走了两步，观景亭上，宣琼带着随从顺着另一边的游廊走了。

“你别跟着我了，先去安排。”宣琼憋着笑，“一定要装得像一点，对了！表兄今天是不是也入宫了？哈……多合适！你就去装成他的随从，钟宛肯定认不出来，到时候啊……”

宣琼蓦然停住脚，被吓了一跳，结巴道：“表……表兄。”

郁赦站在游廊下，面色阴沉。

宣琼不知被郁赦听去了多少，心中不安，干笑道：“表兄怎么来这儿了？”

郁赦双眸发红，双唇泛白，宣琼本就怕他，这下心里更不安了，惴惴道：“怎、怎么……”

郁赦直直地看着宣琼，突然道：“你盼着我死是不是？”

宣琼勉强笑道：“什么……这是说什么？”

郁赦自言自语：“你怕我早早死了，无人替你制衡宣璟，但心里，又希望我能出个不测，是不是？”

宣琼吓得根本听不清郁赦说了什么，只是觉得郁赦这副样子十分吓人。他张了张口，想解释，又说不出话来。

郁赦侧头看看一旁的池水：“我现在跳下去，你高不高兴？”

宣琼浑身发抖：“跳、跳下去？”

“我寻死这么多次了……”郁赦俯视着宣琼，声音发哑，“这有什么奇怪的？

宣琼的随从猜到郁赦是听到两人刚才的话了，强自镇定道：“小、小王爷……我们殿下方才只是玩笑，没、没想动钟宛。”

“钟宛……”郁赦头中刺痛，低头皱了一下眉，“钟宛要回黔安了……”

宣琼不是第一次见郁赦疯癫的样子了，尽力稳了稳心，磕巴道：“是，我们只是……说着玩儿的，我没说要把钟宛怎么样，就是……就是叫他来开个玩笑。”

“钟宛……”郁赦低声笑，“我死了正好……钟宛就是你的了，是不是？”

“我死了……大家都好，都干净……”郁赦侧头看向池水，喃喃，“都盼着我死……”

宣琼要被郁赦吓死了，担心郁赦把刚才的事说出去，心急如焚，心里一发狠，道：“确实……死了干净。”

郁赦看着池水，深不可见的水底总有什么在诱惑着他，要解脱他。

“是干净，但……”郁赦眼中尽是戾气，倏然看向宣琼，“为什么要我替你们干净？”

宣琼被吓得差点儿跪下来，郁赦突然上前一步一把拽住宣琼的领口，低声笑：“你也想要他，是不是？你舅舅也是这么想的，是不是？你们都希望我早早死了，是不是……”

郁赦脑中闪过无数片段，让他的头疼得像要炸了。

郁赦声音发抖：“你盼着我跳下去，你盼着我下去……”

郁赦这么攥着宣琼，让他突然想起，昨日，他也是这么扯着钟宛的。郁赦低声笑：“但我现在，突然就不想死了。”

宣琼被吓得抽噎了一声，郁赦低头看着宣琼被吓得惨白的脸，胸口突然涌起一阵恶心。

“你也配学他！”郁赦厌恶地推开宣琼，一把将人推进了水中，冷声怒道，“要死你自己先死！”

宣琼摔进水里，杀猪似的号了起来，他本就不会水，骤然跌进冰冷的湖水里马上沉了底。

宣琼的随从吓呆了，怎么也没想到，这好好的，怎么是自己主子掉下去了？随从疯了似的叫起来，马上有侍卫冲了过来。

一旁的郁赦整了整衣袖，不管这些人呼天抢地地闹腾，突然觉得心里舒服了许多，脑子也不乱了。

郁赦深吸一口气，神色淡然地走了。

宣琼刚才说的什么来着？这会儿出宫……是可以劫到钟宛吗？

二十七

钟宛觉得自己当真是流年不利。

好不容易得了面圣的机会，没等他替宣瑞请辞，外面突然有人来传：五皇子宣琼落水了。

钟宛心中一惊，突然想起这些天的流言——皇子们命犯黄泉水。

崇安帝脸色骤然就变了，顾不得钟宛，厉声道："跟着宣琼的人呢？！怎么让他掉下去的？宣琼现在如何了？！"

前来通报的侍卫担不起这么大的罪责，叩头道："跟着五殿下的人和池畔巡守的侍卫现已全部扣下，到底如何还要细审，五殿下如今被送到千秋殿中，郁妃娘娘和太医都已经过去了。"

崇安帝心急如焚，命人去看宣琼，又让人将宣琼的随从带来。

钟宛这会儿本该退下了，但他实在想知道宣琼那个讨人厌的东西死没死，犹豫了片刻，一言不发地立在一旁，当没自己这个人。

不多时，宣琼的随从被带上来了，那随从自腰以下全被湖水浸湿了，还没来得及换，这会儿被冻得不住发抖，说话都不甚利索。

不等崇安帝发问，随从口齿不清地将方才的事避重就轻地交代了一下。他不提宣琼说了什么，只说宣琼候在殿外许久，冻得腿麻，就往碧波池那边走了走，从观景亭下来的时候，正好遇见郁赦，没说两句话，就被神情有异的郁赦推进了湖水里。

崇安帝一听说郁赦，脸色更差了："子宥好好的，推宣琼做什么？"

宣琼的随从不住磕头，哭着摇头说不知道。

崇安帝要发怒骂随从糊涂，随从边哭边磕头："郁小王爷平日就总有异于常人之举，今日也不知是怎么气不顺了，但……就算真的有什么不如意的，拿小人撒气就好，怎么能推殿下呢？都怪小人未能护及殿下……”

崇安帝想起郁赦平日种种荒诞之举，迟疑片刻，不再责问随从，又命人去看宣琼。

宣琼的侍从抹了一把冷汗，稍稍宽心，庆幸郁赦以前做过不少荒唐事，崇安帝每每高高抬起、轻轻放下，过后为了周全郁王府的面子和保全郁赦的名声，都不许人彻查，更不准人深究，如此……大约就能把宣琼落水前说的那些话含糊过去了。

钟宛立在一旁，侧头看向那个随从，心一横，沉声问道：“到底是郁小王爷无故发狂，还是你侍奉不周，引诱五殿下去水边，或者……就是你将五殿下推入水中的？”

崇安帝一怔，这才想起钟宛还在这儿。

钟宛跪下：“五殿下如今昏迷不醒，下面还不知会是什么情形，事关皇子性命，许还关系着之前三殿下溺水之事，烦请皇上彻查。”

崇安帝沉默片刻，问老太监：“琼儿如何了？”

老太监摇摇头，满脸愁苦：“救是救回来了，但还昏迷不醒呢，郁妃娘娘险些哭死过去，正闹着……让郁小王爷抵命呢。”

崇安帝揉了揉眉心，半晌道：“子宥大约还没出宫……把他带来。”

钟宛心道：郁赦你最好不是一时开心就把宣琼推下水了，不然我这么帮倒忙，你回来大约真要一时激愤宰了我。

钟宛余光扫过跪在地上的宣琼随从，感觉他好像比刚才抖得更厉害了。

这个奴才果然没说实话……

钟宛心里安稳了三分，又禁不住替郁赦心凉。

郁赦身世复杂，知晓内情的人秘而不宣，其他人不知内情，只晓得他身份不一般，且不管他做了什么，崇安帝为了不翻腾起陈年旧事都会替他担下。

郁赦自己也不一定会替自己解释什么。

所以，什么黑锅都能甩给他。

但无论他身世如何，这难道是他自己选的？

钟宛回想起冯管家之前说的郁赦这些年九死一生的种种，突然开始怀疑，那些事到底全是郁赦自找的，还是别人看他一心寻死，推波助澜，借刀杀人？

七年前的郁赦，连蒙汗药都没听说过，怎么会知道什么是寒食散？

那些药到底是他自己找来的，还是别人知道他心存绝念，引诱他服下的？

就郁赦这个样子……要害死他实在太容易了。

钟宛看着趴在地上不住发抖的随从，胸中怒火滔天。一个奴才，都敢堂而皇之地给郁赦泼脏水。

不多时，刚到宫门口的郁赦被拦下，带了过来。

郁赦神态自然，好像把宣琼推下水的不是他一般，只是看到钟宛时稍稍迟疑了一下，随即神色如常。

崇安帝问道："是你把宣琼推下水的？"

郁赦点头："是。"显然不想解释什么。

宣琼的随从抓住一线生机，不住磕头，只怪自己。

崇安帝头疼不已："你又是要做什么？好好的……"

郁赦看了看地上的随从一眼，冷笑了下，好奇自己这次又被扣了什么帽子。

郁赦淡淡道："看他觉得恶心，就将他推下去了。"

崇安帝怒道："你！"

钟宛磨牙，这个混账！郁赦懒得辩驳，宣琼说的那些话他也一句都不想重复，反正崇安帝不会将自己如何，他们说什么，自己认什么就是了。

郁赦抬眸看着崇安帝，心里涌起一丝不耐烦。

他不信崇安帝猜不到自己为什么会发狂。

每次都是因为那些陈芝麻烂谷子的事，还有什么可解释的？崇安帝怕听这些，自己也不耐烦说。能含糊过去，大家都好。

反正宣琼也没死，自己最多又是被软禁，还能如何？

郁赦要认罪，余光扫过钟宛，愣了一下。

钟宛正焦急地望着他。郁赦这会儿已经冷静下来了，一想就知道八成是钟宛说了什么，崇安帝才会传自己来细问。

钟宛等了半晌也听不到郁赦说一个字，心里要急死了，恨不得替他辩驳，他抬头看向郁赦，见郁赦居然也在看着他。

四目相对，钟宛愣了一下，听到郁赦皱眉低声说了一句："多管闲事。"

郁赦静了好一会儿，像下了多大的决心似的，烦躁道："请皇上屏退闲杂人等。"

崇安帝点点头，钟宛这个"闲杂人等"就被客客气气地请出来了。

钟宛料到宣琼大约是说了些自己不能听的话，郁赦愿意辩解，大约就没事了。

钟宛在殿外候着，看着郁妃带着太医一脸愠色地进了大殿，又梨花带雨、眼神闪烁地出来了。

又过了一会儿，宣琼的那个随从被人拖了出来，老太监垂着眼皮，低声交代："圣上仁慈，只罚了一百板子，带他领罚去吧。"

殿外的侍卫答应着，老太监又慢慢地哼道："这是得罪了郁小王爷的人，你们晓事一点，不要让郁小王爷不痛快。"

那被吓得半死的随从听出来这是要灭口，要叫起来，被侍卫一把捂住口鼻，拖下去了。

老太监转头看向钟宛，温和道："不想今天出了这么多事，真是不巧，皇上大约也没精力跟您说话儿了，钟少爷倒是不用在这儿干等了，老奴送你出宫吧。"

钟宛点头，跟着老太监出宫去了。

路上，听见老太监和跟着他的小太监轻声细语地聊着天。

"郁妃娘娘当真是糊涂了，皇上正在气头上，非要硬闯进去，当着郁小王爷和这么多下人，被皇上好一番申斥，闹了个没脸……"

"娘娘是糊涂，皇上本就忌讳她跟五殿下说那些没影儿的事，偏偏就是不听，这会儿撞到刀尖上，现在好了，不是她教的，也变成她教的了。"

"郁小王爷今天也是有精神，竟说了这么多的话。"

"是那个奴才胆大，别人说说就算了，他也敢说郁小王爷喜怒无常，不是找死是什么？"

钟宛轻轻吐了一口气，到宫门口时谢过老太监，老太监眼含笑意，轻声道："天冷了，钟少爷小心别着凉。"

钟宛点点头，心道：这一路应该是说给我听的。

皇帝身边的太监们没有个人的喜好，他们敬重的人，都是崇安帝在意的人。

老太监们这么偏护郁赦，应该也是知道内情的。

钟宛脑子里乱得很，正要走，送他出来的老太监又笑道：“钟少爷慢走两步。”

老太监上前两步，笑道：“说个刚听来的笑话给钟少爷听，无关紧要的事儿，老奴一说，钟少爷一听，千万别动怒，也别上心。”

钟宛蹙眉：“公公请讲。”

老太监躬着身，慢悠悠道：“刚才那个杀千刀的奴才说，方才五殿下落水前，正同他商量着，要假作郁王府的奴才，在宫门口拦钟少爷，诱拐少爷走呢。”

钟宛眸子一颤。

“是真是假不知道，狗奴才的话，听听就是。但您看，郁小王爷失手这么一推……”老太监看向宫外，笑吟吟道，“现在这宫门口不就一片清平，没事儿了吗？”

钟宛心中好似被人捅了一刀，生生发疼。

“所以，钟少爷安安心心地走吧，天不早了，等下了车，少爷就到家啦。”老太监躬了躬身，带着小太监走了。

钟宛尽力不失态地上了马车，老太监的话久久萦绕在他耳边，搅得他五脏六腑都在疼。

钟宛额间沁出冷汗，难耐地弯下腰，深深呼吸，好一会儿才缓过来。

钟宛揉了揉脸，平复呼吸，打定主意，无论郁赦如何赶他，他都要留下。

他不放心。外面天已经黑透了，过了许久，马车才缓缓停下了。

钟宛下了车，抬头看着郁王府别院的匾额久久说不出话来。

说好的，下了车就到家了呢？！

二十八

钟宛看了马车夫一眼，马车夫羞愧地低下头，钟宛无奈，这人看来也是郁赦的。

该来的躲不了，钟宛下了车，进了别院。

郁赦还没回来，冯管家看见钟宛吓了一跳，听宫里出来的人说了才知道发生了什么，冯管家被气得手抖："五殿下是世子的亲表弟，郁妃娘娘是世子的亲姑姑，他们，他们……"

说话间又有人来回话，说宫里来人了，传了那边府上郁王爷入宫。

钟宛蹙眉："郁王爷是被叫去申斥郁赦吗？"

"那怎么可能？"冯管家舒了口气，"必然是让王爷去教导郁妃娘娘和五殿下的。"

钟宛还是不放心："怎么说也是郁赦把五殿下推下水了，真的没事吗？"

冯管家丝毫不在意："五殿下人要是没事，就没事了，这也不是头一回了，最多……罚上半年的食邑，软禁个十天半月的，不碍事。"冯管家叹气，"郁妃娘娘大概也知道又是这么个结果，才非要闹的……"

冯管家一副司空见惯的样子，钟宛却怎么想怎么觉得这事儿荒诞。

"您怎么来了？"冯管家这才想起钟宛来，意外道，"您……这么早就要搬来了吗？我这还什么都没收拾呢。"

钟宛无奈："你家世子把我拐来的，若是没事……能让我回家了吗？"

冯管家想也不想道："自然不行！"

"既然是世子的意思，那我们哪儿敢放您走？"被少年钟宛生生折磨了三个月的记忆深深刻在冯管家脑中，他怕钟宛又偷着跑，先恫吓道，"您要是真走了……您想想世子回来了，看不见您，会怎么样？”

钟宛喉结动了下：“会……怎么样？”

“轻则发一顿脾气，回头想个法子找补回来，倒霉的还是您。”冯管家大言相骇，“重则怒火冲天！大半夜带着人砸了黔安王府的大门，把您直接抓回来……黔安王还在病中，禁不起这样的惊吓吧？再者，大半夜的被世子从黔安王府一路押回来……您还要不要面子了？”

钟宛心累地看着冯管家：“您上次一顿游说，激得郁赦跑到我们府上跟我要说法的时候，我的脸已经丢得差不多了。”

冯管家理亏，讪讪一笑：“上次是我老糊涂了，没说清楚，连累钟少爷了，但这次不一样。您想想，世子刚在宫里生了一顿气，是脾气最不好的时候，这个时候把您抓回来，会……会对您如何？”

“我不走就是了，我也有话要问他。”钟宛咳了一声，左右看看，“我去哪儿等他？书房？”

“世子的书房不让旁人进的。”冯管家胡编乱造道，“钟少爷还去您以前住的厢房？”

钟宛一愣：“还留着呢？”

冯管家道：“自然，我带您去。”

冯管家将钟宛带到他以前住的地方就走了，钟宛轻轻地吁了一口气。

厢房中一切未变，一时间钟宛以为自己回到了七年前。

屋里只多了一个掌灯的小丫头，看上去就十二三岁。

钟宛一笑：“你是伺候郁小王爷的？”

小丫头摇摇头，不太敢说话的样子。

钟宛道：“你去吧，我不用人伺候。”

小丫头不敢走，就站在桌边。

钟宛无法，对着个姑娘，躺也躺不下，只能正襟危坐，没话找话：“你在这边府里几年了？”

小丫头半天才轻声道：“五年了。”

“哦，那我没见过你。”钟宛点点头，“我……以前在府上待过一段日子，那会儿你可能才四五岁。”

小丫头胆怯地看着钟宛。赶也赶不走，话也没的说，钟宛随手拿起一本书来看，刚翻了两页，看见那个小丫头慢慢地往书案前蹭了蹭。

钟宛继续翻书，余光留意着她。

小丫头以为钟宛没注意，颤颤巍巍的，抖着手，打开了小香炉。

钟宛又翻了一页书。

书页哗啦一声，吓得那丫头忙缩起手，一动也不敢动了。

钟宛估摸着是冯管家嘱咐了她什么，小孩子胆子小，手脚又不利索，拖到自己进屋还没料理好。

钟宛依旧不说话，静静地翻着书看。

过了好一会儿，小丫头又蹭到书案前，轻轻地打开香匣子，战战兢兢地，抓了一大把的安息香。

钟宛：“……”小小年纪，心狠手辣。

小丫头不知得了什么授意，想了想，又抓了一把，全放进了香炉中，差点儿将炭火扑灭，她抖着手把香炉盖好，退到了一边。

香炉中的安息香熊熊燃烧，泛起滚滚浓烟。

钟宛一个没忍住，打了个喷嚏。

小丫头吓得如小鸡仔般扑棱了一下。

“下去吧。”钟宛被气得没了脾气，“我困了，你一个丫头，总不能看着我睡觉吧？”

小丫头差事已经办成，本也不敢多留，福了福身，如释重负地退下去了。

钟宛起身，看着那个小香炉哭笑不得，少年郁赦当年逼自己睡觉，也只是用了三五片安息香，冯管家这个老东西手太毒了，这满满的一香炉安息香……是要把自己熏得不省人事吗？

钟宛捂着口鼻咳嗽了两声，端起茶盏，泼在香炉里，转身躺在了榻上。

郁赦今晚也不知道能不能回来。

钟宛最怕这种香，被熏了这一会儿就开始困了。他捏了捏眉心，脑子里一团乱麻。

他还是想不明白，郁赦的身世是怎么回事。先不管宣琼说了多诛心的话，郁赦是实实在在地谋害皇子了，这都没事吗？

崇安帝到底在想什么？是不是……年老的崇安帝顾虑太多，也不敢把郁赦如何呢？

钟宛紧紧皱眉，想想宣璟，想想宣琼，感叹崇安帝命是真的不好，仅剩的两个儿子，一个赛一个地没出息。

宣璟那个没脑子的东西时至今日还在自己府里拼琉璃盏，宣琼……钟宛同他没怎么相处过，但看他今天办的这破事，就知道这些年也是半分进益也无。

钟宛设身处地地替崇安帝抉择了一番，越想越心凉。

郁赦若真的是崇安帝亲子，那宣璟、宣琼选哪个，将来怕是都扛不住郁赦的造反。

崇安帝快六十岁了，就算皇陵冒青烟让他再有个皇子，崇安帝也熬不到新皇子成年了，但将来皇位总是要有人继承的，钟宛翻了个身，头疼……难不成崇安帝真的想立郁赦？

要真这样，宣璟、宣琼就一个也活不了，郁赦若要即位，不可能留着这些“名正言顺”的皇子。

宣璟、宣琼也料到了，所以必然要早早除掉郁赦。

钟宛越想越心急，又开始惦记吃着药的宣瑞。宣瑞病了好几天，今天好不容易有个机会向崇安帝请辞，偏偏又被宣琼这个糟心玩意儿搅黄了，钟宛气得磨牙。他被安息香熏得脑子转不动了，又愁了一会儿就睡着了。

钟宛睡得很不踏实，迷迷糊糊地，感觉自己回到了少年时，生病被林思照料的时候。

钟宛那会儿已经把消息传递出去了，心中大石落地，昏睡了过去，每天只有断断续续的半个时辰是清醒的，但也睁不开眼。

他记得林思那个粗手笨脚的东西端着一碗药灌自己，好似以前在宁王府同自己打水仗一般，直接往自己脸上泼。

钟宛积攒起全部的力气，顶着一头滴滴答答的汤药，跟林思咬牙切齿地说：“你给我走……”却正巧被压着火来瞧他的郁赦听见了。

少年郁赦以为这话是对他说的，脸上青一阵白一阵，转身就走了。

钟宛见他误会了，被气得差点儿吐血，急得摔到床下，把自己直接砸晕了过去。

钟宛那会儿昏睡着都在想怎么去哄跟他闹了脾气的郁赦，心焦无比，有心起来跟林思打一架，又没那个力气。

还好，后来郁赦好像自己来了。

钟宛根本不记得郁赦当年是怎么照料自己的了，但梦里好像能看见了，他看着少年郁赦无奈地搂着年少的自己，用一个小勺子舀了汤药，一点一点喂自己喝，每次喂好，还会从怀里拿出一个糖荷包来，取一块糖放进自己嘴里。

钟宛又看见年少的自己又咳又吐，郁赦搂着自己拍着，然后挽起袖子，让人送水盆来，亲自替自己擦洗。

钟宛又看见少年郁赦犹豫了半个时辰后，走到床前，替自己更换衣裳。

钟宛在梦里低声笑了一下。

钟宛险些把自己笑醒了，混沌间，觉得有人坐在自己床头。

钟宛在这张榻上睡过半年，一切都熟悉得很，并没被惊醒。他被安息香熏得神志不清，心道这是连着少时的回忆，开始做梦了吗？

那会儿的郁赦，可没这么高大。

钟宛隐约觉得坐在床头的人微微俯下身，靠他很近，并且还替自己顺了顺头发。

钟宛醒不过来，感觉梦里的人把自己的外衫退下来，放在了一边。

钟宛低声呓语："子宥……"

安息香的后劲儿袭来，钟宛彻底睡死过去了……

第二天清晨，钟宛坐在床上，目光空洞地看着床尾自己的外衫。

钟宛记得清清楚楚，昨晚他绝对没脱这件衣裳。那是……怎么被脱下来的呢？衣裳还被折了两下，显然不会是梦中不适自己脱的。

外面冯管家敲了敲门，推门进来，偷瞄了一眼钟宛。

钟宛问道："昨晚……郁小王爷回府了吗？"

冯管家谨慎点头："一回来，就来您这里了。"

钟宛绝望了。钟宛疯狂回忆，自己昨晚有没有嘴不严，说了不该说的话。

冯管家小心问道："钟少爷，您要不要、那什么，要不要……"

钟宛声音发抖：“不要热水！”

冯管家咽了下口水：“好，好，不要，但您……您这么安静，我倒不放心了。”

“那该如何？”钟宛万念俱灰，道，“我现在应该哭哭啼啼吗？”

二十九

钟宛怀着一线希望，硬着头皮问道：“郁小王爷昨天在这屋里……待了多久？”

冯管家清了清嗓子：“两、两个时辰。”

钟宛尽力回想，但什么也记不起来了。

唯一的印象，就是半睡半醒之间，感觉有人来到了床前。

那人看来就是郁赦了。他到底做了什么啊？！

郁赦当真就枯坐了两个时辰？他不嫌累吗？大半夜的不睡觉，死盯自己两个时辰？想想还怪吓人的。钟宛拿起自己的外衫，心跳又加快了几分。

钟宛尽力忽略冯管家探究的眼神，边穿衣裳边尽力镇定道：“郁小王爷呢？我有事问他。”

冯管家为难地看了钟宛一眼，低声道：“世子吩咐，您要是醒了，就送您回黔安王府。”

“什么？”钟宛差点儿以为自己听错了，“这就让我走？他……都不给我个说法吗？”

冯管家摇头，他也觉得郁赦这事儿做得不地道，心虚道：“世子说他不想见您，让您醒了就走。”

不想见自己？钟宛震惊得半天说不出话来。

“贵府……”钟宛艰难道，“就是请个唱曲儿的来过夜，也得给点辛苦钱，打赏几个车马费吧？郁小王爷这一口早点都不让我吃，就让我滚？”

冯管家忙劝慰道：“钟少爷怎么能跟那些戏子比？”

“我比戏子还不如呢！”钟宛怒道，“郁子宥平时叫戏子要花多少银子？

去拿给我！”

冯管家犯了难：“我们世子从没叫过戏子，我哪儿知道要用多少银子？”

钟宛顿了下，道：“是吗……”

“自然，我们世子从不沾那些不干不净的人。”冯管家想了下，道，“钟少爷是饿了？您要是饿了，我这就去命人准备，不过……您吃了早点，就真的得走了。”

钟宛无力道：“我不饿……不是，这又不是我自己找上门来的，昨天我也是被拐来的，现在怎么弄得像我上赶着来找他，反倒被轰出去一样？”

冯管家按着郁赦之前吩咐的，低头解释道：“世子说，昨日，五皇子本来是要拐带您……不知要把您如何的。”

钟宛不懂冯管家怎么说起这个来了，呆呆地点点头。

冯管家坦然道：“这不就对了？您昨天本来就是要被拐带的，不是世子，也是别人，世子既然替您挡了五殿下，自然……是可以拐带您的。”

钟宛：“……”这话细想起来竟有几分道理！

钟宛深吸了一口气，不肯顺着郁赦这个疯子的想法走，压着火反问：“明日若是有人想拿刀捅我，郁小王爷替我挡了，他是不是就可以随时捅我了？反正我也是要被人捅的啊！”

冯管家想了想，谨慎道：“按照世子的说法，是这样的。”

钟宛把到嘴边骂娘的话生生咽了下去，点头：“行……我认了，你去叫人套车，我走了。”

冯管家忙去吩咐，郁王府的下人办事利索，不一会儿就把钟宛客客气气地送走了。

钟宛一头雾水地被拐了来，又糊里糊涂地被送走了。

好生送走了钟宛，冯管家来跟郁赦回话了。

郁赦躺在贵妃榻上，半合着眼。

他昨晚一夜没睡，这会儿眼下微微发青。

郁赦听到冯管家的脚步声，没睁眼：“送走了？”

冯管家躬身：“送走了。”

郁赦嘴唇动了动，似是想问什么，但没问。

冯管家揣摩着郁赦的心思，主动道："钟少爷早上起来吓了一跳，问了半天，问世子昨夜是不是去找他了，老奴照实说了，钟少爷……受惊不小。"

郁赦像没听见一般。

冯管家吞吞吐吐，"这得亏钟少爷脾气好，什么都不往心里去，要是个心窄的，您这样把人拐来又打发走……怕是要真动怒的。"

郁赦淡然："动怒就动怒。"

冯管家是真的不懂了："钟少爷不知哪天就要随黔安王回封地了，您再这样……"

"下去吧。"郁赦不耐地偏过头，"我困了。"

冯管家叹气，替郁赦拿了一条毯子盖上，退下了。

好一会儿，郁赦慢慢地睁开眼，十分不适地按了按太阳穴。

先是在宫里跟宣琼闹了一场，回来又在钟宛床畔生生坐了一夜，他是真的困了。

郁赦闭上眼，静了静心。

郁赦昨晚看着钟宛，忽而就想到了七年前，钟宛走的前一夜。

那会儿宣瑞袭了宁王的位，已带着弟妹前往黔安封地，钟宛得到消息后日夜坐卧不宁，心神恍惚，少年郁赦心里明白，自己留不住他了。

郁赦那会儿看着钟宛就难受，心里明白自己父王坑害了他，自己不该强留他在身边，又舍不得。

少年郁赦自己也说不清楚，究竟是舍不得让钟宛去封地受苦，还是舍不得这个朋友。

两人貌合神离地相互打了好几天的太极，郁赦记得钟宛有天突然跟他说："子宥，上次把你亲事搅黄了，我觉得很过意不去。"

少年钟宛顾左右而言他，结巴道："但现在想想，文国公孙女也很好，将来……你可得找个更好的小郁王妃，不然我就太对不起你了，若我知道你婚事不如意，会不安心的。"

郁赦也磕巴了下："好，我……我定然找个更好的，不让你惦念。"

少年钟宛闻言安静了许久，低头笑了下，轻声道："如此，我就安心了。"

郁赦隐约觉得钟宛神情不对，要细问他，又不知如何开口，两人不尴不尬好几天了，说话总是这样没头没脑的。

郁赦猜不到钟宛何时走，担心他独自去黔安不安全，想开口问问他，要不要自己派人送他，又不想主动提起。

万一钟宛并不想走呢?

万一钟宛只是忧心宣瑞，过几天，又同往日一样了呢?

郁赦心存希冀，但还是将几张银票放在了钟宛屋里，怕钟宛看不见，直接明晃晃地放在了炕桌上。

南疆路远，一去就是几个月，总要有盘缠吧?

若要出城，他一个奴籍，自然也是要文书的，郁赦狠了狠心，把钟宛的卖身契也寻了出来，自己又写了一纸路引，说明情况，将路引和卖身契叠在一起，露出一角，压在了钟宛书案的镇纸下。

郁赦把这些东西摆得很显眼，料定钟宛都能看见。

隔了一日，郁赦去钟宛屋里看，银票、卖身契果然都被收起来了。

郁赦说不清自己心里是什么滋味，只知道，钟宛这是真的要走了。

又过了两日，钟宛有天晚上突然要喝酒，又拉着郁赦跟他聊个没完，郁赦心里明白，就是今日了。

郁赦不胜酒力，但还是强撑着跟钟宛喝了不少。他记得少年钟宛目光复杂地看着自己，小声道："子宥，你要是我家的人，就好了。"

郁赦抬头灌了一盅酒，沉声道："我姓郁，怎么能是你家的人?"

钟宛洒脱一笑："是啊。"

钟宛直接给自己倒了半碗酒，一口闷了下去。

中间钟宛说头晕，让郁赦把香炉里燃着的香熄了，郁赦去了，再回来时，察觉出自己的酒被动过了。

少年郁赦心中五味杂陈，装作不知，将酒咽了下去。那会儿的郁赦甚至愤愤地想，就算是给我下了毒，我也认了。但那不是毒，只是一点点蒙汗药。

钟宛放的蒙汗药实在太少了，过了一炷香的时辰郁赦才开始觉得困。他不忍心地看着钟宛，心想：夜路难行，我就睡了吧，也让你能早点安心走。

少年郁赦借着酒意，起身晃了两下，倒了下来，被钟宛扶到了榻上。

郁赦清楚地记得，钟宛扶他的手都在抖。郁赦倚在床头装睡，感觉到钟宛半跪在自己面前，看了自己许久。

久到蒙汗药的药力彻底上来了，钟宛才动了动，站起身，轻手轻脚地往郁赦腰间摸索。

半睡半醒之间，郁赦胸中如擂鼓，心道……钟宛是要在走之前，做些什么吗？

少年郁赦紧闭着双眼，生怕让钟宛发现自己还没睡着。

又过了一会儿，郁赦感觉到钟宛又开始摸索自己的袖子。

郁赦强撑着精神，心道：这怎么又开始摸袖子了？

郁赦听到叮咚一声轻响，想知道钟宛到底在做什么，实在忍不住，就将眼睛睁开了一条缝……

少年钟宛用桌布当包裹，摊开在榻上，手脚利索地将郁赦身上值钱的配饰全拆了下来，一一装好。

少年郁赦气得险些装不下去了。

那么些银票还不够用吗？！这个人……还真是不吃一点亏。

郁赦任由钟宛搜刮，不一会儿，身上的钱袋、玉佩、扇子、戒指等全被摘了个干净，郁赦暗暗后悔……今天戴的玉佩并不珍贵，不如那成套的值钱。

被钟宛窸窸窣窣地摸索了一阵，蒙汗药的药力彻底上来了，郁赦再也撑不住了。昏睡之前，郁赦感觉钟宛凑近了些许，但下面就什么都不记得了。

第二天醒来，钟宛果然已经走了。

冯管家急疯了，将偌大府邸搜了好几遍，将钟宛以前藏匿的地方找了又找，但什么都找不着了。

钟宛真的走了。

郁赦由着冯管家四下寻觅，并不着急，也不许人出门巡查。

郁赦关上门，在自己屋里寻了两圈，但什么也没找到。

钟宛一封信也没留给他。少年郁赦摸着自己空荡荡的腰间隐隐有点怒气，钟宛哪怕……随手留个只言片语呢！哪怕在桌上刻个“到此一游”呢？！

郁赦不死心地又去钟宛屋里找，把床头小柜子全翻遍了，一样什么都没找到。

钟宛什么也没给他留下。

他干干净净地来，利利落落地走了。

郁赦在钟宛的书案前坐了许久，起身时，宽大的袖子扫过一本书，书掉在了地上，郁赦低头一看，久久说不出话来。

那是本《诗经》，《诗经》摊开在《子衿》那一页，几张银票、卖身契、路引好好地叠在一起。

小钟宛什么也没拿。

三十

郁赦想象不到，钟宛当年是怎么一路风雨兼程地走到黔安去的。

没盘缠，没路引，那几个月，他到底吃了多少苦？

少年郁赦原先还能安慰自己，钟宛至少拿了自己一些随身物件，那些东西还是能换点银子的。但之后一年又一年，那些东西一件一件，全被人送了回来。

原封未动。一如他同钟宛之间，始终干干净净，无甚瓜葛。

郁赦又开始头疼，十分不适地翻了个身，长长地舒了一口气。

冯管家一直在外面守着，听着郁赦来回翻身睡不安稳，轻手轻脚地进屋来了，低声道：“世子，世子，又做噩梦了？”

“没有。”郁赦冷冷道，“还没睡着。”

冯管家担心郁赦心里不痛快又做出什么事来，问道：“那点上安息香？”

郁赦不耐烦：“你当我是他？”

冯管家笑笑：“是，钟少爷实在是受不得药，每次都是，用一点香就睡得雷打不动的。”

郁赦看着窗外，目光悠远，似乎又想起什么前事来。

郁赦犹豫是不是真的需要用点香，他实在是不想再让脑中的钟宛闹腾自己了，烦躁道：“不用盯着我，我现在没精神做别的。”

这话倒是真的，郁赦每次折腾点什么事，都会安稳一段日子。刚在宫中跟宣琼闹了一场，至少半月之内，他不会再有兴致去寻死。

冯管家暗暗焦心，他察觉得到，郁赦也不想这样。

好好的，谁会这么跟自己过不去？

只是郁赦心里太苦了，隔一段日子，就好似承受不住了一般，要寻点事故来发泄。

冯管家上前替郁赦往上拉了拉毯子，见他还睁着眼，轻声道："送钟少爷的人已经回来了，他们代世子问候了黔安王，听黔安王府的管家说，黔安王病得更重了。"

郁赦闭上眼："多半是装的。"

冯管家干笑："也不一定吧。"

"他着急回黔安。"郁赦皱眉道，"昨日入宫，就是想替宣瑞向皇帝请辞。"

郁赦嗤笑："说起来，还是宣瑞命好，这么个废物，居然也好好地活到了现在。"

冯管家敏锐地闻到了一丝半酸不苦的味儿，心里觉得有戏，轻声道："其实，世子当年是可以不让钟少爷走的。"

郁赦最烦听这个，闻言眉头紧皱："说了多少次，我留不住。"

冯管家见缝插针："但现在就不一定了啊！现在还留不下吗？"

郁赦又不说话了，好一会儿才低声道："留得下，保不住。"

冯管家心里一阵难受，焦心道："世子你就料定自己活不久？"

郁赦淡然道："是。"

冯管家恨不得跟郁赦动手。

郁赦把话说出来，反而舒坦了，将手臂枕在脑后，慢慢道："且……我心里恨着他，留他在身边，不知道哪天犯病，就将他掐死了。"

冯管家茫然："您恨他什么？恨他这些年编派您的事？"

"不。"郁赦眯着眼，"我恨他明明能无情无义地安稳过一生，可偏偏对谁都实心实意。"

冯管家失笑："这不是钟少爷的好处吗？"

"是，所以更留不得。"郁赦深吸一口气，"他若不是这样的性子，我昨晚就……"

冯管家感觉自己听到了关窍，忙追问："昨晚如何？！"

郁赦眼中闪过一抹恨意。

冯管家恨铁不成钢："昨晚那两个时辰，世子到底……到底……"

郁赦看向别处："是他自找的。"

冯管家彻底糊涂了："自找的？"

钟宛睡得死死的，怎么自找？

冯管家想让钟宛死个明白，小心翼翼地替钟宛问道："钟少爷是如何惹得世子这么生气的呢？"

郁赦拧眉看向冯管家："你探听这些做什么？"

冯管家吓了一跳，干笑："老奴只是想不出来，钟少爷这样的人能做出什么来。"

郁赦想说，又生生忍下了："总之……是很不体面的样子。他叫我的字！是他活该。"

"活该，太活该了，不自重！"冯管家苦着脸附和，心道：他叫了您的字，这有什么问题？

冯管家犹豫再三，决定转移一下话题，留意着郁赦的神色，轻声道："说起来，世子也不小了，头几年长公主就问过老奴，是不是该给世子安排几个房里人了，老奴估摸着世子不会要公主的人，就替世子辞了。现在想想，是不是该寻几个妥当又年长的丫头来……"

郁赦肃然看向冯管家："不用人来教我，我知道那事儿是什么样子的。"

"是是是。"冯管家吓了个半死，"世子自然晓得。"

郁赦莫名其妙地看了看冯管家："你们成日里都在想些什么？我是同常人不大一样，可也不至于连这个都不懂，我十几岁就都明白了。"

冯管家忙哄着："懂懂懂。"

"别弄些奇奇怪怪的人来我房里。"郁赦戒备地看着冯管家，"我不要女子，也不会留下血脉，若让我突然在屋里看见什么不该看见的人……我当即就会掐死她。"

冯管家欲言又止："那钟少爷岂不是……"

郁赦皱眉："那是因为他自己活该！"

冯管家险些又被郁赦说服了。冯管家喃喃自语："是，世子年纪轻轻，什么时候见过这种人？竟敢在梦中叫世子的字！"

郁赦觉得在理，心情好了些许。

冯管家生无可恋："所以他真是活该！"

郁赦被这事儿扰得心神不宁，这会儿彻底想开了，闭上眼："正是。"

郁赦用这一顿缜密的分析开解了自己，舒坦了许多，给自己盖了盖毯子："我困了，你去吧。"

冯管家退下了。冯管家觉得这么下去不是办法。

他又给钟宛写了一封信。

黔安王府，钟宛屏退众人，正同宣从心说话。

钟宛彻夜未归，宣从心担忧不已，不住问他到底怎么了。

"昨天……唉，不说了，一团乱麻。"钟宛失笑，"我跟你有正事说。"

宣从心几乎一夜未睡，责怪地看了钟宛一眼，耐着性子道："你说。"

"昨日我本要替你哥请辞的，偏偏被别的事搅了，如今五皇子宣琼被灌了一肚子池水，也不知道如何了，皇上定然没精力管我们这点儿事了。"钟宛一个头两个大，"又一个皇子出事了，咱们再一次次地去请辞，怕适得其反，让皇帝疑心什么，我的意思是……"

钟宛顿了下，商量道："我以宣瑜的名义上个折子，就说宣瑞实在病得不好，所以想让他一个人……先回去。"

宣从心皱眉："只让我大哥回去？"

"万寿节还没到，京中接连出事，我们一起走太惹眼，皇帝多疑，我担心他觉得是我们黔安王府在生事。"钟宛无奈道，"到时候，就真的一个都走不了了。"

宣从心想不太明白这里面的事，但还是迟疑着点了点头。

"皇帝不会对孩子下手的。"钟宛轻声安抚道，"你是女孩儿，更安全。"

宣从心听了这话也没多高兴，低头道："这我清楚。"

钟宛道："有我在，必然保得住你们，所以先让你大哥回去，行不行？"

宣从心一笑："你同我发什么誓？你安排的，必然是最周全，对我们最好的。我听你的就是，不过……"

钟宛同宣从心异口同声："就不用告诉宣瑜了。"

两人笑了起来。

宣从心叹了口气："也是我无用。"

"你对我没半点疑心，已经够了。"钟宛一笑，"你哥马上走了，这两天别跟他置气，那狐裘替他做出来吧。”

宣从心点点头，突然道：“不然你跟着他一起回黔安吧，你也说了，皇帝不会对我们怎么样，等过了万寿节，我带着宣瑜再回去。”

“那哪儿行？”钟宛想也不想，失笑，“王爷在天有灵，知道我把你们两个小孩子丢在这儿，半夜降个雷来劈了我。”

宣从心心里一阵难受，她知道自己撑不起门户来，不再多言，故意笑了一声：“也是，你还没娶上那个姑娘呢，说起来……如何了？这么多天，也没个动静。”

说起这个来，钟宛一阵头疼：“怕是……不太顺利，难弄得很。”

宣从心不满道：“她到底有什么不顺心的？！”

钟宛苦笑：“大约是少时吃了不少苦，现在性子不太好，我得多费点心。”

宣从心想了下，体谅地点点头：“她年纪大了，身材又魁梧，所以才比旁人更敏感，你既然这么喜欢她，就耐心点吧。”

钟宛一笑，外面有人叩门，钟宛让人进来了。

冯管家的信，钟宛接过来当着宣从心的面拆了，看完之后脸色变了几变，险些当着宣从心的面爆出粗口来。

宣从心小心地看着钟宛的脸色，试探道：“是……那姑娘给你的信？”

钟宛艰难地点点头。宣从心暗道这姑娘大胆：“她说什么？”

钟宛心如槁木：“他嫌我不自重。”

宣从心大惊失色。钟宛摆摆手，请宣从心先回自己院子，宣从心惊叹京中民风开化，啧啧称奇地走了。

待宣从心出了院，钟宛才拿起那封信来，不信邪，觉得自己刚才是眼花了，抖着手，又细细看了一遍……

他活活被气得头晕目眩。

三十一

钟宛磨着牙想郁赦这是真疯了吧？半梦半醒间叫了一声他的字，就成了不自重，这都是什么歪理？

钟宛不死心，把信来来回回看了几遍，试图弄清楚郁赦到底在想什么。

“故意的吧？”钟宛把信纸攥成一团，“有本事明着来啊……”

但要真的明着来，回想那日郁赦直直闯进来的样子，钟宛寻思他还真的招架不了。

郁赦如今的脾气还真是让人拿捏不准。

钟宛把信纸丢进炭盆里，定了定神，以宣瑜的口吻给崇安帝上了一道折子。

钟宛没让宣瑜再誊抄一遍，崇安帝不是傻的，一想就能知道这是钟宛的意思。钟宛索性也没遮掩自己的笔迹，大大方方地写好后就命人将折子送入了宫。

钟宛已经将黔安王府的立场摆得很明显了：我们不想掺和京中之事，只想早日回黔安好好过日子，又不敢辜负圣恩，所以即使黔安王病重，也留下了自己的同胞弟妹代自己为皇帝贺寿。

黔安王府已给出了最大的诚意，只希望崇安帝让他们的王爷早日回黔安养病，如此谦卑，崇安帝自然准了。

当日宫里就来人了，照例赐了许多补品，钟宛胸中大石落地，能把宣瑞送走就好。

宣瑞终于停了药，严平山的意思是让宣瑞休养几日，钟宛想也不想道：“不，明天就走。”

宣从心放下手里的针线，讶异：“这么急？”

“迟则生变。”钟宛道，“谁知道三皇子哪天就不行了？三皇子是宣瑞的堂兄，真不好了，那边举丧，这边热热闹闹地回黔安，像话吗？”

严平山一想，觉得也是，看向钟宛：“你……”

“我肯定不走。”钟宛吩咐，“把林思叫回来吧，让他送宣瑞回黔安，不必再回来了。”

严平山答应着去了，宣从心的狐裘还没缝制好。她急着连夜赶出来，也来不及说闲话了，让人拿着针线回自己院里赶工了。

钟宛去清点跟着宣瑞回黔安的仆役，又亲自替他打点行李，王府前后乱糟糟的，钟宛进进出出，呛了两口冷风，不一会儿就觉得头有点热：“不争气啊……”

钟宛懒得找府里的太医，回到自己屋里找了两粒治寻常风寒的药丸和水吞了下去，裹上厚衣裳又出了门。

忙乱了半天，终于将行李打点好了，严平山一个人回来了。

“人呢？”钟宛抬头，“哑巴呢？”

当着其他仆役，严平山含混道：“没寻着。”

钟宛皱眉，让严平山跟着自己进了屋。

“林思不想走。”严平山着急道，“我托咱们在四皇子府上的人交代他，他说走不开，我又想办法把他叫了出来，当面问，他……说不想走。”

钟宛失笑：“为什么？”

严平山摇头：“没说为什么，他一个哑巴，问也问不出话来，我让他写，他也不写，问急了，连比画都不比画了。”

钟宛仔细回忆，突然发现自己回京后，几次同林思说让他跟着回黔安，林思都是吞吞吐吐的。

“他……”钟宛低声道，“这是被什么绊住脚了？”

钟宛好笑道：“林思也不小了，在京中有相好的了？”

严平山茫然：“这哪儿知道……但总得说一声啊！这好不容易有机会回黔安了，早点回去比什么不要紧？我是说不动他的，他也不爱听我的，趁着天早，不然你去找他……”

“不必了。”出神片刻后，钟宛突然一笑，“随他吧。”

严平山急切道："怎么能随着他胡来？四皇子府上不是什么好去处！将来有个万一，他一个人在京中受了牵累，咱们想帮也帮不上，到时候……"

"严叔。"钟宛轻声道，"别替他打算了。"

严平山错愕地看着钟宛："你不管管他？"

"我管不了他，林思不是我的奴才。"钟宛不甚在意道，"他虽然整天管我叫主人，但他其实是我奶娘的儿子，算是我半个亲哥哥了，奶娘走得早，他这些年跟着我颠沛流离，没少吃苦。"

钟宛一笑："就算当初我们钟家对他有点小恩小惠，这些年也该还完了，到现在……随他吧。"

严平山不解道："什么叫随他？这不是为了他好吗？他一个人……"

"我要是为了自己好，"钟宛忍笑，"也该同你们回去了，但现在不也走不得了吗？"生生地，被一个性子古怪的人绊住了脚。

钟宛轻声道："人各有命，宣瑞既然没事了，我就想做点旁的事，林思大概也是这么想的。"

严平山听不明白，但现在看着钟宛，突然感觉这府上在这一刻，似乎有什么已经变了。

"他那边我肯定会过问的。"钟宛宽慰道，"等我回头寻他问问，别的就算了吧……他既然不肯回去，你陪着宣瑞回去好了。"

严平山吓了一跳："我回去？那你们呢？"

"府上也没什么事，留个小管事在就行了。"钟宛随意道，"我跟两个孩子都没什么事，也用不着这么多人照看。"

严平山不放心，但想想病恹恹的宣瑞，左右权衡，无奈道："好吧，等王爷平安到了黔安，我再回来。"

"可别，那会儿两个小的可能都回去了。"钟宛一想就头疼，"来来回回就是好几个月，没准儿中途还要错过，你就看顾好宣瑞就是了。"

严平山一想，觉得也是，只得点头："那你……多留意身子。"

钟宛不在意地一笑。

严平山临时要走，又有不少事要打点，没空跟钟宛多话了，抬脚就要走，临出门，回头看看钟宛，突然道："钟宛……下次再见，不知道是哪一年了。"

钟宛最怕离愁别绪那一套，笑道：“怎么？催我提前给你结了今年的份例吗？”

严平山哭笑不得，神色复杂地看了钟宛一眼：“总之……保重身子。”

钟宛点头：“知道了。”

翌日，黔安王府的人起了个大早，天蒙蒙亮的时候就出了城。

钟宛陪着宣从心和宣瑜在二门门口站了一会儿，宣瑜泣不成声：“大哥……大哥身子这样，路上要走那么久，他在半路上会不会……”

“不会。”宣从心道，“闭嘴。”

宣瑜死死憋着，不敢再出声，往钟宛身边靠了靠。

钟宛忍笑，在宣瑜头上揉了一把，正要催两个小的回屋，外面一个仆役连滚带爬地扑了进来。

宣从心皱眉：“怎么了？！还有没有点规矩？”

钟宛心中隐隐有些不安，挡了宣从心一下：“出什么事了？”

仆役跪在地上，抖声道：“三皇子……殁了。”

钟宛暗道“好险”。钟宛看了宣从心一眼，宣从心讪讪，低声道：“幸好听你的了，我……我现在去让人扯白布，先要把这些红灯笼蒙起来吧。”

婚丧大事，钟宛其实也不太懂，现在严平山已经走了，他只能硬着头皮料理：“是吧，让人备下孝服，估计过不了半天，宗室那边就有人来了，到时候问问他们。”

宣从心糟心地看了自己哭成一团的弟弟，皱眉道：“去守灵的话，我跟宣瑜肯定不在一处，他怕是自己去不了，你能陪着吗？”

钟宛笑了：“那是自然。”

宣从心放心了，先去后院料理，钟宛突然想起什么来，心里咯噔一下。

郁赦……也要去守灵的吧？

钟宛心里暗暗祷告，不管是看在早逝的三皇子还是谁的面子上，郁赦千万千万别在灵堂里发疯……

“死了？”郁王府别院，郁赦逗着鸟儿，轻快道，“拖了这么多天，终于走了？”

冯管家把孝服送了上来：“是，早上没的，听说贤妃娘娘要哭死过去了，长公主已经过去了，长公主走前派人来说、说……”

郁赦不耐烦：“还说不说？”

“说、说。”冯管家笑笑，“长公主说，世子今年犯水又犯火，又刚受了惊吓……”

郁赦嗤笑，冯管家赔笑：“对外自然是要这么说的，长公主的意思是，世子本就跟丧事犯忌，又刚被圣上软禁，不如……不去了吧？”

冯管家压低声音：“长公主是为了世子着想，世子待会儿见了郁妃娘娘，要怎么说话呢？彼此都尴尬，不如躲了吧。”

郁赦本来就懒得去：“那就不去。”

冯管家笑笑：“就是这个意思了，守灵多受罪，去做什么……不过孝服还是要穿的，世子先换上。回头过了四十九天，等出殡的时候，世子露个面，就行了。”

郁赦换上素色衣衫，突然问道：“黔安王……走了吗？”

冯管家一愣：“走了吧？大约是走了。说起来钟少爷是真果断，一刻也没耽误，这要是晚走半天，怕就出不了城了。”

“他……”郁赦顿了一下，“他跟着走了吗？”

冯管家自然知道郁赦问的是谁，忙道：“没有没有，探子天天盯着呢，钟少爷还在府上，没走。”

郁赦脸色好看了些许，想了想，道：“黔安王走了，但宣瑜没走吧？”

冯管家茫然：“是啊。”

郁赦道：“那我去守灵。”

三十二

郁王爷郁慕诚进了暖阁里间，看了看还躺在床上的宣琼，替他放下床帐，走了出来。

外间，郁妃未施脂粉，眼睛红红的，见郁慕诚出来了，眼泪将落未落："大哥……"

"小声点，五殿下睡着了。"郁慕诚坐了下来，"我刚问过太医，说没什么事了，既如此，等他醒了，你就同他一起去三殿下那边……"

"不去！"郁妃怫然，"去做什么？遇到郁赦，我是当没看见，还是当他不曾把琼儿推下水？！"

郁慕诚皱眉："不是都已经说清楚了？是他们两人在湖边看水，五殿下自己一时不察落了水……"

郁妃盛怒："皇上骗别人的话，你现在拿来糊弄我？你也听见了，郁赦他自己都承认了，就是他把琼儿推下水的！"

"那又如何呢？"郁慕诚声音依旧放得很轻，"娘娘若不服，是不是要再去皇上面前闹一场？让子宥再学一遍五殿下说的那些混账话？"

郁妃咬唇，不说话了。

"你要是没记清楚，那我再跟你说一遍。"郁慕诚看着自己亲妹妹，低声道，"别再拿那些道听途说来的话说给五殿下听，更别自作聪明，心存妄想，做那些多余的事……皇上最恨别人提那些没影的事儿，你为什么就是喜欢提呢？自己说就算了，还非要再说给五殿下听。殿下已经成年了，竟像个长舌妇似的，背后说那些话！像什么样子？"

郁妃气得脸发白："你说我是长舌妇？好，我没见识，那今天你跟我说清楚啊，郁赦他到底是不是你儿子？长公主当年六月有了身孕，转过年七月才把孩子抱回来，硬说是几个月大了，我自己没生过吗？那明明就是个刚落地的婴孩！你们……”

“子宥是公主早产生下来的，襁褓中自然比旁的孩子羸弱几分。”郁慕诚无可奈何道，“这话我同你说过很多次了，你到底想听我说什么？”

“我想听一句实话！”郁妃愠怒，“我想知道，我和琼儿这些年是不是都在替别人做嫁衣！”

郁慕诚道：“那我再说一次，不是。”

“行，若他真是你的儿子，你让他现在过来，给我跪在这里磕头赔罪！”郁妃冷笑，“父亲的话，他总要听吧？你去叫他来！”

郁慕诚失笑：“你这不是无事生非吗？皇上都说了，是五殿下自己一时不慎……”

“别什么都用皇上来搪塞我！”郁妃气得脸发白，“我本来不会管你的事，反正你自己都认了，还要将祖父好不容易保下来的王位传给他，我一个出嫁女，娘家的事我不说什么！可皇上呢？多偏爱他几分我忍了，让郁赦什么都压在琼儿头上我也忍了，现在呢？郁赦得寸进尺，已经对琼儿动了杀心，你们还护着他！那将来山陵崩，郁赦要我们母子殉葬，你是不是忙不迭地要替他送白绫来？！”

郁慕诚皱眉：“你到底在说什么？让别人听见……荒唐不荒唐？”

“还有比郁赦更荒唐的吗？”郁妃冷声道，“大哥……我这次是彻底心寒了，你要替别人养儿子，别拉上我，我就琼儿这么一个孩子，他若做不成太子，我就吊死在这里，免得将来被郁赦羞辱！”

“闭嘴！”郁慕诚动了怒，“你还嫌害琼儿害得不够惨是不是？”

郁妃气得掉眼泪：“你……你……”

郁慕诚深吸一口气，压了压火：“我朝并无妃嫔殉葬的先例，你不要凭空臆测，让五殿下不安。”

“没有？”郁妃冷笑，“那前朝的大小钟妃，是怎么死的？”

郁慕诚眸子骤然动了下，片刻后道：“先帝走后，大小钟妃悲痛过度，不医而亡。”

郁妃讥诮："是吗？真是好巧。"

郁慕诚低头喝茶，过了一会儿道："好，你想听这个，我就跟你说一段……前朝钟贵妃育有一子，就是宁王，你肯定是知道的。"

郁妃不懂郁慕诚怎么说起这个来了，皱眉："自然。"

"宁王年少聪颖，天资过人，容貌又像先帝，很得先帝的喜爱，只可惜……"郁慕诚放下茶盏，轻声道，"他是先帝五十岁上才得的小儿子。"

郁妃点头："我、我知道的啊。"

郁慕诚缓缓道："先帝暮年时，是动过立幼的心的，不少老臣都知道，也不必遮掩什么，不提这个，你知道先帝有了这个心思后，第一个想杀的人是谁吗？"

郁妃怔了下，下意识问道："谁？"

郁慕诚道："钟贵妃。"

郁妃脸色大变。郁慕诚看着她，轻声问道："你以为先帝想动今上？"

郁妃额上冒出冷汗，不敢点头也不敢摇头。

"怎么可能？皇帝只会偏心，不会起杀心，因为那都是他的亲儿子……但妃嫔就不一样了。"郁慕诚继续道，"当日钟贵妃刚满三十，身体康健，还有几十年好活，比起有可能威胁到王位的今上，先帝更不放心的是年轻的妃嫔，怕她扶持外戚，怕她摆布幼帝，怕她干涉朝政！帝王都是狠心的，当日钟贵妃逃过一劫，是先帝走得突然，是她命好，如若不然……不等先帝驾崩，她就要先下去等着了。"郁慕诚看向郁妃，"皇帝对自己儿子会心软，会偏私，对嫔妃不会，若皇上有天觉得你对五殿下的事干涉过多……"

郁妃跌在椅子的软垫上，额上的汗水流了下来。

郁慕诚一笑："自然，皇上若无意立五殿下为太子，也就不会忌惮你的那些小动作，可这又是你不乐见的……所以妹妹，你明白了吗？"

郁妃彻底失了方才的气焰，拭了拭汗，哑声道："明白了。"

"当然，你跟钟贵妃不一样。"郁慕诚起身，低声道，"你是我们郁王府的女儿，只要你不做糊涂事，皇上就不会动你，也永远会对五殿下另眼相待。"

郁妃惶然："你真的不是在骗我？皇上……真的会多看重琼儿一点？"

"会的。"郁慕诚宽慰道，"他的外家是我们王府，我不倒，他就永远比旁人多一分可能，只要他别再犯皇帝的忌讳。娘娘，没事劝五殿下多静静心，办好皇上派给他的差事，就行了。”

郁妃还是不甘心：“可是，可是……万一皇上将来糊涂了，非要立郁……”

“娘娘，”郁慕诚打断郁妃，“我再说一遍，子宥姓郁，是我的儿子，所以他是不可能继位的，懂了吗？”

郁妃想了片刻，彻底明白了，急道：“我、我是不是不该提这个？我……”

“是不该提。”郁慕诚尽力耐着性子，“我一直不懂，你们都爱翻腾这些事到底是为了什么？着急替他证明什么吗？”

“是怕皇上起别的心思啊！”郁妃垂泪，“而且……我看郁赦比我知道得都多，你敢保证，他没那心思？”

郁慕诚低头：“我保证，他没有。”

三皇子府上。

钟宛也换了丧服，领着一头雾水的宣瑜进了府，两人马上就分开了，有人带着宣瑜去给宣瑾上了香，宣瑜学着别人的样子，在灵前跪了一会儿。

钟宛至少还见过宣瑾两面，小宣瑜是一次都没见过，虽是自己亲堂兄，却哭也哭不出来，只能想着自己大哥流了几滴泪。又过了一会儿，里面宣瑾的王妃就派人来劝了，几个不知名姓的人将宣瑜扶起来，领到了一处灵棚前，又是上香，磕头。

钟宛始终远远地看着他。

磕过这次头后，宣瑜回头看钟宛，钟宛轻轻摆摆手，让他跟着别人一起，宣瑜用手拢着嘴，对钟宛小声道：“你找个地方坐着！”

钟宛想笑不敢笑，低头装没看见，再抬头时，宣瑜已经被领进了灵棚，跟其他宗亲跪在一起了。

宣瑜年龄最小，穿着孝服跪在一群人之间，可怜兮兮的。

灵棚外，如钟宛这样的人还有不少，他们不用跪着，但也不能像仆役一般在外院等着，没处可去，只能规规矩矩站在一边等着。

钟宛穷极无聊，自己给自己找乐子，猜想郁赦今日会不会来。

落水的事，崇安帝没深究，只是软禁了郁赦。若是别人，被软禁时必然战战兢兢，日夜自省，郁赦就不一定了。

被崇安帝留下问话，宣琼生死不知的时候他都能分心让人拐了自己，这样的人……软禁不一定禁得住他。

果然，不过半个时辰，外面通报，郁小王爷来了。

郁赦的排场不比郁王爷小，他一来，不少人都站起来了，里面的贤妃娘娘还特意派人出来接着，不过郁赦没进内院，直接走到了灵前。

郁赦上了香，膝盖刚一沾地就站了起来，而礼部的人好似全瞎了一般，眼皮都不抬一下的。

钟宛远远看着，叹为观止，郁小王爷这不是来奔丧的，是来赏脸的。

死者为大，郁赦没必要这点儿礼数都不讲，真不想来，干脆不来就是了，让所有人看他这个样子……有什么好的？

虽然大家都习以为常了。

钟宛尽力往后站了站，不想让郁赦看见自己。

钟宛自嘲一笑，郁赦前两日刚把自己轰出了府，应该本来也不想见自己。

不等钟宛想办法躲了，一个管事的人出来低声招呼他们："过来过来。"

宗亲们越来越多，随从们也越挤越多，渐渐地不像样子了。三皇子府中管事之人终于在外院打点出一个简单的灵棚来，专门安置这些随从。

钟宛往宣瑜的方向看了一眼，见他跪得老老实实的，估计没事，跟着旁人一起走了。

钟宛一撩衣摆跪了下来，脑中不闲着，一会儿掐算宣瑞和严平山现在走到哪儿了，一会儿猜测宣琼到底喝了几口湖水，不知过了多长时间，灵棚的门帘突然被掀起，冷风灌了进来，钟宛抬头一看……

郁赦冷冷地看着里面，走了进来，坐在了灵棚中唯一的椅子上，正在钟宛面前。

钟宛："……"

众人面面相觑，慢慢地起身，一个接一个退了出去，钟宛想混在其他人里，也要起身，郁赦眼中倏然闪过一抹戾色。

钟宛又重新跪好了。不多时，灵堂里只剩两个人了。

钟宛如跪针毡。

郁赦出神地看着供桌上的香烛等物，不发一言。

半个时辰后，钟宛跪得腿麻，稍稍动了动腿，忍不住抽气，不小心惊动了郁赦。

郁赦看向钟宛，微微蹙眉。

钟宛怕郁赦又要误会自己这是故意引起他的注意，忙老实地跪好了。

钟宛又跪了一会儿，听郁赦突然道："你那日……是不是醒了？"

钟宛咳了一声："没有。"

钟宛偷偷瞄了郁赦一眼，郁赦听了这话脸色似乎更差了。

钟宛心里叫苦，这个疯子整天到底在想些什么？

郁赦审视了钟宛一会儿，似乎在判断钟宛说的是真话还是假话。

钟宛："……"

郁赦不再理会钟宛，在灵棚里坐着，外面的人不敢怠慢，送了炭盆、手炉进来，甚至给郁赦换了壶好茶。

灵棚里瞬间暖和了起来，郁赦彻底坐稳了。

钟宛暗暗叫苦，这人还走不走了？

钟宛时不时地偷看郁赦一眼，看着他喝了两口茶，看着他给自己手炉加了炭，看着他从袖子里拿出一本小巧的话本来……

这人把这儿当家，来过日子的吗？！

郁赦低头翻看着话本，不紧不慢。

钟宛腹诽着郁赦，突然听他道："不用一直看我……等我看完了，这本书也送你。"

钟宛悲愤地趔趄了下，腿麻得他使不上力，踉跄着弯下了腰，郁赦皱眉："送你就送你了，不必磕头谢恩。"

钟宛咬牙跪好，敢怒不敢言。

郁赦翻看了一会儿，淡淡道："无甚趣味……就有一段儿，有点意思。"

钟宛装听不见。郁赦偏偏要问他："你想不想看。"

钟宛忍辱负重："想。"

"等我看完。"郁赦低头，"不过我可以先给你读一读……"

钟宛干笑："不好吧……"

郁赦像没听见一般，已经漫不经心地开始读了起来。

钟宛心惊肉跳。

举头三尺有神明……这人不怕宣瑾在天有灵，半夜来敲门吗？！

“……我只是去看了看你，却听见你嘴里低声嘟囔着我的字……”郁赦合上书，“你以为我在念话本？不……我说的是那晚的事。”

钟宛这下，全身都麻了。

三十三

钟宛艰难道："你说的是……"

郁赦道："真的，你那晚就是这样叫我的字的。"

钟宛抬头看着郁赦的眼睛，郁赦那表情并不是在打趣自己，眼中反而隐隐有几分愠色。

郁赦不是在逗自己，就应该是真的。

他硬着头皮道："你要是不硬把我拐到你府上，不像个鬼似的半夜坐在我床头，我会叫你的字吗？！"

郁赦冷冷地看着钟宛："你继续辩解，我听着。"

钟宛咬牙道："我睡着了，你又没有，你不能推醒我吗？！"

郁赦眸子微颤，似乎在压着火："你一直攥着我！我怎么推？一个过肩把你丢到地上去？！摔死你吗？还是把你丢进湖里清醒清醒？就你这个破身子，禁得住吗？"

钟宛死撑着道："你也知道我就是一个病秧子，我睡着了能有多大精神？"

郁赦深吸一口气，平复了片刻后皱眉道："这是最后一次，再有下一次，我不会放过你。"

钟宛茫然，怎么不放过？

钟宛讪讪道："再有下次……你把我推醒啊。"

话又绕回来了，郁赦的脸又黑了一层。钟宛喉结动了一下，不知道自己哪句话又触了郁赦的逆鳞。

郁赦闭上眼，片刻后道："我推不动。"

钟宛心道：你放屁。郁赦似是苦忍着什么似的，好一会儿才冷冷道："钟宛……我不想同你走得太近，我想你也不愿意。”

钟宛错愕，自己什么时候不愿意了？

郁小王爷这……又开始自说自话了？

钟宛小心翼翼地看了郁赦一眼，意料之外，郁赦并无癫狂之态，反倒比平日正常了许多。

郁赦垂眸：“我现在心里很清楚，现在跟你说的话，你好好记在心里。”

钟宛磕巴道：“好、好。”

“这些年，你在黔安说过什么、做过什么……我不会追究。

“日后你再去说什么、做什么，我也不会管。相较你编造的那些话，我在京中做得更过火的事要多多了……名声是我自己败坏的，我从不在意这些。”

钟宛心里突然一疼。

“只有一点。”郁赦抬眸，“你不要太放肆，不要妄想同话本里的人一样，那般不自重。”

钟宛呛了一下。

郁赦皱眉：“把你的心思放在你们黔安……”

钟宛心一横：“黔安已经没我什么事了，此番进京……我就没准备马上回去。”

“不行。”郁赦当即变了脸色，“丧事之后，你和宣瑜马上回你们封地去。”

钟宛终于忍不住了：“那天你推宣琼入水，是不是因为听见他说，要将我如何？”钟宛是真的不明白了，“世子，你……你不觉得自己有点反复无常吗？”

“我就是反复无常。”郁赦突然笑了，“懂了……好好同你说话，你不爱听，就喜欢我这么冷嘲热讽的，是不是？钟宛，多年未见，你这是添了些什么毛病？”

钟宛不想自找难堪，把到嘴边的话咽了下去，转而问道：“你对我……不是半分情谊也没吧？至少还有几分同窗之情吧？”

郁赦不说话了。

过了好一会儿，郁赦才沉声道：“随你怎么想……不过你不怕我真的将你如何？”

钟宛心里憋着气，脱口道："不怕。"

"你！"郁赦双目发红，"钟宛……"

钟宛吓了一跳，心里叫苦，郁赦这又是怎么了？！这人到底是不是疯了？！

郁赦半晌压抑道："真同以前一样，你还走得了吗？"

钟宛被郁赦气得肚子疼："我说了，我原本就不想走！"

"不行。"郁赦低声道，"你如果想要卖身契，我可以还给你，再替你写一份文书，让你彻底脱了奴籍。"

不等钟宛说话，郁赦起身了，钟宛也要起来，奈何腿麻。

郁赦披上裘衣，匆匆道："这些天，你就在这个灵棚里反省，仔细想想……你之前犯下的错事。"

钟宛气得肺疼，四下寻看，想找个什么东西砸郁赦，桌子太沉，炭盆危险，灵幡太轻……

不等他找着，郁赦已经出去了。

钟宛坐在蒲垫上，咬牙切齿地捶着一双长腿，嘴里骂骂咧咧。

出了三皇子府，郁赦手还微微抖着。

他上了马车，费力道："先别走。"

马车夫自然不敢动，跟车来的仆役们见怪不怪，一言不发地站在雪地里，好似一群铁铸的兵俑。

郁赦坐在车里，周身不适，头疼欲裂。

那一晚的画面在脑中挥之不去，纠缠着郁赦。

郁赦回想钟宛方才说的话恨得牙痒痒，钟宛他……

若真的只是想利用自己帮黔安王，那该有多好。

真若如此，还忍什么？

可郁赦偏偏深知他的为人，知道钟宛没那么功利。

郁赦咬着牙，过了好一会儿才缓过来，掀开车帘，哑声吩咐："那个灵棚……就说我每天过来要去，不许别人再进去。"

跟着郁赦的人答应着，迟疑道："那钟少爷……"

郁赦皱眉，小厮忙不迭道："是，是，自然是要让钟少爷去的，不过，也让人这样日日烧着炭吗？那些下人的棚子，里面是不烧炭的……”

郁赦不耐烦道：“烧！”

小厮忙答应着。郁赦心更烦了，控制不住地就想到那一晚钟宛的样子。

他莫不是也看了不少话本。

或者……他果然纳妾了？

或者，在黔安有了什么相好？

郁赦冷笑两声，突然很想知道，钟宛的相好到底是谁。

那日，钟宛自己说过没纳妾的。

自然，钟宛的话不可信……

郁赦看向车外，好巧不巧正瞧见了宣琼的车驾。

宣琼那日说，要把钟宛拐去，拐去做什么？

“等他们进去了，把宣琼马车的轮子都给我卸下来。”郁赦声音发冷，“一个也不留，全卸下来……给我带回府去。”

家将们怀疑自己没听清，什么玩意儿？

“他不是要拐钟宛吗？”郁赦自言自语，“我让宣琼自己都要走着回去，我看他怎么拐……”

郁赦心情不好，突然斥道：“没听见吗？！”

跟着郁赦的人饶是见过不少大世面，听了这个命令还是迟疑了片刻，但一想郁赦的脾气，勉为其难道：“是！”

郁赦放下了帘子，马车内，听他长吁了一口气后，家将们才暗暗松了一口气。

一炷香后，郁赦的人扛着刚卸好的车轮，声势浩荡地回府去了。

钟宛一个人占着一个灵棚，郁赦刚刚来过，没人敢再进来了，他乐得自己清净，坐在蒲垫上烤着火发愁。

郁赦的神志虽然有一点点不太对，但并没真的疯，钟宛很确定。

不说别的，天家无情，郁赦若真成了个疯子，崇安帝还会如此放纵他？不将他幽禁至死都是好的了。

如此放纵，必然还是有所图的。

所以郁赦行事悖逆的原因，崇安帝肯定是知道的。

“只要没真的疯了就好。”钟宛挺达观，只要人没事，一切都好说。

天渐黑的时候，宗亲们都要回府了，钟宛自己在灵棚里眯了一觉，精神大好，出来寻着了宣瑜，两人一起出了府。

正看见宣琼的人气急败坏地闹腾，钟宛侧耳一听……

“我们这好好的车轮子，就这么没了！”

“都说没看见！怎么可能？！”

“那车轮子自己滚走了？”

“放屁！”

宣瑜懵懵懂懂：“什么东西没了？”

钟宛也不甚明白，干巴巴道：“谁知道，丑人多作怪，瞎闹呢。”钟宛有心看看热闹，奈何天不早了，明日还得过来。钟宛等了片刻，等着宣从心的轿子出来后就招呼着人回府了。

晚间，郁赦站在窗前，看着院子里横七竖八的马车轮，轻声道：“送回去了？”

身后的人欲言又止，郁赦心烦意乱：“不会说话了？”

“送是送回去了，但……”刚从黔安王府赶回来的冯管家上前，双手把那份卖身契放在桌上，“可钟少爷……他不要。”

郁赦倏然回头，冯管家又讪讪地从怀里拿出一个小纸包，干笑：“钟少爷说，这是他原本要送给世子的茶叶，可惜被他自己喝得没剩多少了，只剩这一点儿，钟少爷说，世子若不嫌弃，让老奴给世子泡一壶……”

郁赦半晌说不出话来。

郁赦低声道：“给我。”

冯管家把那一小包茶叶递给郁赦。

郁赦两指捏着小纸包，心里道：这也太……

冯管家赔笑：“是太少了，钟少爷把茶叶匣子倒空了，只剩这些，但也够沏一壶了，我给世子……”

郁赦将茶包揣进了怀里，打断他：“你去吧。”

冯管家一怔，点点头，退下去了。

三十四

自那日起，郁赦再没去过三皇子府上，更没出过郁王府别院的大门。

不知是不是钟宛多心，一时之间，黔安王府内似乎也少了几双眼睛。

钟宛总觉得有什么看不见的东西，突然就消失了，倒是少了许多麻烦，但也空落落的。

郁小王爷好似突然转了性，一连多日，不出府，不惹事，安静得好似少时一般。

钟宛却越发地不安。给林思传了几次消息，却似泥牛入海，钟宛心急，直接让人同林思说自己不会再提让他回黔安的事，隔日林思才一脸羞惭地来了。

“你不愿意回去就算了。”钟宛看着林思那惴惴不安的样子哭笑不得，“我还能逼你？”

林思看着钟宛，认真地比画：你真逼我，我就回去。

“没那么多闲心。”钟宛让林思坐下，突然道，“你不想去黔安，是因为宣璟吗？”

林思险些坐空了。钟宛心道，果然。

那年钟宛和林思一同逃出郁王府别院，一出府就分开了。

小钟宛不敢确定郁赦会不会来抓自己，两个人目标太大，容易被发现不说，也没法一起出城。钟宛同林思约好几日后在城郊会合，相互等三日，等不到就直接走。

钟宛顺利出城，等了三天，始终不见林思出城来。

钟宛心急如焚，怕林思被郁赦抓回去了，更怕林思被别人抓住了。

钟宛低声道：“我当时……”

林思忙打手语：不怪主人，说好了的，就等三天，是我无用，没能混出去。

钟宛轻笑，没往下说。他当时不放心林思，其实在城外活活等了一个月。

不过这话现在再说就没什么意思了。

钟宛最终还是一个人走了，抵达黔安半年后才再次得知林思的消息，知道他当日不慎被抓，辗转去了四皇子宣璟府上。

林思始终没说他被抓后吃了多少苦，只告诉钟宛，四皇子人其实不错，没苛待他，反而待他很好。钟宛原本以为林思只是将宣璟那儿当作一个落脚之地，但现在看，林思似是有知遇之恩要报答的。

林思局促地看着钟宛，比画：我不太放心。

林思似是觉得自己这样十分对不住钟宛，不住解释，手语打得飞快，钟宛有点眼花，失笑："我又没说什么，你急什么……既说到这里了，你心里实在过意不去，就答应我个事吧。"

林思忙点头。钟宛道："将来宣璟若能继位，你替我美言几句，代我保下一个人。"

林思问：谁？

钟宛道："郁小王爷。"

林思认真想了下，打手语：四皇子虽有争储之心，但我觉得他不太行。

钟宛一言难尽地问道："这些大实话，你敢跟宣璟说吗？"

林思笑了一声，摇了摇头。

"以后的事，谁说得准呢？"钟宛笑道，"你就先答应吧，当哄我玩儿了。"

林思想了下，郑重点头，又替钟宛谋划道：要不要直接削了他的爵，平了郁王府？四殿下必然很愿意！再将郁小王爷打入奴籍，给他喂点软骨散，连着他的卖身契一起送给主人。

"打住打住。"钟宛牙疼，"你跟宣璟是有多恨他？"

林思比画：我还好，四殿下确实是日日恨不得郁小王爷死的，若将来真有那么一日，单要留他性命怕就要费些功夫。主人是知道的，郁小王爷有可能是皇帝的私生子，要真是那样……

"所以才跟你说，必要替我保下他啊，反正你已经答应我了，真有那么一天，绝对不能让宣璟杀他。”钟宛想了一下，不忍心道，“打入奴籍就不必了，软骨散万万不能用，将人送给我嘛，倒是行。”

林思想笑不敢笑。

“我今天找你是有正事的，我安插在宣琼那儿的探子跟我说……”钟宛心猿意马，“郁赦到时候不会寻死觅活的吧？！他当年有那么多家将看着我，我现在可没人帮忙，不然还是喂点蒙汗药……”

林思死死忍着，不让嘴角挑起来。

钟宛丝毫没察觉出自己又说到郁赦了：“你说他这命也是不好，唯一的出路竟是落在我手里，真是世事难料。”

林思比画道：说不准，郁小王爷是很愿意的。

“别老跟我谈他了。”钟宛摇摇头，“有正事的。”

林思作洗耳恭听状。

钟宛把那些心思压了下去，道：“我安插在宣琼那边的探子跟我说，前几天，郁王爷曾同郁妃密谈，自那之后，郁妃消停了不少，不再吵着闹着要说法了。前几日，郁赦不知为何卸走了宣琼马车的轮子，宣琼气疯了，要跟郁赦拼命，被郁妃拦了，还让郁妃怒斥了一顿。”

钟宛皱眉：“我记得郁妃娘娘一直挺能招惹事端的，从前就是，怎么和郁王爷‘密谈’一次后，就突然安分了呢？”

林思沉思片刻，比画：这我不清楚，但我近日打听到了另外几件事，跟郁小王爷有关。

钟宛也不再说话了，走到书案前，拿起纸笔。

林思比画：我这几日没过来，不是躲主人，确实是在替四殿下查一些事，主人可还记得，之前五皇子寻到了两个当年看守皇陵的粗使仆役？

钟宛点头，写道：不只如此，宣琼还寻到了当日安国长公主有孕的脉案。

林思继续比画：五皇子沿此探查，又寻到了一些别的线索。

林思比画：那个秘密产子，又秘密消失的女人，或许早就被送到了皇陵，至少……比安国长公主要早。

钟宛皱眉，写道：那就是先帝还没出殡她就被送去了？

林思比画：奇怪的是，那女人起初好好的，躲在别庄里安安稳稳，但自打安国长公主去了，那个女人一见安国长公主，不知为何突然崩溃，死也要堕掉腹中胎儿。

钟宛心里一梗，那个“胎儿”多半就是郁赦。

钟宛提笔：为什么？

林思摇头：不知，只知道那女人为了流了这个孩子，曾生生吃了一碗香灰……民间有传言，说吃香灰能堕胎，但也只是传闻。被灌了药下去，她将香灰全吐了出来，人是受了不少罪，但孩子还是保住了。

钟宛骇然，写：她这样折腾，长公主是如何待她的？

林思沉默片刻，打手语：长公主起先是让人日夜看着她，但人若想寻死，看是看不住的，那女子趁人不备，拿起什么来都往自己肚子上砸，有次差点儿把孩子生生打掉，长公主失了耐性，让太医……

林思深吸一口气，比画：将她双腿废了。

钟宛遍体生寒。

钟宛尽力忍着，写：再然后？

林思比画：具体是怎么废的，不清楚，她怀着身孕，必然不能把腿打断，许是施针，总之那女子再也站不起来，走不了路。在那之后，那女子彻底疯了，不吃不喝，伺候她的人就将她整个人捆了起来，手臂手指，哪里都捆死了，好似……一个摆件一般。

钟宛声音发抖：“然后呢？”

林思继续道：一直这样捆着，直到她生下了那个孩子。生产的时候，自然是要将人放开的，据说产下孩子后，众人一时不察，险些让她将胎儿生生摔死。

钟宛闭眼，片刻后写：这些事，郁赦自己知道吗？

林思不忍地看着钟宛，打手语：我觉得，郁小王爷什么都知道。

钟宛心口狠狠地一疼。郁赦什么都知道。小郁赦乍然知道将自己养育成人的母亲是用这等手段虐待自己生母时，是怎么挺过来的？

林思不能久留，顾不得让钟宛慢慢消化，接着比画道：还有一事，很蹊跷。

钟宛抽了一口气，道：“你说。”

林思比画：起先，在那个女人腿还没被废时，安国长公主同她说过一句话，我不明白。安国长公主说：之前没人强迫你半分，孩子也是你想要留下的，怎么如今看见我，就后悔了呢？

钟宛尽力不去想郁赦，把这句话无声地咀嚼了片刻，写：怀这个孩子是她心甘情愿的，甚至主动藏匿于皇陵，安心待产，她从始至终没想过安国长公主会出现，会抱走这个孩子。

钟宛心中一动，那会儿，安国长公主曾经怀的那个孩子必然已经没了。

如若不然，那个月份上她的肚子已经很显眼了……女子看见没有显怀的安国长公主，料到了这个孩子会被她抱走，明白自己会被灭口。女子才发现自己中了一个圈套，所以崩溃了，死也要打掉自己的孩子。可能是在自保，也可能是在报复。

钟宛低声道：“安国长公主为了把这个孩子认成自己的，避开了所有人，在皇陵住了这么久，她……瞒过郁王爷了吗？”

林思打手语：这就是我要同主人说的第二件事，五皇子查这条线的时候，不经意发现，这是数年前，郁小王爷查过的。

钟宛眸子骤然一缩。

林思比画：我也发现了。我顺着郁小王爷查探的痕迹往前追溯，很多事就简单了许多，我又查到了一件事，还没来得及向四殿下禀报。

林思道：郁小王爷当日知道自己并非安国长公主亲子后，消沉许久。他担心郁王爷一直被蒙在鼓里，担心郁王爷这些年来疼错了人，担心这是旁人诓骗郁王爷王位的一个局，所以……他用计，将此事透露给了郁王爷的一个心腹。

钟宛咬牙：“他是傻的吗？！郁王爷若是不知道，他这一说，还能有命在？！”

林思攥了攥手指，打手语：那个心腹知道此事后如遭晴天霹雳，连夜求见郁王爷。

钟宛声音发抖：“郁王爷……怎么说？”

林思比画：心腹焦急非常，同王爷分析利害，但王爷不甚在意地说——

林思眼中闪过一抹阴霾，比画：郁王爷说，放心，世子必不可能袭爵，更不可能做太子。

钟宛嘴里泛起一股铁锈味，郁王爷心知肚明，且早就给郁赦寻了“好去处”。这些人，根本没打算让郁赦活到袭爵。

而那会儿的郁赦，竟还在担心他敬重的父王被人诓骗。

郁赦当时大约就躲在郁王爷的门外吧。

十五岁的郁子宥，谦和、温润、怀瑾握瑜，在听到他忧心的父王不动神色地安抚心腹，轻飘飘一句话定了自己的生死时，想的是什么呢?

爹不是爹，娘不是娘。

钟宛闭上眼，胸口疼得他说不出话来。

林思上前半步，站在钟宛身畔写道：主人，郁小王爷的父母都靠不住，你还要留下吗?

“留。”

钟宛踉跄了一下，起身：“你走吧，我……我要去趟郁王府别院。”

章肆

探查

三十五

钟宛没林思飞檐走壁的身手，只能让人套车。天已经很晚了，这会儿出去犯了宵禁，必然会被盘查，但钟宛顾不上了，拿了宣瑜的手令，披上外袍就上了车。

去郁王府别院的路上，钟宛倚着车窗，心如刀绞。

钟宛还记得，当年住在郁赦府上那半年，每隔几日宫里就有赏赐送下来，大到西域进贡的宝马，小到郁赦寻常戴的配饰，崇安帝什么都想着他。

好到连别院里伺候的下人都忍不住背着人议论，暗暗揣测郁赦的身份。

小钟宛听到了也只装没听见，不想一抬头，正看见了出来寻他的郁赦。

两人隔着一道屏风，听着几个粗使仆役窃窃私语，彼此无奈一笑。

少年郁赦温和得很，轻易不会发作下人，小钟宛觉得尴尬，待仆役们走后故意满不在乎地问道："你是不是总听人这么说？"

郁赦轻轻地点头。

小钟宛安慰得很牵强："皇帝就长公主这么一个妹妹，也只有你这么一个外甥，当然会对你好，且你是将来的王爷，手握大权，是皇帝要倚重的……"

"不必开解我。"郁赦打断钟宛，淡然道，"都是无稽之谈，我明白的。"

小钟宛呆呆的："你怎么明白的？"

郁赦失笑："我爹娘如此疼我，我怎么可能不是他们亲生的？真爱护还是虚糊弄，我还是分得清的，我若怀疑这个，还配为人子吗？"

钟宛记得清清楚楚，那会儿的郁赦，对他的身世深信不疑。无论旁人怎么猜测，无论崇安帝对他的偏爱有多不寻常，郁赦也从不去怀疑自己父母。

那为什么，在自己离开不久后，他突然就去追查自己的身世了呢？

按照郁赦当时的说法来看，别说去追查，就是有一分怀疑都是大大的不孝，那到底是出了什么事？

是谁引诱他去查的？且，郁赦当时最多十六岁，能有多大的能耐？

宣璟、宣琼忌惮郁赦多年，探查了那么久，也是在出宫立府数年培植起了自己的人手后，才查出了一二分来。当年的小郁赦，何德何能，就这么顺顺当当地想查什么就查出了什么？

谁在帮他，或者说，谁在毁他？

少年郁赦被心怀不轨的人引导着，一步一步，从郁赦生母，到安国长公主，到郁王爷，也许还有崇安帝，这个人，暗暗引导着郁赦，推着他一点点看清楚，他待若珍宝的亲人，从始至终没有一个人真心待过他。

那么好的郁赦，就被生生地毁成了现在这个样子……

郁赦后来一次次地寻死，是不堪重负，还是想顺了这些人的心思？

钟宛突然想起自己刚入京时，还曾像个没心没肺的傻子似的问过郁赦：你到底有什么不顺心的？！

他有什么不顺心的……

钟宛抬手扇了自己一个耳光。他有一件事是顺心的吗？

郁赦当时听了那话，想的是什么呢？他不悲戚，也不怨愤，只是不甚在意地笑了下。类似的话，这些年来，他怕是早就听习惯了。

钟宛把头抵在车窗上，咬牙回想，郁赦受这些苦的时候，自己在做什么呢？自己在深一脚浅一脚地，日夜兼程地往南疆赶，生怕那几个孩子吃一点儿苦，没去想过郁赦半分。

马车晃晃悠悠，半个时辰后终于赶到了郁王府别院，钟宛撩起车帘来，看着别院的大门怔怔出神。

夜里的寒风把钟宛吹了个透心凉，让他一时烧热的脑子冷静了些许。

现在去跟郁赦说，自己知晓了前事，怕是会将郁赦彻底惹怒。

设身处地地想，钟宛希望郁赦离自己越远越好，永远不要知道自己的身世最好。

郁赦骨子里是骄矜的，不屑于别人的怜悯，不管是不是善意的。现在跟他挑明了，先不说如何向他解释自己是怎么知道的，钟宛都不确定郁赦会不会悲愤下一剑劈了自己。

钟宛不怕死，但不能是现在。

钟宛被寒风吹得打了个寒战，彻底冷静了下来。

他应该当什么都不知道，装作什么都没发生过，在郁赦发现前回府。来日遇见，也要死守住秘密，先想办法留在京中，其余再缓缓为之。

如今的郁赦必然敏感又多疑，什么都要慢慢地来。

两人如今的关系如履薄冰，稍有不慎，以后想要见他一面怕是都难。

一着不慎，满盘皆输，钟宛不能赌。钟宛的车夫见他许久没动作，不解道："钟少爷，我给您去叫门？还是说……"

"咱们……"钟宛艰难地找回了自己的舌头，"咱们回府。"

马车夫哑然，大半夜的，好不容易赶过来了，这就回去？

钟宛点头："回、回府。"

马车夫只得点头，刚扬起马鞭，只觉得车一沉一轻，钟宛已跳下了车。

钟宛失神地喃喃："去他的缓缓为之。"

他等不得了。

别院正房卧房里，郁赦还没睡。

郁赦正在同自己下棋，冯管家守在一旁，低着头打瞌睡。

郁赦前几日似是突然对钟宛失了兴趣一般，命人撤走了安插在黔安王府的人手，又让冯管家把钟宛的卖身契送了去，一副一刀两断，从此互不相欠的架势。

卖身契虽送去又被退回来了，但也没激起郁赦多大精神，郁赦只是说"知道了"，就再也没提过钟宛。

事出反常必有妖，郁赦安分得吓人，冯管家反而更担心了。

被郁赦吩咐去送卖身契的时候，冯管家甚至不安地想，郁赦这不是要寻短见，在料理后事吧？

故而这些天冯管家多调了一倍的人手来府里，日日夜夜盯着郁赦。

不过郁赦并未做什么过激的事，这几日每天按时用膳，到时辰了就睡觉，睡不着也不会一个人灯笼也不打地在府里乱走，多数时候就是这样，自己同自己下棋。

只有一件奇怪的小事，就是冯管家给郁赦带回来的那小小的一包茶叶不见了。

冯管家明明记得郁赦是将茶叶揣进怀里的，隔日替郁赦换衣服的时候却没见着，冯管家以为是郁赦脱换衣服时落在地上了，留意看了看，也没寻到。

冯管家暗暗地揣测，郁赦不会是丢进炭炉里了吧？

那可太可惜了。那一点儿茶叶，可是钟宛洗干净了手，挑着灯，在茶叶盒子里，一点一点挑拣出来的呢。

虽然少，却全是最鲜嫩的芽尖儿。

冯管家没头没脑地想着想着就有点困了，他揉了揉眼，凑上前对郁赦轻声道："三更了，世子是不是该歇下了？"

郁赦捏着一粒白子，迟疑片刻后落子，点头："睡。"

郁赦把黑子白子一一分拣开，冯管家上前替他脱衣裳，突然听外面有人来报，说有客来访。

"瞎说。"冯管家莫名其妙道，"大半夜的，谁来了？是长公主派人来交代什么，还是宫里来人了？"

暖阁外下人回道："黔安王府的钟少爷来了。"

郁赦手一抖，一粒白子掉到了地上。

钟宛坐在正厅里，心道：我这是疯了吧？既怕刺激郁赦，一时不能说开，那一会儿见了郁赦，说什么？

钟宛心里发怵，暗暗祈祷郁赦最好已经睡着了，那自己在这儿坐一夜，明天……明天再说明天的。

钟宛轻轻搓着干冷的双手，怔怔出神，盼着郁赦睡了，一会儿是冯管家来招待自己。

屏风后面有脚步声传来，钟宛抬头……

郁赦出来了。

郁赦显然是已经准备睡了，繁复的外衫全脱了，里面只剩一身月白色的常衣，外面披着一件宽大的玄色袍子。

郁赦眉头微皱："你们府上出事了？"

钟宛怔了下，摇摇头："没！没事。"

郁赦不信任地看了看钟宛，许是以为钟宛不方便直说，回头对跟着他的人吩咐道："都下去。"

仆役们鱼贯而出，只剩了冯管家还在。

郁赦坐下来，不耐烦道："那是有什么事，值得你大半夜来我这儿？"

钟宛抬眸看着郁赦，忍不住出神。若没这些乱七八糟的事，郁赦现在应当和少年时一样吧？

温其如玉，温其在邑。

钟宛不觉得现在的郁赦有什么不好，端方如玉的郁子宥很好，如今桀骜乖戾的郁赦也很好。只是一想到少时的郁赦是如何一点一点被折磨成这样的，钟宛心里就止不住地发疼。

郁赦心烦意乱："到底出了什么事？！你还说不说？"

钟宛深呼吸了下，压下心头滔天恨意："我、我做噩梦了。"

郁赦："……"

郁赦下意识地揉了一下自己的耳朵，看了冯管家一眼，茫然道："你、你刚说什么？"

钟宛咳了下，重复道："我做噩梦了，被吓醒了。"

冯管家看了钟宛一眼，矜持道："老奴先退下了。"

屋中只剩下了两人。

郁赦愣在原地，如临大敌地想：钟宛误食了寒食散吗？他也疯了吗？

郁赦声音发干："你……"

钟宛硬着头皮道："我前两日受了点风，可能是有点糊涂，我……我能在你这儿歇下吗？"

郁赦难以置信地上下看了钟宛一眼："你是受了风寒，还是得了什么癔症？有病就去找太医，找我有什么用？"

钟宛答不出来，低头不说话，半张脸在灯影下，显得瘦削无比。

郁赦看了他一会儿，似忍无可忍了，起身道："我没空跟你耗，没甚说的就马上走。”

钟宛抬眸，低声道：“子宥。”

郁赦停住脚步。

片刻后，郁赦霍然转身，风一般几步走到钟宛面前，双手按在钟宛椅子的扶手上，咬牙切齿，一字一顿：“你、到、底、想、做、什、么？”

钟宛被郁赦吓得心里一惊，定了定神，尽力忽略郁赦身上强烈的压迫感，老实道：“我没做噩梦，就是想着过来看看。”

郁赦嘲讽一笑：“你觉得我信吗？”

钟宛想拉住郁赦，但怕太轻浮了会遭郁赦厌恶：“我说的是实话。”

郁赦冷笑：“我明白了。”

钟宛心里咯噔一下，郁赦知道什么了？

郁赦冷冰冰地看着钟宛：“说吧，你们府上出什么事了，值得你把自己卖给我？宣瑞？他在路上出事了？”

钟宛咬牙，不怪郁赦，是自己于他已无半分信任可言了。

郁赦讥讽一笑：“还是宣瑜？让我保他在京中周全？”郁赦见钟宛不说话，道，“或是宣从心？怎么？来求我替她寻个好人家？”

钟宛深吸了一口气，下了决心。

郁赦失了耐心：“钟宛，没人教过你要在事前把要求说明白吗？有什么要求，一字一句，现在，说清楚。”

钟宛抬眸看着郁赦，声音很轻：“是……有件事要求你。”

郁赦低头，几缕额发垂了下来，让人看不清他的神色。

郁赦自嘲一笑：“果然。”

郁赦冷冷道：“就一件事？”

钟宛点头。

郁赦倏然抬眸，喝道：“说！”

“你……轻点。”

三十六

郁赦眼中爬满了血丝，长发凌乱，钟宛这么看着，当真看出了几分森森鬼气。

郁赦这副样子实在有点吓人，钟宛心惊胆战地想，自己这等会儿要是被郁赦生吃了，魂魄到了地府，和自己早逝的爹娘、宁王宁王妃相见，这该怎么解释？见到了史老太傅，又该何去何从？心里挺害怕，但还是不想走，钟宛小声结巴道："我、我……"

郁赦忍无可忍地怒道："闭嘴！"

钟宛噤声。郁赦手臂不自觉地发抖，身上披着的宽大外袍已滑到肩下。

郁赦抬头看着钟宛，怔怔地抬手，掐了钟宛的手臂一下。

钟宛吃疼，抽了一口气，郁赦心安了。

活的。确认这不是自己的臆想后，郁赦冷静了些许，就这样好似一头疲惫的野兽一般缓慢地调整呼吸，好一会儿后神色恢复了，起身站好，整了整衣襟，随手拢了拢散乱的长发。

郁赦退后两步，脸色苍白。

钟宛耳朵发红："我知道你不信，但我真的没什么求你的，我今日当真就是……"

"我知道。"郁赦眼中没了之前的讥讽，转而目光复杂地看着钟宛，低声道，"所以，我更不能……"

钟宛茫然，更不能什么？

不等他再说话，郁赦转身道："跟我来。"

郁赦拿起烛台，带着钟宛一路走进内院，进了郁赦的卧房。

钟宛从后面看着郁赦，郁赦比少时高大了许多，肩膀宽了，腰身越发挺拔。

郁赦把烛台放好，好似下了很大的决心："你今天为何突然要过来，我不想猜，也不会追问你了，你既然，既然……"

郁赦背对着钟宛，片刻后道："你既然如此想留下，我就容你在这儿住一夜。"

钟宛："……"现在该说谢主隆恩吗？

钟宛心情复杂地躺在床上，觉得自己来这一趟简直蠢透了。

钟宛想将郁赦从这泥淖中拉扯出来，想为郁赦出谋划策，想做郁赦的心腹，但谁会要个像他这样的心腹？

钟宛干巴巴地没话找话道："世子……你有喜欢的女子吗？"

躺在床的外侧，身体紧绷的郁赦僵了下，皱眉道："没有。"

钟宛"哦"了一声，又犹豫着问道："那你想要自己的孩子吗？"

郁赦最烦听这个："不想要。"

钟宛喉咙一紧，缓缓道："那什么，你知道……那事儿是怎么回事吗？"

黑暗里，郁赦没答话。

钟宛太熟悉别院了，躺在这里，一时间以为两人又回到了七年前，他放松了许多，敢说的话也多了："郁赦，你没有侍妾，你是不是……"

"钟宛，"郁赦突然冷冷道，"过了十五岁的男子，说不懂这些事，都是在装，这道理你比我清楚吧？"

钟宛讪讪。郁赦闭上眼，想睡了，片刻后又睁开眼，心烦道："我不做什么，不是我不懂如何做！我是……不想而已。"

钟宛自讨没趣，小声道："哦。"

郁赦难以置信道："你们每天到底在想些什么？我只是偶尔发发疯，就算我是个纯疯子，那谁告诉你们疯子就做不了那种事了？"

钟宛脸上发热，喃喃："我、我就是怕你不知道。"

郁赦忍无可忍，突然坐了起来。

钟宛心头一紧。郁赦借着月光看着钟宛，沉声道："钟宛……我是不想要自己的血脉，但你要是这么关心血脉的问题，我可以召集京城内外万名和尚、道士来，齐聚太庙。"

钟宛一怔，叫这么多和尚、道士来做什么?

“让他们跪成一片，日夜诵经，连做七七四十九日的大功德。祈求老天显灵，让你怀上个孩子。”郁赦说着说着十分激动，喃喃，“如此史无前例的祝祷，说不准真能感动上天。”

钟宛想象了一下那声势浩大的场面，吓得呛了下：“别、别拿这种事开玩笑。”

“我从不同人开玩笑。”郁赦蹙眉道，“我说得出，必然也做得出。”

钟宛心中叫苦，服软了：“我不该瞎说话，你、你别冲动。”

郁赦瞥了钟宛一眼，冷声道：“那你也别再问我这种傻话，我说了不要留下血脉，就是不要。”

钟宛只得老老实实道：“嗯。”

郁赦重新躺了下来：“睡觉！”

翌日钟宛走后，冯管家察觉到郁赦的神色相较往日似乎又有些不同了。

具体如何冯管家也说不清，只觉得郁赦不像前几日那样死气沉沉了，只是更爱出神了。自钟宛走后，郁赦站在书案前，活活立了一个时辰。

“世子……”冯管家一边换桌上的茶点一边喜滋滋地旁敲侧击，“这下，不能再让钟少爷走了吧？”

郁赦抬头，眼中犹豫不定。

冯管家恨铁不成钢。

“自宁王出事，”郁赦头也不抬，突然道，“到现在有多少年了？”

冯管家想了下，掐指一算：“七八年了吧？转过年来，是有八年了。”

郁赦点头，道：“八年了，他才堪堪觉得自己还上了宁王的养育之恩……”郁赦抬头看向冯管家，“来日我若死了，他要再熬多少年？”

冯管家心疼道：“您怎么又说这个？就不能不死吗？！”

郁赦这次没如往日一般冷笑，低头看着手里的笔，迟疑了好一会儿后自言自语：“是，若是能不死，我就能……”

郁赦回想昨晚的种种，不堪其扰似的放下了笔，坐在椅子上，皱着眉头闭目养神。

冯管家看出来郁赦心里乱，不敢再多言，但他总觉得郁赦身上那股浓浓的死人般的颓败之气淡了许多。

冯管家退出来，没走两步，听到屋里郁赦在砸东西，驻足一听，里面郁赦好像还骂了句什么，冯管家嘴角挑起，憋着笑走了。

“严管家在信中说，大哥自出了城就精神了许多，之后吃了不过两服药，就大好了。”宣从心把一封信放在桌上道，“让你放心。”

钟宛心不在焉，随口答应着。

宣从心又道：“明日就是三殿下的三七了，所有人都得去，我不懂京中规矩，问了问其他人，说三七这天守灵是要守一天一夜的，你身子不好，就别去了。”

钟宛回神，一笑：“那怎么行？我不去，谁陪着宣瑜？”

宣从心皱眉：“都多少天了？我都将京中命妇们认了个遍，他一个人去跪个灵还不成吗？”

钟宛讶然：“那么多命妇，你都认过来了？”

“不止，宫里的娘娘们也都认过来了。”宣从心不甚在意道，“每天也没什么别的事做，光记这个了。”

钟宛看了宣从心一眼，惋惜道：“让你在咱们黔安，真是屈才了。”

宣从心笑了下：“你要跟着就跟着吧，自己留意着点，有什么事别硬撑。”

钟宛笑笑：“听小姐的。”

如宣从心所言，三七这日，宣瑾府上的人比往日多了一倍有余，进进出出尽是宗亲，意料之外的是，林思随着宣璟过来了。

林思让一个小厮给钟宛递了一个纸团，钟宛打开一看……林思让他避开宣璟。

钟宛皱眉，为什么非要避开？

钟宛自来京中，虽还没同宣璟碰过面，但见就见了，以如今这个身份再见故人，钟宛自己都不觉得羞惭，为什么要避开？

虽这么想着，但钟宛还是把纸团藏进了怀里，远远看着宣璟，侧身避开，绕到了其他仆役身后。

钟宛心中不安，时不时地看向宣璟那边，心道该不是宣璟知道什么了吧？

那日林思来黔安王府找钟宛，钟宛曾吩咐林思，有关郁赦之事，先不要告知宣璟。

如何替郁赦筹划一条脱身之路，钟宛还没想好，在这之前，郁赦的身世知道的人越少越好。

钟宛尽力混在人群里，但宣璟似是有心在寻他一般，时不时地往仆役堆里瞟两眼，钟宛无法，混在送奠仪的人群里，溜进了内院。

钟宛刻意落后几步，同其他人拉开距离，幸好所有人都行色匆匆的，顾不上他，钟宛脱身后往外走，经过假山时，被人一把扯了过去。

钟宛不知该松一口气还是该更紧张……是郁赦。

郁赦倚在假山边上，扯了钟宛一把后就松开了手，看着钟宛，目光复杂。

钟宛有点讪讪的。

郁赦眯着眼，心里似乎在纠结着什么，片刻后诘问道："你躲什么？"

林思的事自然是不能跟郁赦说的，钟宛犹豫着，想着找个什么由头搪塞。

郁赦眉头紧皱，"你方才……频频看我，做什么？"

钟宛："……"

他看的明明是宣璟，只是不巧郁赦同宣璟站在了一处。

钟宛硬着头皮认了："没什么。"

"没什么？"郁赦顿了下，烦躁，"周围那么多人，别让旁人看出什么端倪来！"

钟宛无言以对。

郁赦又道："你找了我许久？"

钟宛语塞，区区三七，他根本没想到郁赦会赏脸来。

"我不是每天都过来，你未必能找到我，"郁赦蹙眉道，"罢了，以后每一旬，你可来我府上一日。"

三十七

郁赦行色匆匆地走了，钟宛看着郁赦的背影，忍笑忍了好久。

钟宛慢慢地往回走，等再绕回去的时候，宣璟他们已经被请去了别处，之后钟宛注意躲避，没再同这些人碰上。

宣璟找自己到底作甚?

钟宛揣着林思的纸团心里不安，三七之后，让人叫了林思来，可一连两日林思都没过来，钟宛调度自己在京中的人手暗暗查探，还没查出个头绪，林思就来了。

林思照旧是入了夜才进的府，钟宛见他脸色如常，稍稍放下心，两人进了内室，钟宛给林思倒了一盏茶。

林思忙起身双手接着，放下茶盏，比画：上次来这边，我没藏好行踪，被四殿下发现了。

钟宛脸色一变，不等他说话，林思忙又比画道：主人交代，让我将郁小王爷的事瞒下来，我无法，就顺水推舟同四殿下说，五殿下那边的消息是被主人你扣下了，我来索要消息无果，所以才有了那一趟，所以郁小王爷的事才无功而返。”

钟宛失笑：“我说呢，宣璟好好的找我做什么。”

林思满脸歉疚，打手语：是我不小心，把主人你牵扯进来了。

“无妨，宣璟又不是不知道咱俩的事，再说我也不怕他。”宣璟虽和郁赦势同水火，和钟宛却有几分不打不成交的情谊，两人虽多年未见，但轻易不会真的闹僵，钟宛不甚在意。

“上次我心急去找郁赦，有正事忘了跟你说，正巧跟你一起交代了。”钟宛顿了片刻，“自我来京中，几次听你同我说起郁赦的身世，都是宣琼那边查到什么，你们跟着知道什么，是不是？”

林思不解，点头。

“到底是你们跟在宣琼后面路好走，还是……”钟宛沉吟片刻，问，“还是宣琼想让你们知道什么，就让你们知道什么？”

林思脸色微变。

林思思忖片刻后打手语：“五殿下不一定布得出这样的局。”

“我没说他。”钟宛莞尔，“宣璟是个废物不假，但废物身边多少会有几个聪明人吧？我之前不觉得什么，又被郁赦占了心思顾虑不到，但是次数多了，总觉得身后有只手在推着我走，让我有些心烦了。”

林思蹙眉，比画：主人是怀疑有人在拿四殿下做刀？

钟宛不确定：“到底谁是刀现在还说不好，可能是宣璟，可能是你，也可能是……郁赦。”

“三皇子没了，宣琼和宣璟现在都想让对方同郁赦鹬蚌相争，你们一直跟在宣琼后面，这事儿不太对。”钟宛眉头紧锁，“郁赦的身世是争储的一个关窍，谁都想知道，所以只消把这事儿抛出来，宣璟、宣琼都会老老实实地跟着走……太被动了。”

林思面露难色，比画：毕竟事关太子之位，四殿下一听说郁小王爷的事，就很在意，劝不了的。

钟宛抿了抿嘴唇：“不单是他，就是我也……”

林思迟疑，打手语：主人要如何？你也要查？

林思心中一动，皱眉比画：还是，要灭口？

钟宛被说中心事，笑了。

宣璟、宣琼查郁赦，是要把陈年往事翻个明白，而钟宛则是想把过往痕迹擦个一干二净。

对钟宛来说，郁赦是谁的儿子都一样。

钟宛道：“放心，我总不会去害宣璟就是了……我现在只想知道，到底是谁一直在推着我走路。”钟宛看向林思，将他之前的顾虑说了，又道，“你们就没觉得奇怪过吗？这些隐秘的事，为什么郁赦那么小就全都知道了？”

林思茫然。

钟宛闹心，就宣璟这个脑子……可怎么跟宣琼、郁赦争？

钟宛轻声道：“郁赦知道内情后一时接受不了是一回事，那他之后的种种作为，会不会也是有人在刻意引导？”

“我托郁王府别院的冯管家，帮我往前追溯郁赦第一次碰到寒食散的情形。”钟宛顿了下，压下心头悸动，“冯管家说，郁赦第一次知道那种东西，是在宣璟府上。”

林思一愣，忙摇头，比画：四殿下绝没吃过那东西！

“他当然没吃过。”钟宛眼中闪过一抹郁色，“是他府上一个下人，有一日神情恍惚地撞在了郁赦身前，那人神情有异，眼神飘忽，郁赦看了觉得疑惑，问了旁人，旁人同他解释了，后来……郁赦就开始服用寒食散。”

林思迟疑片刻，比画：主人，恕我直言，郁小王爷自己不想吃的话，没人逼得了他。

钟宛知道这笔账算不到宣璟头上，但还是道：“但若是明知他心中憋闷，故意同他说，吃了寒石散可暂忘忧愁呢？郁赦不会不知道那东西的毒性，但他自己想死是一回事，旁人给他递刀子就又是另一回事了。”

林思无言，比画：我不敢保证，但四殿下行事直率，怕做不出这样的事来。

“我没说是宣璟做的。”钟宛沉声道，“那次冯管家为了留我在京中，同我说，郁赦曾去宣琼府上看艺人御蛇，明知那蛇有毒，却仍拿了一条在手里摆弄，被那蛇在手臂上咬了一口……”

钟宛看向林思：“我当时没多想，但现在细想起来觉得十分奇怪，那艺人是有多大的胆子，敢把有毒的蛇放到这些皇子龙孙的面前来摆弄？”

林思迟疑：那是五殿下……授意的？

“我记得冯管家当时说，事后宣琼被皇帝怒斥。”钟宛垂眸，“陈年旧事，查不彻底，早就说不清了……”

林思想了下，比画：郁小王爷自己若一心求死，就必然有无数人会帮他，毕竟……

毕竟他挡了不少人的路。

“我明白，但还是会迁怒……”钟宛又道，“这些就算了，我现在只想揪出那个推波助澜的人，林思，我想先从宣琼身上下手。”

钟宛慢慢道：“我不想再跟在宣琼后面吃他吃剩的了。”

林思心里难受，打手语：你是必定要掺和进来了，是不是？

钟宛一笑：“不是我要掺和，是……算了，说不清。”

“我在宣琼府上也有些人，试试吧。”钟宛道，“反正同他的梁子已经结下了，也不怕什么了……我想先把那几个曾在皇陵中侍奉的人弄出来。”

林思心里一惊，比画：如何弄出来？

“借刀杀人，我有办法。”钟宛垂眸，低声道，“……你说，史老太傅，会不会知道这些事？”

林思不懂钟宛怎么提起史今来了，怔了下，打手语：按年岁算，可能是知道，但老太傅走了这么多年，主人如何问？

“老太傅走之前，曾给我寄过几封信，留了些人给我。”钟宛自嘲一笑，“我不争气，老太傅怕我日后再受到什么牵连，留了些人是给我保命用的，但既然是太傅的人……就有可能知道些旧事。”

钟宛深吸一口气：“宣琼这边的消息太少，也不可全信，老太傅这边，大概有些别的东西能让我知道。”

“不让宣璟从宣琼那边偷消息大概不可能，但你提醒他一句，可以听，但别全信。”钟宛语速飞快，“有人想把宣璟当刀子用，但谁能确定没人想拿宣琼当刀子使？”

林思比画：主人，若来日你得了郁小王爷的信任……

钟宛失笑：“那就能省一些麻烦了。”

林思继续比画：将来若有万一，也请主人保四殿下一命。

钟宛一笑：“好。”

隔日，称病在家的宣从心心情不错，命人做了些黔安当地的茶点，形形色色，五花八门。

钟宛刚刚联络了史老太傅的人，一回府看见了一桌子精致茶点，笑了：

“怎么想起做这个来了？”

“宣瑜想大哥，想家了，昨天背着人偷偷哭来着。”宣从心很看不上兄弟哭哭啼啼的样子，但嘴硬心软，“我想做点黔安的吃食……哄他高兴。”

钟宛一笑：“哄高兴了吗？”

宣从心笑着点了点头，又道：“怕你也想家了，做了许多，这些是你的。”

钟宛笑了一声，没说“黔安并不是我的家”，坐下来，十分捧场地挨个儿吃了一遍，称赞：“往常也不觉得，几个月没吃，竟真觉得好吃了。”

钟宛边吃边道：“我能拣些出来送人吗？”

宣从心嘴角微微挑起：“送小嫂嫂吗？”

钟宛笑而不语，男女之事，宣从心不好意思多问什么，转头亲自挑拣了一盒精致的出来，让人送到了钟宛院里。

钟宛让人送去了郁王府别院，不过两个时辰，又被原封不动地送了回来。

钟宛蹙眉，郁赦这是……不肯吃自己送的东西吗？是郁赦太谨慎，还是没法信任自己？

送食盒回来的家将十分高大，钟宛总觉得他有点眼熟，钟宛迟疑道：“郁小王爷不要吗？”

“钟少爷别多心。”家将双手把食盒放在桌上，后退两步，躬身道，“我们世子说，十日之期未到，钟少爷不可擅自同世子走动。”

钟宛：“……”

他都忘了那个“一旬可以来一次”的事，郁赦竟不是在开玩笑？

钟宛哑口无言：“这只是盒点心……”

家将根本不懂是怎么回事，只是鹦鹉学舌，声音洪亮：“那也不成！规矩就是规矩！”

钟宛被气得目眩，抖着手拿起茶盏喝了两口。

家将又道：“但我们世子看到这食盒，心里大概还是欣慰的，所以还说，钟少爷若今后表现好，他或许会将一旬一次，改成九日一次。”

钟宛：“……”郁小王爷还真是赏罚分明。

家将严谨道：“东西还请少爷收好，少爷也别沮丧，我特意问过世子了，世子说，只消再过五日，少爷就能把这食盒送去了。”

钟宛无力道："等不了五日，再过一天这些点心就坏了。"

家将愣了下："但规矩……就是这样定的！少爷还有什么交代的吗？"

钟宛摇头："我，无话可说。"

家将单膝跪地，起身走了。

钟宛看着被退回来的食盒，久久无言。

自己殚精竭虑，日日替郁赦忧心，但郁赦整日都在做什么？！

先不说这个，郁赦将来要是娶郁小王妃，也会这样和自己的王妃约法三章吗？

大婚之夜，脸色阴沉地给自己的王妃定规矩：每隔十日，你可以来我床上躺一躺，其余的，你休要多想！

成婚十年后，郁王妃若是表现好，郁赦或许会格外开恩：以后每隔七日，你可以见我一面。

成婚满二十年，郁王妃或许就有那个荣幸可以牵一下郁赦的手了。

成婚满三十年，郁赦终于能接受彼此亲一下了。

钟宛以前只是听说过有人于情事上有些慢热，但万万没想到，还有慢成郁赦这样的！

按这个进度算，若三十年才只能亲一次，那……那……

那种事呢？！郁赦又是如何打算的呢？

在垂垂暮年时，郁王妃披荆斩棘，通过了郁赦几十年的层层考验，闯过了九九八十一关，终于取得了郁赦的信任，可以同他……

这真是用尽自己一生，去考验一个人了。

钟宛万念俱灰，对郁赦来说，也许那顶顶亲密的事，是一生只能做一次的？

一生一世，只做一次。钟宛神情恍惚地打开食盒，咬了一口点心，喃喃："郁小王爷对他自己的头一次，可真是太看重了……"

三十八

让人把点心送走后，不过一炷香的时间，郁赦又心烦意乱地扔了手里的书，皱眉道："到底送走了没？怎么连个回话的都没了？若还没送走就不必去了！"

冯管家以为郁赦是怪下人手慢了，忙进屋道："送回去了，送回去了，没敢耽搁。"

不想郁赦听了这话脸色更差了。

冯管家提心吊胆道："世子……怎么了？"

怎么了？还能怎么了？后悔了呗。

冯管家猜到了，但不敢说出来，想了下，缓和着劝道："世子也太较真了，钟少爷就是送了点东西过来，竟也不让。"

郁赦又拿了一本书，坐下来翻了两页，不胜其扰似的，又问道："那食盒你打开看了吗？"

冯管家呆呆点头："打开了。"

郁赦冷声道："什么样子的？"

冯管家愕然，期期艾艾："样式……和咱们寻常吃的不太像，有一说一，那花样儿看着是没咱们府上厨子做得精细，可闻着倒是挺香的。"

郁赦眉头一拧："你既然闻着很香，为什么不同我说？！"

冯管家费力道："世子如此洁身自好，老奴以为您是不许自己闻那点心一下的。"

郁赦只觉得自己五脏六腑都不舒坦，转身不说话了。

冯管家见郁赦没甚交代的，退下了。

之后几天，郁王府别院中众仆役噤若寒蝉，生怕不小心触了郁小王爷的霉头。

三日后的夜间，郁赦的一个心腹有要紧事来回话，还被冯管家嘱咐，说什么都行，万万不可提“点心”二字。心腹一头雾水，应着了。

郁赦已经睡下了，被唤醒后脸色差得吓人，披散着头发，冷冷地看着心腹：“怎么了？”

这是郁赦安插在宣琼身边的人，轻易不会过来。

心腹行礼，起身道：“上月同世子说过，五殿下几经周折，寻到了几个当年的守陵人。”

郁赦不耐道：“怎么了？终于能弄出来了吗？”

心腹颔首：“属下无能，那几人被五殿下藏在了十分隐秘的地方，多番探听不得，连月来一直没能查到线索，但今日，不知道怎么的……”

心腹疑惑道：“这事儿突然被捅开了，三个守陵人，全被带走了。”

郁赦愠怒：“什么？！”

心腹也不明白：“五殿下这次行事格外小心，就连郁王爷都不知他藏了那几人，因四殿下也在查探，所以最多不过是被四殿下知道些风声，不会再有人知晓，但今日寅时，天还没亮，府里突然来了外人，来人关上门同五殿下说了几句，再出来时，五殿下脸都白了，没一会儿，那些人带着五殿下的亲信去了城边一家当铺里，那几人竟是被藏在了当铺的地窖里，之后……那几人就被带走了。”

郁赦皱眉。

心腹道：“此事蹊跷得很，我们和四殿下的人都在暗暗地查探，想将那几个守陵人夺过来，五殿下亦将那几人视作命根子，三方人周旋这么久，不想会出这种变故。”

郁赦冷笑：“是谁带走的？这总不会不知道吧？”

“清晨那会儿，确实不清楚。”心腹惭愧低头，“府里的人都还睡着，也不敢贸然起身查探，等天亮时人早被带走了，属下查探了一日才知道……那些人是宫里出来，皇帝身边的亲卫。”

郁赦愕然。

郁赦早有命，要那几人，且要活的，心腹怕担责任，道：“世子，这事儿说不通，我们三方都要抢夺那几人，没人敢漏风声，就怕这事儿闹开了，或是让上面知道了，或是五殿下情急灭口，那这……是谁的手笔？属下常在五殿下府上，同世子消息不通，不知是不是世子这边另有人手按捺不住，坏了事？”

郁赦面色阴沉：“我没吩咐过旁人。”

心腹怅惘：“那属下也不懂了，这正相互暗暗过招呢，突然就被扫了个干干净净。”

“不是我，不是宣璟……”郁赦喃喃，“还有谁？”

心腹想不透：“属下无用，如今皇上已出手，疾风骤雨一般料理了个干脆，如此必然成悬案了，不过……属下并非在为自己开脱，世子，如此一来，其实对我们是最有利的。”

郁赦冷冷道：“自然。”

郁赦非要那几个活口，不过是想再将往事探听得仔细些罢了，但要落在宣璟、宣琼手里，那就是他们将来对付郁赦的利器了。

心腹还是不死心，壮着胆子问道：“属下万死，再问世子一次，世子是否在五殿下府上还有人手？此一番……实在是像我们府上所为。”

郁赦并没生气，摇头：“没有。”

心腹放下心，又担忧起来：“不知是不是属下杞人忧天，经此一事，属下觉得这京中似乎又多出了一股势力，且不清楚这是谁的助力。”

郁赦面沉如水，半晌嗤笑：“不知道，但此人实在有点不规矩，打不过就掀棋盘……路子有点野。”

心腹愁虑：“原本以为三皇子没了，京中局势能清朗一二，不想竟还能多出一股暗流。”

“有意思了……小心查探吧。”郁赦原本也是搅浑水的，到底有多少人在谋算皇位，他并不在意，“留意一二，我想知道这是谁在插手。”

心腹磕头，悄悄地退了出去。

黔安王府，路子十分野的钟宛病恹恹地倚在榻上，听宣从心唠叨他。

这几日钟宛频频外出走动，虽自宣瑞走后，没了黔安王的黔安王府已经没什么人留意了，但他行事小心，每每出门拜会旧人不是早就是晚，什么时候冷他什么时候出门，折腾几天就病了，夜里突然发了热，喝了两服药才好些。

宣瑜一直在钟宛床边照顾着，听宣从心训钟宛，斗胆帮钟宛解释了两句，被宣从心一起教训了起来。

钟宛顶着一块湿帕子，抿了抿干燥的嘴唇，笑道："小姐教训了这么久，渴不渴？"

宣从心皱眉："不渴。"

"但我渴了。"钟宛吃力一笑，"喀……劳烦小姐，把茶递给我……"

"服着药呢，喝什么茶？"宣从心命人给钟宛盛了银耳汤来，"渴了就喝汤。"

钟宛笑笑，喝了一碗汤，舒坦了不少。

"你这几天总出门，"宣瑜小声问，"是去见夸父了吗？"

钟宛虽病了，但刚做成一件事，精神很好，闻言莞尔，也小声道："是啊，不然这么冷的天，我图个什么？"

宣瑜有些歆羡，问道："可将人哄着了？"

"那倒还没，"钟宛唏嘘，胡乱道，"没有个三年五载的，怕是难……"

宣从心大骇："你这到底是看上了个什么人？！"

钟宛失笑："我乱说的，没那么难。"

宣从心难以置信："我还盼着你早日将人娶进府，我们能一块儿回黔安，你……你这是走的什么运，撞上了个什么人？"

"我撞上了什么？南墙。"钟宛笑笑，"行了，小姐训我也该训累了，这屋里有病气，你们不要总在这儿，回自己屋子吧，我这不是已经醒了吗？再躺几天就好了，过了三七，不用天天去跪灵了，宣瑜，你也该看看书了，我回头会考你，去吧。"

钟宛连消带打地把姐弟俩哄走了，自己费力地把汗湿的里衣脱了，换了新的，躺回床上，长吁了一口气。

要收拢起史老太傅留给他的人手，比钟宛料想得要难一些，人心易变，史老太傅一走多年，过往再大的恩情也禁不起岁月磋磨，会真心实意替钟宛奔走的人没那么多。再者，有的人要么被眼前的富贵绊住了手，要么被满屋儿女缠住了脚，钟宛并不怪他们，就算是以恩相胁，那也是史老太傅的恩，自己只是老太傅的学生，没那么大的脸面。

万幸，能用的人虽不多，但胜在忠心，且很得用。

这次解决那几个守陵人的事做得就很干脆，如今宣琼哑巴吃黄连，根本不敢声张。

钟宛揉了揉酸疼的肩膀，低声笑了一声，一点一点，慢慢来吧。

钟宛知道自己身子不行，不敢太拼，探查郁赦身世的事暂且要放一放，等病好了再说。

钟宛一连多日安心养病，郁赦那边越发焦虑。

伺候郁赦的一个小丫头怯怯地看着郁赦，颤巍巍地端了一碗莲子汤给他：“管家说，世子有点上火，须得……”

郁赦头也不抬：“拿走。”

小丫头是被冯管家赶来的，不敢走，颤声道：“世子这两日眼尾发红，确实是上火了，必得……”

郁赦冷冷道：“滚。”

小丫头抖作一团：“世子心火太旺，得败败火，世子若不喝莲子汤，冯管家就要请太医了，或者……世子想吃点旁的败火的东西？甜梨汤？藕粉汤？”

郁赦突然低声道：“十天了。”

小丫头吓了一跳，眨眨眼：“什么？”

“十天了，”郁赦好似在自言自语，“他没来，也没再送点心来。”

小丫头见郁赦又开始说胡话了，更害怕，胆怯地问着：“什么点心？”

郁赦怔怔道：“不知道，我闻都没闻到。”

“世子上火了，还是少吃点心为好。”小丫头干笑，“但……世子想吃就吃吧，什么样式的？我让人去做。”

郁赦不知想到了什么，眸子骤然一缩，哑声道：“桂花糕。”

小丫头忙答应着，转身跑了。

郁赦闭上眼，调整呼吸，他不想这样。他之前打定主意，这几月不再做什么过激的事。“绊住脚了，那么多事……宣瑞那么废物，他被宣瑞绊住脚了，他被宣瑞绊住脚了……”

郁赦不自觉地嗫嚅着什么，过了一会儿，竟真的平静了下来。

郁赦深呼吸了下，脱力一般瘫在椅子上。

郁赦想去躺一会儿，一起身，正看见方才那个丫头乐颠颠地捧着一碟桂花糕走了进来。

郁赦的眼神登时就变了。

郁赦大步出了屋子，小丫头大惊，手忙脚乱地放下桂花糕跑去找冯管家了。

可她哪里跑得过郁赦，等冯管家接着信儿，郁赦早已一阵风似的出了府。

黔安王府，钟宛捂着口鼻，把刚从宣从心那儿磨来的点心一一放进食盒里。

钟宛怕烫似的，用帕子垫着手指，将点心悉数放好，从头到尾不曾让自己手指碰上那点心。

直到将食盒盖好，钟宛才拿下帕子，舒坦地呼吸了两下，正要叫人来，听外面有人砸院门。钟宛皱眉，这会儿能有什么事？

钟宛院中的仆役去开了门，没一会儿，钟宛屋里的门被推开了。

郁赦似是骑马而来，头发微乱，衣襟也皱了。

钟宛一怔：“你、你怎么来了？”

郁赦死死地盯着钟宛，尽力压着胸中澎湃的怒火。钟宛察觉出郁赦神色不对，心道：难不成自己暗中动的手脚被发现了？

可又不太像。钟宛看着郁赦这样子，匪夷所思地想，怎么觉得……郁赦似是受了天大的冤屈？

“出什么事了？”钟宛又轻声问了一句，只见郁赦呼吸粗重，像在尽力压抑着什么。

钟宛在这屋里闷了好几天，因不能见风，窗户都没怎么开过，钟宛担心自己把病气过给郁赦，道：“你先去前厅？我这就来……”

话音未落，郁赦眼睛瞬间红了。钟宛惊骇，这人……

郁赦嘴角微微挑起，勾起一抹讥讽笑意，道：“怎么？怕我，还是嫌我？钟宛……你是不是都忘了？对……只有我自己记得……”

“忘什么？”钟宛被郁赦身上带来的寒意带得咳了起来，费力道，“我病了好几天，你在这儿站着，一会儿被我……咯……染上……”

郁赦一怔，周身的戾气瞬间弱了许多：“你……病了？”

钟宛咳了一会儿缓过来，往后退了两步：“你先听我一句，先去前厅，行不行？我……咯……咯咯咯……”

钟宛扶着桌子咳了起来，不忘偏开头避开桌上的食盒，郁赦定定地看着他，嘴唇动了动。

“算我求你了，离我远点儿……”钟宛咳出了一身的汗，“宣瑜就是不听，整天来找我，所以昨日就跟着发热了，你要是也……”

钟宛一句话没说完，身子一轻，一阵头晕目眩后，被郁赦架着放到了榻上。

郁赦一撩衣摆坐在了钟宛床边。郁赦闭了闭眼，脸色比方才好了许多，抬眸，突然道：“钟宛，你觉不觉得，这场景似曾相识？”

钟宛咽了下口水，结巴道：“那年，当真是你……”

“是我，足足照料了你半个月。”郁赦眼中还带着几分怒气，“不记得了？行……我让你想起来。钟宛，你一咳就出汗，现在里衣都湿了吧？”

钟宛下意识道：“是……”

郁赦抬眸：“干净里衣在哪儿？”

三十九

钟宛被吓得磕巴："不不不、我、我自己来……"

郁赦面若冰霜，执拗道："干净里衣在哪儿？！"

钟宛察觉出郁赦哪儿有点不对，像气疯了，又像喝多了，偏偏他身上又不带半分酒气。

难道是犯病了？可近日有什么事能惹得他如此？

看这神情……好像还是自己惹的。

钟宛想让郁赦别胡闹，但一撞上郁赦这眼神，就一句话也说不出来了。他抿了下干燥的嘴唇，指了指一旁的柜子："头一层……就是。"

郁赦起身，打开柜子，迟疑了片刻，将干净的里衣拿了出来。

钟宛倚在软枕上，看着站在床下的郁赦。

另一边，郁赦攥着手里薄薄的里衣，周身的戾气淡了下来。

郁赦这会儿脑子清楚了，神色缓和了些，低头看着手里的衣裳，如梦初醒似的，怔了怔，似乎有点进退两难。

钟宛看他神色，知道他清醒过来了，轻声咳了下："行了，你给我吧……"

郁赦眉头一皱，没理会钟宛，往柜子里扫了一眼，又拿了个什么出来，钟宛没看清。

钟宛紧张地看着郁赦，看着他走近，两人对视片刻后，郁赦将里衣丢在床上，他手里还拿着什么，钟宛偏头看了眼——自己的一条发带。

钟宛迷茫，还要梳梳头发吗？

不等钟宛说话，郁赦抬手，用钟宛的发带将他自己的眼睛蒙了起来。

钟宛："……"

郁赦动作很轻，钟宛只能听到窸窸窣窣的声响。

他突然想到了什么，脱口问："你当年也是这么照料我的？"

钟宛感觉郁赦僵了一下。

钟宛难以置信："连着半个月？"

郁赦没答话，将钟宛汗湿的衣裳丢在一边，拉起被子替钟宛盖好，拿过干净的来，即使蒙着眼，动作依旧有几分娴熟。

片刻后，郁赦给钟宛换好了里衣，起身坐到一旁的椅子上，摘了蒙在眼上的发带，长舒了一口气。

钟宛道："谢、谢了。"

郁赦阴着脸，道："无事，我走了。"

钟宛呆呆的，这就走了？钟宛迷迷糊糊的，不忘道："桌上的点心，你带去吧。"

郁赦怔了下，钟宛以为他误会了，忙道："不是上次你退回来的，是我让从心新做的，还……应该还是热的。"

郁赦眸子一颤，拿起点心走了。

钟宛最终也没明白郁赦跑这一趟是为了什么，郁赦心，海底针，太难琢磨了。

钟宛的病本就好了大半，郁赦来的那日他连出了两场汗，彻底退了热，隔日就大好了。

身子好后，钟宛又开始记挂仍留在宣琼处的那张脉案。

记录着安国长公主是在太裕四十七年六月有孕的脉案。

把宣琼藏匿守陵人的事捅出去不难，毕竟那是三个喘气儿的大活人，宣琼抵赖不得，脉案就不同了，随手放在哪儿都有可能，只要宣琼咬死了不承认，就拿他没法子，同样的法子是走不通了。

钟宛周转数日，寻到了一个史老太傅留给他的人，前朝的起居令史，汤铭。

汤铭曾经也是史老太傅的门生，算起来还是钟宛的同门师兄，只是汤铭致仕多年，钟宛在之前根本不晓得自己还有这个师兄。

钟宛查过后才知道，汤铭给先帝做了十二年的起居令史，今上继位后，汤铭十分知趣地辞官，消失在人前了。

汤铭无妻无子，不同任何故人来往，钟宛费了好一番功夫找他，最后还是让林思帮忙，才查探到汤铭如今住在京郊的一个庄子上养老。

钟宛没敢耽搁，当日出了城，赶了半日的路寻过去。

连日来钟宛吃了不少闭门羹，已经做好了被拒之门外的准备，不想这次到了汤铭庄子上，刚刚报上名就被客客气气地请进了府。

汤铭本人也并非钟宛料想一般地出世孤僻，反而有几分梅妻鹤子的怡然自适。他今年已有六十岁，但十分精神，见了钟宛笑吟吟的："是归远吧？"

钟宛忙答应着，不敢以师弟自称，跪下行晚辈礼，汤铭笑着扶了钟宛起来，请进了内室。

"几次听老师说起过你，早就有心结交一二，只是我不便多露面。"汤铭亲自给钟宛烹茶，"请。"

钟宛跪坐下来，寒暄了几句。

汤铭温言道："你来见我，应该是有事要问吧？"

虽然是自己的亲师兄，也是史老太傅留给他的人，但两人是第一次见，钟宛并不敢全然信任他。钟宛想了下，先问了件不咸不淡的事："想问问师兄，安国长公主，可好相与？"

汤铭不解："这话怎么讲？"

"实不相瞒，"钟宛道，"我有一件棘手的事，自己料理不得，想借一借安国长公主的手。"

汤铭静了片刻，一笑："好不好相与，要看是什么事。"

汤铭似是看出了钟宛的拘谨，慢慢道："安国长公主是今上的胞妹，是今上唯一的手足，又有郁王爷这个驸马，算上前朝，没有比她更尊贵、更有权势的公主了，这样的人，自然不是好摆弄的，更别提……"

汤铭声音低了几分，一笑："更别提，她还替今上养着一个皇子呢。"

钟宛脸色骤变。

汤铭安抚似的看了钟宛一眼，温言道："师弟不必慌张，老师临走前既然托付过我，我自然不会同你遮遮掩掩，有些事……是我做起居令时就知道的，有些事是老师走前告诉我的，如今你想知道什么，师兄我知无不言。"

钟宛多日来探访故人，头一次遇见个这么敞亮的，一时有点反应不过来，想了想，还是不敢多言，反问道："师、师兄方才说安国长公主替今上养着一个皇子，这……还请细说。"

汤铭深深地看了钟宛一眼，不言而喻：你不信任我。

钟宛装没看出来，事关郁赦，不能不谨慎。

汤铭并不在意，一边烹茶一边道："这话还要从前朝说起……

"今上做皇子那会儿，长子、次子接连夭折，好不容易保住的三子也十分孱弱，似风一吹就能倒，太医都说养不大，先帝当日很替今上担忧，怕他没子孙缘，心生疑虑，那会儿迟迟没立今上为太子，也是考虑过此事。"

钟宛一愣，这个倒是头一次听说。

"今上当时已三十有四了，膝下只有一个病恹恹的儿子，先帝替他着急，今上自己也急，那个孩子……"汤铭顿了下，道，"就是那会儿有的。"

"那个孩子的生母是谁，我并不知晓，只是猜测……她身份应当是有些特殊的。"汤铭抬头看向钟宛，"你知道是谁吗？"

钟宛摇头："不知，确实不知！不是我不肯说。"

汤铭笑笑："无妨，师弟先听我说……师弟想一下，先不说其他，你若是先帝，三十几岁了，好不容易有了个可能是男胎的孩子，你要不要？"

钟宛皱眉，点头。

"但是，怎么要呢？"煮的水烧开了，汤铭熄了火，"孩子的生母既不能见人，就得给他找个能见人的出身，今上信不过别人，这不……就想到了自己的亲妹妹。"

钟宛低声道："这正是我不解的地方，今上若很看重这个孩子，就算不能让他的生母见光，把他随便记在哪个妃嫔名下就是了，为什么……"

"这话要分两下说了。"汤铭慢慢道，"其一，当日就已有传闻，说二皇子……就是今上，留不下孩子，今上自己大约也信了，所以不敢再留在自己名下，自然，神神鬼鬼的事，这有点牵强了，最重要的是……"

汤铭给钟宛沏了一盏茶，道："今上当日已有了争储之心，今上是个走一步看三步的人，这是在为将来打算。"

钟宛接过茶盏，皱眉："安国长公主当时已经嫁给郁王爷了，郁王府就是他的助力，还要打算什么？"

“不，今上当时虽还不是太子，但已有了十成的把握，他要打算的早已不是如何拉拢郁王府，而是……”汤铭低声道，“如何在将来将这个异姓王位收回来。”

汤铭一摊手：“师弟博古通今，自然知道，异姓王都是于国本动荡、皇权不稳时受封的，一旦皇帝站稳了脚跟，头一样要紧事不就是杀功臣吗？老郁王爷和现在的郁王爷都是聪明人，能将王位保全到现在，已经是非常不易了。”

钟宛眸子里闪过一抹阴霾，咬牙：“郁王爷又不是傻的，他……”

“郁王爷当然不傻，但他早在数年前就已娶了安国长公主，全数身家早已押在了二皇子……不，今上身上，他这会儿已然走不得了。”汤铭一笑，“这，就是皇帝。”

汤铭又道：“自然，今上行事和缓，就在那一年，赐了郁王爷两个贵妾。”

钟宛回想这些年同崇安帝相处的过往，背后渗出一层冷汗。

钟宛低声道：“郁王爷被今上摆了这一道，心里不一定不恨，这些年……或许早有了自己的计划。”

“自然。”汤铭点头，“但他们会一直君臣和睦下去，只要……”

钟宛咬牙：“只要郁赦这颗让他们彼此制衡的棋子还活着。”

汤铭看着钟宛的脸色，沉默片刻笑了下：“师弟这样……我可不敢往下说了。”

钟宛收敛神色，低头道：“师兄请说。”

“师弟问的是安国长公主，我还是说公主吧。”汤铭缓缓道，“前事你已知晓，必然明白，安国长公主的立场十分尴尬，但安国长公主出身皇族，应当早就清楚，父兄为大，自己一辈子都是要以皇权为先的，所以今上让她认下这个孩子的时候，安国长公主虽不十分甘愿，但也顺从了今上的意思，毕竟……那会儿她刚没了自己的孩子，且太医说过，她不会再有孕了。”

钟宛低声道：“我少时曾同郁赦相伴半年，看得出……安国长公主是真心疼爱他的。”

“疼爱？”汤铭摇头一笑，道，“那会儿师兄我已辞官多年了，具体如何，就不敢说了，但是后来老师同我说过一事，师弟要听吗？”

钟宛道：“自然，师兄请说。”

汤铭道：“传闻，郁小王爷是在六年前突然转了性的，师弟可知因为什么？”

钟宛摇头：“不清楚，我当日已去黔安了，只是猜测他应该是那时知晓了自己的身世。”

汤铭问：“为什么知晓？”

钟宛愣了：“这……他去查探的吧。”

汤铭又问：“那郁小王爷为什么突然要查探呢？”

钟宛答不出了。

汤铭叹气：“这是老师同我说的，老师说，当日其实是安国长公主不知为何，突然一连数日不见郁小王爷，后来勉强见了……竟一言不合，当头扇了郁小王爷一巴掌，还一连几日，罚他跪在堂前。”

钟宛哑然，难以置信：“长公主罚郁赦？为什么？”

汤铭叹气：“因为有人告诉长公主，当年她怀的那个孩子，不是因她身子不好没保住，而是今上设计，害她流了产。”

“咔嚓”一声，钟宛生生攥碎了手中茶盏，碎瓷扎进掌心。钟宛闭上眼，血顺着他掌心的纹路蜿蜒而下。

子宥……

汤铭吓了一跳，忙要替钟宛包扎，钟宛将牙关咬得死紧，半晌道：“无妨，请师兄细说。”

汤铭唏嘘：“长公主之前那样溺爱郁小王爷，骤然如此，郁小王爷必然惶恐，必然不解，自他出世，关于身世的谣言就没停过，郁小王爷也想到了这个，他……就要查个明白。”

钟宛深吸一口气，脸色青白：“长公主的孩子，当真是……”

汤铭倒吸了一口气，摇头道：“不，最毒的是，这一切只是有心人设的局，长公主的孩子确实是她自己不慎没了的，但当安国长公主终于查清楚、想明白的时候……纸已经包不住火了，郁小王爷……全都知道了。”

钟宛攥着手中的碎瓷，感觉自己五脏六腑都移了位，钟宛默默忍着，过了许久才缓了过来。

离开庄子的时候，钟宛心中一动，突然问汤铭：“师兄告知我的前事，事事绕着子宥，好像知道我是为他而来一般，师兄……怎么能这么清楚我的心事？”

汤铭无奈：“师弟还是不信我，但今天，所有的话都是我说的，你不曾透露过半分，你怕什么呢？”

钟宛眼中一片阴霾：“事关子宥，我不得不小心。”

“我们头一次见，你不放心我也不奇怪。”汤铭浑然不在意钟宛的防备，道，“至于我为何知道你是为郁小王爷而来，是因为老师同我说过……”

钟宛警惕道：“说过什么？”

汤铭淡然一笑：“因为老师曾对我讲，你当日随黔安王同皇子们一同在宫中读书，两耳不闻窗外事，心高气傲，不屑与任何人结交，除了郁子宥一人。”

四十

这么多年从刀枪剑戟里走过来，钟宛原本以为自己早就修成金刚不坏之身了，但今天一个不留意，先被碎瓷割了手，又让头次见面的师兄一句话扎穿了心。

钟宛站在初春的寒风里，捂住绞疼的肺腑，自嘲一笑。

汤铭也笑了，叹气："我本不想说，陪你演一演，但你从始至终都忌惮着我，师弟防备我无妨，耽误自己的事就不好了。"

钟宛扶着马车调整了下气息，低声道："太傅他……"

"老师那么大年纪，什么看不出？只是不说罢了。"汤铭喟叹，"既然说了，师兄为老不尊，再提两句？"

老底都让人家掀了，钟宛也没什么可捂着瞒着的了，道："师兄请讲。"

"这话其实是老师嘱托我尽力看顾你时说的。"汤铭悠悠道，"这事儿还得往前说……你可知道，当日你在牢中时，老师也曾要将你赎出来的？"

钟宛哑然："太傅他、他不在意名声的吗？"

"老师怎么会在意？且你本就是老师的关门弟子，天下人谁不知道？老师筹谋得很好，只可惜……"汤铭咋舌，"多年来两袖清风，家底不够厚，没比得过那一掷千金的郁小王爷。"

钟宛忍不住，低头笑了起来。

汤铭唏嘘："让自己另一个学生用黄白之物砸了脸，老人家当日被气得不轻啊。"

"老师知你心意，见你被郁小王爷赎去了，想着这怕是冥冥之中的天意，就罢了手。"汤铭又道，"再后来，宁王的事定了案，宁王的几个孩子已被送去黔安，老师原本以为这事儿尘埃落地，几厢都得了自己的结果，之后众人命数如何，都是自己的造化了，万万没想到……”

汤铭看着钟宛，叹气：“万万没想到，你竟跑了。”

“听说你逃走后老人家更是……替你扼腕。”汤铭目光复杂地看着钟宛，“师弟胸中有大忠义，师兄佩服。老师心中也清楚，师弟怎么不想想，你当日去黔安，明摆着是一条一走不回头的路，老师何必在临终前，如此惦念你，为你安排这些？”

汤铭轻声道：“老师早就料到了你早晚会回来的。”

钟宛偏过头，突然被寒风吹红了眼眶。

钟宛声音干涩：“是我无用，太傅为我筹谋至此，我都没能回来给他老人家送终，我……”

“你哪儿回得来？”汤铭宽慰道，“老人家身子骨一直还行，是在梦里走的，没受罪，比孔圣人还多活了一年，算是喜丧。”

钟宛点点头，躬身行礼，勉强上了车，一放下车帘子，挺了一个时辰的脊梁就不堪重负似的软了下来。

钟宛直直地躺了下来，费力地抬手扯过放在一旁的披风，盖在了脸上。

马车行了有半个时辰，钟宛才堪堪缓过来，搓了搓脸，吃力地起身，揉了揉酸疼的肩膀坐了下来，静静出神。

若汤铭说的都是真的，那很多事就都说得通了。

为什么无论郁赦做什么，崇安帝和郁王爷都要尽力保全他。

为什么小郁赦会突然对自己的身世起了疑心。

为什么长公主这些年对郁赦如此纵容。她心中有愧。

钟宛原本还以为能借借安国长公主的东风，现在看来不可能了。

当年到底是谁布的局？安国长公主当日是在知晓自己不会有孩子后，才同意将郁赦认作自己的孩子的。

对当时的安国长公主来说，这笔买卖不亏。

郁赦将来若能继位，那她既是郁赦的亲姑母，又是将郁赦养育成人的母亲，郁赦必然会尊她、敬她，保她无上尊荣。就算郁赦不能继位，那也会承袭郁王府的王位，安国长公主总之是不会有自己的儿子了，与其把王位让给庶子，那不如留给自己的亲外甥。

所以她当年对郁赦的种种纵容，大约不是装的，曾真心实意地将郁赦当自己亲儿子。

直到有个居心叵测的人来同她说，她当年在太裕四十七年六月怀的那个孩子，是被崇安帝、她的亲哥哥设计害死的。

安国长公主当日怕是连弑君的心都有了。可她奈何不了崇安帝，就将满腔恨意倾泻在了十六岁的郁赦身上。

这件事最绝的是，竟是个骗局，还留了三分余地，让安国长公主冷静后查清了真相。

从此安国长公主和郁赦母子离心，这世上唯一对郁赦有几分真心的亲人，没了。

布局的人以此为开端，用心之毒，让人难以想象。

当日郁赦骤然被自己依赖的安国长公主冷待，罚跪在郁王府祠堂的时候，在想什么呢？

天塌了也不过如此吧？钟宛想着胸口又疼了起来。他紧紧皱眉，强迫自己想些别的。

史老太傅是怎么看出他想同郁赦结交的？

钟宛扪心自问，这么多年来，将诸多情谊深埋心底，若不是当日在黔安实在过不下去了，绝对不会把这事儿咧咧出来，太傅是怎么看出来的？

好些事根本不能回想，钟宛突然又想起来一处关窍。

当年一同读书时，有一次钟宛糊涂，忘了当日史老太傅要他们写大字，没让书房的人提前为宣瑞和自己准备大抓笔。

钟宛马马虎虎的，说是给宣瑞做伴读，这些事一般倒是宣瑞提醒他。那日两人都忘了，没法子，钟宛就去同史老太傅求情，想借了史老太傅的笔来用，他一向得太傅的看重，以前也借过纸笔，原本是觉得无妨的，谁知那日老太傅却动了怒，斥责钟宛做事不仔细，不借不算，还……

钟宛不堪回忆，史老太傅骂了他一通后，命他去同郁赦借。

钟宛被骂得晕头转向，还真不尴不尬地硬着头皮去借了。

那还是钟宛头一次主动同郁赦说话，意料之外的是，郁赦脾气很好，微微错愕后，将自己的笔借给了钟宛。

现在回想……老太傅太坏了。

钟宛听着一路的闭门鼓回了府，堪堪在宵禁前赶回去了，回府后找了人来，命人先去查汤铭。

汤铭确实是钟宛的同门师兄，说的话也都合乎情理，但钟宛仍不敢全然信任他。钟宛总觉得这个给先帝做了十几年起居令史的人没看上去那么简单。

查汤铭要比查郁赦简单多了，钟宛的人隔日就给他来了信。

钟宛将汤铭的生平从头到尾看了一遍，清清白白，没什么奇怪的地方，他并没为郁王府或者宣璟那些人效力的理由。

钟宛又拿起汤铭盘根错节的族谱来，顺着一点点看下来，突然察觉出了些猫腻。

汤铭的生母姓钟。

钟宛哑然，汤铭难不成同自己沾亲?

皇城中姓钟的并不少，钟宛不敢十分确定，且钟宛自己就是钟家旁支了，就算汤铭的母亲是钟家的人，钟宛都不敢确定自己和这老太太同宗。

凭着这点儿出了五服的血缘，汤铭就会多看顾自己几分吗，还是只因为受了史老太傅的嘱托?

钟宛把手里的几张纸就着烛火燃了，出了一会儿神，不敢全然信任汤铭，但对汤铭说的那些话已信了七八分。

钟宛又有些想去找郁赦了，只可惜……

钟宛一边给自己右手的伤换药一边气得磨牙：“还有六日。”

不过明日就是三皇子宣璟的五七了，也许能碰一面。

五七这日，钟宛几人早早地去了。

好巧不巧，刚一进府就同安国长公主撞了个对脸，而郁赦正跟在安国长公主身后。

宣瑜之前已见过安国长公主几面，他本就机灵，如今不用人教，不慌不忙地给安国长公主行了礼。

安国长公主保养得当，看上去只有四十岁上下的样子。她身份尊贵，宣瑜这种身份在她眼前根本不够看的，不过安国长公主倒没怠慢，略弯了弯嘴角，让宣瑜起身，拖着上位者特有的缓慢语调，问他冷不冷，连日过来累不累。

宣瑜应答得当，安国长公主点点头，淡淡道："贤妃娘娘舍不得三皇子，正哭呢，先别进去磕头了，彼此看见不体面……五七了，苦命人回来的日子，让她哭个痛快吧。"

安国长公主眉梢眼角有几分倦怠，照看了贤妃这么多天，起初还能跟着哭两声。时间太久，她早就烦了，方才贤妃发了疯似的，哭得头发散了，衣裳也乱了，安国长公主劝也没劝，不耐烦地带着郁赦出来了。

宣瑜答应着，钟宛就站在宣瑞身后，自然，安国长公主看也没看他，只把他当寻常的仆役了。

钟宛也没留意安国长公主，心思全在郁赦身上。

贤妃在里面哭得越发悲苦，众人就在灵堂外等着。

安国长公主轻声道："听人说，你这几天晚上睡得早了？"

安国长公主声音亲和许多，显然是在同郁赦说话。

钟宛没抬头，只是听郁赦漫不经心地"嗯"了一声。

"那很好，饮食上也要在意点。"安国长公主笑了下，"听说你那日突然想吃点心了？我让人新做了几个花样，早上已经给你送去了，回去记得吃。"

郁赦眼中闪过几分懊恼，飞快地看了钟宛一眼，皱眉打断道："谁说的？我不想吃。"

安国长公主脸上笑意一僵，下意识地看了宣瑜一眼。

安国长公主脸上的笑意散去："那算了……"

安国长公主显然是不满郁赦当着外人对自己不敬，片刻后淡淡道："贤妃还不知要哭多久，别在这儿站着了，去外面的棚子里跪着吧。"

郁赦不疼不痒地应了一声，转身就走。

说者无心，钟宛却被那句"去跪着"噎得胸口发闷。

钟宛轻轻地碰了一下宣瑜的手，宣瑜忙说也要去外面，安国长公主略点点头，宣瑜同钟宛就出来了。

宣瑜要去寻别的宗室子，照常让钟宛自己找地方偷闲，钟宛看着他跟着礼部的人走了才转身。

钟宛跟着其他仆役往外走，连着来这么多天，钟宛对这里已经熟悉了，他一身寻常丧服，十分不起眼，哪儿都好混，不一会儿就寻到了郁赦。

郁赦在钟宛往日待的灵棚里，居然真在跪着。

从郁赦背后看着，钟宛感觉看见了个小了一圈的郁赦。

十六岁的少年子宥，面色苍白，脸上带着几道指甲血痕，直直地跪在郁家宗祠中，一连数日，不吃不喝。

这些人……怎么能如此待他？

郁赦察觉出异样，忽然回头，看见钟宛后愣了下：“你来做什么？”

郁赦起身，看向钟宛的右手，皱眉：“你那手是怎么了？”

“不小心划了一道。”钟宛走近，抿了抿嘴唇，恍惚道，“你的脸疼不疼？”

郁赦莫名其妙地看着钟宛。

钟宛微感尴尬，解释道：“我不知你在这儿，还有五天，是不是？我先出去……”

“你……”郁赦闻言脸色更差了。

钟宛躬身行礼告退，不等他起身，就被郁赦一把拽了过去。

郁赦烦躁地看着钟宛，似是着了恼。

钟宛只听耳畔郁赦声音冰冷，咬牙切齿地告诫——“你不许乱动！”

钟宛心慌得说不出话来，郁赦说什么他听什么，心道郁赦这架势、这气势……是凶煞厉鬼要吞人吧？

算了，这疯子说什么就是什么吧。

郁赦皱眉，并未放开钟宛，拉起钟宛的右手腕：“这个到底是怎么弄的？”

钟宛随口道：“不小心被划了个小口子……”

四十一

郁赦根本不听，直接将钟宛手上缠着的白布松开了。

钟宛疼得轻轻抽气，郁赦手指顿了下，不为所动，将白布整个拆了下来。

郁赦冷冷地看着钟宛掌心狰狞的几道伤口："不小心划的？"

钟宛干笑："这个时候……你跟我掰扯这个做什么？"

郁赦顿了下，脸色淡了几分："不想说就算了……"

钟宛一怔，本能地觉得这要是不说清楚，郁赦怕会多想，钟宛快速道："我见了个故人，听他……说起我们府上的往事，我一时愤慨……"

郁赦没想到钟宛会跟自己解释，眸子一颤，平息了片刻，低头，一言不发地又替钟宛将伤口包好了。

"陈年旧事，说了也没意思。"钟宛一笑，"也不是什么好事，郁小王爷就别问了吧。"

郁赦没说话，替钟宛包扎好后放开他，道："你去吧。"

钟宛也想快点躲了，转身还没出棚子，就听郁赦低声道："五日后……你还是可以来我府上。"

钟宛嘴角微微勾起，出了棚子。

五七这日，钟宛心思十分飘忽。

晕头转向地跟着旁人折腾一顿，好不容易回了府，他只想回自己屋子里把灵棚里的事再好好回想一遍，不想马车停下后，下了车，一眼看见了林思。

宣从心从没见过林思，隔着帘子看了一眼，诧异："那是谁？"

钟宛心中一紧，林思一向行事小心，怎么会明目张胆地站在这里？

钟宛让人送两个小主人进院，自己走了过去，走近了才察觉林思神态有异，似乎被人打过，嘴角都破了皮。

林思眼神空洞，见钟宛来了怔了一下，累极了似的，跪了下来。

“进屋再说。”钟宛一把拉起林思，“起来。”

钟宛房中，林思手里捧着钟宛递给他的热茶，一声不吭。

“出什么事了？”钟宛偏头细看林思的嘴角，皱眉，“谁打了你？！”

林思低着头，不回应。

钟宛急得头疼：“到底怎么了？不想打手语就写下来！谁敢打你？！”

林思把茶盏放到一边，比画：四皇子。

钟宛哑然：“他……不是十分信任你吗？他跟你动什么手？”

钟宛心里一动，急道：“他是不是以为你还替我做事？会去害他？！”

林思摇头，疲惫地叹了口气。

钟宛被林思气得坐立不安：“那到底是怎么了？！”

林思沉默了好久，起身，对着钟宛跪了下来。

钟宛心中一动：“还是你……准备彻底效忠于宣璟了？”其实从那次和林思密谈后钟宛就考虑过，宣璟同郁赦立场不同，自己既已决定留在京中帮郁赦，那林思夹在中间难免难做，钟宛快速道，“连日来琐事太多，我没顾上，林思你听我说……”

钟宛半跪下来，扶着林思的肩膀，一笑：“我正要跟你说，林思……你以后不必再替我做事了。”

林思瞬间睁大眼。

“你先听我说。”钟宛按了按林思的肩膀，低声道，“你虽然本来是我们钟家的人，但你也知道，你和嬷嬷来我们家不久，府里就出了事，你和嬷嬷也没落着什么好，论起来，是我们钟家欠你的……”

林思忙摇头，要抬手打手语，被钟宛按下了。

钟宛继续道：“听我说，咱俩都是在宁王府长大的，非要说什么恩情……那也是王爷对你有养育之恩，你奔波多年，如今宣瑞他们已经平安，你这恩也报得差不多了。”钟宛看着林思，轻声道，“你不欠我什么，我也不是你主人，我是你弟弟……之前是我没为你考虑周全，日后你只为自己打算就好。”

林思眼眶红了，俯下身，给钟宛磕了个头。

“大男人，别弄得黏黏糊糊的。”钟宛起身，“行了，头也磕了，就这样吧，日后该走动还可照常走动，若要为了宣瑾避嫌……也行。”

林思跪在地上，肩头微微抖动。

钟宛低头看着林思，二十几年来相互扶持的情形在心中闪过，他深吸了一口气，释然一笑：“有完没？起来！”

林思好一会儿才爬起来，眼睛发红，打手语：我来此，不是为了这个。

钟宛诧异：“还能因为什么？是……宣瑾已经误会你了？这倒是有点麻烦了。”

钟宛皱眉，难不成要演出苦肉计，自己也揍林思两拳，让他回去跟宣瑾哭，或者……让林思揍自己一顿当投名状？”

林思比画：四皇子不知我和主人的事，他同我动手，是因为我做错了事。

钟宛不明白：“你行事仔细周全，能做错什么事？”

林思低头，迟疑片刻后比画：昨日，四皇子拉着我喝闷酒，四皇子不胜酒力，醉了，晚间我图谋不轨，被他觉察了。

钟宛僵在原地，好一会儿才反应过来，勉强宽慰道：“就宣瑾那个脾气，要真的对你无情无义，怕也不会让你有命跑出府，早劈了你，你……你怎么出来的？”

林思垂眸，比画：四皇子让我有多远滚多远。

钟宛叹了一口气。

“那你先在我这儿住着吧。”钟宛心里一团乱麻，“还是……还是你避避嫌，免得日后想回去，宣瑾忌惮你是我的人？”

林思思虑片刻，打手语：怕是回不去了，我留下。

“以后的事，别说死。”钟宛道，“我院里左边厢房还空着，你住下，从今日起，你也不用为我做什么，先好好歇几天吧。”

林思点头，起身去了。

钟宛吐了一口气，替林思发愁。宣瑾虽没什么脑子，但为人还行，至少比宣琼强多了，他对林思有救命之恩，这么多年朝夕相处，林思跟他交情早就不一般了。

都是什么破事！

四十二

钟宛本想趁着天早再去见汤铭一次的，被林思搅了，现在出城也来不及了，只得作罢。

想到林思，钟宛又琢磨是不是去钟家祖坟上烧烧香，想到祖坟，又想起汤铭的母亲可能也是钟家的女儿，这么一想——

钟宛瞬间确定了，汤铭同自己必然是沾亲的！

正遐想着，外面宣从心来了。

家里突然来了外人，宣从心不太放心，过来问了问。

“没什么，我……我年少时认识的一个故人。”钟宛含混道，“当年被我连累也遭了难，前几日得罪了主家，躲出来了，我就留他住下了。”

宣从心不甚在意：“哦，那就住下吧，对了，今天刚听人说，几日后的万寿节不再大办了，一切从简，宗室进宫磕个头就出来，没宴饮，也不必准备什么了。”

“丧期里，也就这样了。”宣从心见钟宛有点神不守舍，问道，“怎么了？是不是……”

钟宛心不在焉道：“怎么？”

宣从心轻声道：“五七一过，咱们就能回黔安了，你那夸父如何了？咱们能不能一同回家？”

钟宛回神，低头笑了下，静了片刻后道：“我看看，林……就是我那故人，看他能不能替我送你们回去，他若不方便，那我就将你俩送回黔安后，再回来。”

宣从心不舍地看着钟宛，欲言又止，无奈道："好吧，不过……也不着急，等你娶了小嫂嫂，我们再一起走也行。"

"没那么快。"钟宛胡乱道，"再说……这还在孝期呢，哪儿能纳妾。"

宣从心皱眉："我和宣瑜在孝期，你又不在，怕什么？而且……"

宣从心冷冷道："我看这皇城里也不比咱们黔安多规矩，就这几日，还有人跟安国长公主议亲呢。"

钟宛静了片刻，坐下来，漫不经心地问："哪家？"

"那不清楚，那些人我虽都认得了，但她们那些七拐八弯的姻亲我不知道，什么侄女外甥女的，猜不到是谁。"宣从心皱眉，"可能是……算了，说不准，总之是说了，安国长公主看上去也很有意，呵……丧礼上谈这个，这规矩也是真好。"

钟宛点头："郁小王爷二十有三，确实该成家了。"

宣从心好奇道："就是那个还来过咱们府上看大哥的郁小王爷？"

钟宛心神不宁地"嗯"了一声。

"没见着过，听说是安国长公主的心肝宝贝，被娇惯得无法无天。"宣从心道，"虽不是本家兄弟，但他好歹是皇亲，居然这个时候议亲……"

钟宛本能地回护郁赦："父母之命，媒妁之言，他又做不了主。"

"谁知道？"宣从心对皇城中的任何人都无好感，略带刻薄道，"不是说没人做得了他的主吗？说要议亲，必然是他自己乐意的。"

钟宛淡淡一笑："可能吧。"

安国长公主府。

郁赦摆弄着一个小把件，头也不抬道："不必为我费心。"

安国长公主放缓声音道："聂文两朝阁老，门生遍天下，就这么一个孙女，视若珍宝。那个姑娘我也见过了，长相好，脾气更好，也很识大体，将来……堪作王妃的。"

郁赦漫不经心："我不要。"

"为什么不要？"安国长公主耐着性子，好言好语道，"我知道你不喜欢生人，这不没逼着你什么吗？你先娶进来，慢慢相处着，相伴一段日子就知道了，这姑娘脾性是真的好，到时候你们两相情愿了，再……”

郁赦把手里的把件放在一边，抬头：“我不用守孝吗？”

“你竟是在意这个？”安国长公主笑笑，“三个月，那不是可有可无吗？就算现在定下来了，真的过门也要半年了，什么也不耽误。”

郁赦嘴角微微勾起，笑了：“等下……”

安国长公主隐约觉得郁赦下面不会有什么好话。

果然——郁赦好整以暇，认真问道：“公主，先给我个准话，宣瑾死了，我是该守三个月，还是一年？”

安国长公主脸上的笑意淡去。身为皇亲，守三个月就行了；若是宣瑾的亲弟弟，那就要守一年。

侍奉安国长公主的几个丫头自觉地退了下去。

安国长公主尽力压着火，勉强道：“你是不是喝了酒？胡说什么呢……”

“问问规矩，”郁赦漠然道，“免得我什么都不知道，再做出悖逆之事来，像上次一样……”

郁赦低头一笑：“满心欢喜地去求娶四公主，反而被皇帝用镇纸砸破了额角……”

安国长公主怒道：“你！”

郁赦轻松道：“怎么了？我被打怕了，想谨慎点，不行吗？”

安国长公主被气得气息不稳，急促道：“你上次分明是不满王爷给你说亲，才故意去同皇兄要四公主！险些将皇兄气病，你现在倒打一耙了？”

郁赦笑了：“但到现在也没人同我说过，我为什么不能娶四公主啊。”郁赦看着安国长公主，声音轻佻，“说真的……我到现在还惦记着那丫头呢。”

“你见过她几面？！你知道她长得是圆是扁吗？”安国长公主大怒，“你就非要让我不痛快，让皇兄不痛快，是不是？！”

郁赦神色自然地看着安国长公主。

安国长公主气得心口疼，揉了揉胸口，不再说话。

这几日，安国长公主听别院的人说，郁赦似有收敛之态，连日来没惹祸，每日该做什么就做什么，规行矩步，好似回到了少时。

安国长公主以为他想通了，心里高兴，想趁着郁赦举止正常的时候把他的亲事定一定。

不想，还是这样。

安国长公主语气不稳，焦心道：“你就……不能好好的吗？”

郁赦轻轻地敲了敲椅把手，慢慢道：“这几年，宫中接连有丧事，宣璟、宣琼的婚事全耽误了，到现在没大婚，府里也没听说什么动静。”

安国长公主抬头，郁赦似是自言自语：“我比宣璟还大几个月，若是能赶在他们之前成了婚，再早早地有个儿子……”郁赦看向安国长公主，“皇帝见我身子康健，又有子息，必然会多看重一点，是不是？”

安国长公主被说中了心事，眸子一动。

郁赦看着安国长公主，轻声道：“母亲，到底是谁在算计谁？”

“别费心了。”郁赦起身，“我还是那句话，要娶只娶宗室女，公主最好，别的王爷的女儿也凑合，非宗室女就罢了。”

“子宥，”安国长公主咬牙，“你就非要戳我的心，戳皇兄的心，是不是？”

郁赦脚步一顿，转头看着安国长公主：“这话说反了吧？”

郁赦说罢就要走，安国长公主匆忙起身，脱口急道：“皇兄他……他身子不好了！”

郁赦脚步一顿。

“子宥。”安国长公主起身，走到郁赦身边，无奈道，“我是替你着急！自打宣瑾没了，皇兄病了一场，精神大不如从前，要是有个万一……你准备如何？”

郁赦偏头看着安国长公主，对视片刻，轻声道：“公主，你是宣琼的亲姑母，郁王爷的发妻，只要不犯大错，一辈子的荣华富贵是跑不了的。”

郁赦轻声笑道：“知足点吧，还非要做皇太……”

啪的一声，郁赦被安国长公主扇了一巴掌。

打了郁赦，安国长公主自己先慌了，急道：“子宥……”

安国长公主要拉郁赦看他的脸，被郁赦一偏头躲了。不是头一次被扇巴掌了，这次的郁赦没惊没恐，面无表情地抬手用拇指抹了一下嘴角上的血，看了一眼，随手拭在帕子上。

郁赦舔了舔嘴角，笑着补完方才的一句话："还非要做皇太后吗？"

安国长公主既愧又悔："我方才让你气着了，让我看看……"

"不用。"郁赦后退半步，"公主打也打过了，我回府思过去了。"

"子宥……"安国长公主近乎哀求，"我不是只为了自己！无论如何你都是我如今最近的血亲了，我怎么会不帮你？你……你就不怕将来宣琼上位，让你没有容身之处吗？到时候不单单是你，你身边的人，怎么可能不受牵累？！我到时候就算能保住这公主府，也只能仰人鼻息了！我……"

郁赦眸子一颤，身边的人……

郁赦咬牙。钟宛为什么就不能好好地待在黔安？！

安国长公主见郁赦似有意动，忙道："子宥……你当真已经绝情了？什么都不管了？"

原本确实是绝了的。郁赦耳中阵阵耳鸣，头又疼了起来，眉头紧皱："日后再说……"

郁赦踉跄两步，出了暖阁。

回郁王府别院的路上，郁赦头疼欲裂。宣瑾的死打破了京中微妙的平衡，夺嫡之争已经开始了。

郁赦原本能轻松快意地一边搅浑水，一边看着别人厮杀，最后再无牵无挂地死在某个蠢货手上。

一了百了。但是，但是……

郁赦眼前开始出现幻觉，他的嘴角还在疼，他好似一瞬间回到了六年前，就是在公主府，就是这个巴掌……一下子结束了他懵然混沌的少年时光。

郁赦原本那会儿就能解脱的，但是钟宛在万里之外，竟生生把他气活了过来。

郁赦现在也是可以不管不顾的，但钟宛现在偏偏就在那个什么鬼黔安王府里待着！

郁赦怒不可遏，难以自已地把满腔恨意全倾注在了钟宛身上，都是这个人，都怪这个人……

"他也在利用我，他其实也在利用我……"郁赦喃喃自语，眼中闪过一抹杀意。

随车的家将耳力非常，听到了车里的动静，催马跟到车旁，俯下身问道："世子可是有吩咐？"

马车中，郁赦双目赤红，声音暗哑："替我……解决一个人。"

家将听到一个名字，心中一凛，忍不住再次问道："世子确定？"

马车里安静了片刻，道："是。"

家将躬身，细细听清楚郁赦的吩咐，问道："……今晚吗？"

马车里的郁赦声音冰冷："现在！"

家将目光复杂，但不敢违命，一挥马鞭走了。

黔安王府。

钟宛一天没吃几口东西，躺在床上也不舒坦，不住翻身。

房中窗棂一响，钟宛失笑道："你跟我住一个院子，进我屋还要翻窗？"

钟宛抬手撩起帐帘，迷迷糊糊道："怎么了？"

房中没点灯，钟宛起身，借着香炉里一点火星点着了蜡台，一转身，心里咯噔一下，一个蒙面男人带着刀站在屋中央。

钟宛轻轻地放下烛台，尽力镇定道："侠士是……"

家将扯下面纱，冷声道："我受郁小王爷命而来，得罪了。"

家将说着上前一步，一把拉起钟宛左臂，低头看了一眼，确定无误，是没缠纱布的那一只手。

家将抽出腰间匕首，没拔下刀鞘，反手捏着刀鞘，用匕首柄在钟宛手掌心一拍，轻轻的一声："啪！"

钟宛："……"

家将收起匕首，一抱拳："我也不知道钟少爷做了什么错事，但是我们世子气愤难当，动了大怒，让我来……来对钟少爷惩戒一二！"

钟宛低头看看自己白皙的掌心，茫然道："哦。"

家将躬身："还请钟少爷静思己过，不要再犯！我走了。"

四十三

夜半，郁赦披散着头发坐在榻上，一旁地上跪着一人，不住发抖。

郁赦也不问话，也不拷问，自顾自地出神。

冯管家拿了药膏进屋来，偏头看了一眼，觉得这人有点眼熟，似在安国长公主府上见过。

冯管家把药膏放在小桌上，不太敢开口。

天底下敢对郁赦动手的人屈指可数，郁赦是从公主府那边过来的，脸上的伤是谁打的……可想而知。

郁赦嘴角还洇着血，冯管家看不下去，小声问道："世子，疼不疼？还在渗血呢，我给您上点药？"

郁赦没说话。冯管家见他没说"不"，就取了药膏出来要给他上药，郁赦偏过头躲了，终于开了口："你去吧，我有话要问。"

冯管家低头看看地上跪着的人，叹口气出去了。

郁赦便接着出神。

不知过了多久，在地上跪着的人险些被吓死的时候，郁赦终于想起了他。

郁赦突然问道："皇帝身子如何了？"

这人是安国长公主的心腹，平日里藏得很好，怎么也没想到自己会被郁赦留意到。他清楚安国长公主的立场，定了定神，抖声道："确实不太好……只是，只是没人敢问。"

打探皇帝身子如何，这算是谋反，众人都知道避讳。

郁赦眯起眼："那公主是怎么知道的？"

"长公主时常去向皇帝请安，可能是自己看出了什么。加上……"心腹低声道，“长公主在太医院有自己的人手，长公主一心为世子，就是拼着犯忌讳，也要替……”

郁赦淡淡道：“说一句废话，砍你一根手指。”

心腹语塞，改口道：“长公主探听这个也没别的意思，只是担心皇上同先帝一般，太、太……太不考虑世事无常。”

心腹不敢多言崇安帝，只得拿先帝来说：“先帝当日不就是笃信山河万岁，没早早地立下太子，才惹出了不少事吗？长公主不想将来再有一场大乱，想趁着咱们皇上精神好的时候，把该料理的料理了。”

郁赦失了耐心：“只是因为皇帝抱恙，她就突然这么着急了？”

“还有！还有……”心腹出了一头的冷汗，忙道，“不瞒世子，长公主原本没想插手的，奈何郁妃娘娘咄咄逼人，世子知道，长公主同郁妃娘娘不睦已久，日后若是五皇子登基，说得好听，五皇子是同公主两下里的血脉，但私底下的事谁看不明白？郁妃娘娘心窄，若做了太后，能对长公主有多宽厚？

“咱们王爷这段日子跟五皇子走动得也太多了点儿，长公主心不安啊，王爷跟公主虽然也恩爱了几十年，但……但夫妻之间不是东风压倒西风，就是西风压倒东风，中间毕竟还是夹着两个庶子的……如今是无妨，但以后呢？将来咱们王爷若成了掌权的国舅，长公主式微，郁王爷还会……如此尊重公主吗？”

心腹看了郁赦一眼，硬着头皮道：“届时，您的世子之位，公主怕也无法替您保全了……”

郁赦嗤笑：“真好……我这颗棋子果真是好用。”

郁赦抬眸，好奇道：“你们怎么不担心，我并不在意这些事呢？世子之位没就没了，我这条命，谁爱拿走谁拿走。”

心腹冷汗淋漓，怎么不担心？！

郁赦多年来时不时地寻死，安国长公主原本已经熄了这个念头，不敢多指望他，打算听天由命了，总归无论谁继位，她都是皇帝的亲姑母，可偏偏郁赦近日突然多了几分人气！唾手可得的皇太后之位就在眼前，安国长公主怎么可能不心动？

心腹低声道：“公主是觉得……世子可能是有了要争一争的念头，世子若有此意，公主自然是要倾力襄助的。”

郁赦淡淡道："她想怎么帮？"

心腹却胆怯了，犹豫了半晌："公主想、想，想……"

心腹"想"了半天也没敢说出来，郁赦替他道："想让皇帝在身体康健的时候认回我。"

心腹忙道："如此最好！"

郁赦微微俯下身，看着心腹的眼睛，轻声道："那公主想没想过，对他称父……我会多恶心？"

心腹一愣，一抬头正撞上郁赦阴鸷的双眸，吓得磕头不止。

这颗心早就寒透了，如今不过再被插两刀进来，郁赦没什么感觉，麻木道："你走吧。"

心腹怔住了，他以为自己不死也要脱层皮，这……这就让自己走了？

"告诉公主，"郁赦起身，"别自作聪明，别擅作主张。"

心腹迟疑，郁赦这是答应还是没答应？

心腹试探道："那议亲的事……"

郁赦垂眸道："提一次，我就去向皇帝求娶四公主一次。"

心腹忙道："不敢不敢，方才是小人多嘴了！"

郁赦闭上眼，尽力把少时同安国长公主相伴的种种欢愉压回心底，免得让自己再发疯。

"你们是什么心思……我都清楚，只是想让我成亲吗？只是想让我有子嗣吗？"郁赦回头看心腹，一笑，"公主想找个人来，名正言顺，每时每刻地看着我，盯着我，把我当木偶，是不是？"

心腹心头一惊，没想到郁赦连这都猜到了，但还是抵死不认："公主只是想给世子找个伴儿！世子年纪不小了，平日里府中空空荡荡，世子心绪岂不是更不宁？若有个人相知相伴就最好了，就算不能同世子交心，那……"

"那也可能会有个孩子，如此公主就放心了。"郁赦自言自语，"我若是喜欢这个孩子，就更热闹了，公主能更方便地操控我了……"

郁赦低头看着心腹，轻声呢喃："早早断了这个念头，先不说我不会娶亲，不会纳妾，就是有……"郁赦用靴尖轻轻碰了碰心腹的头，"就是有，就是喜欢上了，我也不会被人牵着鼻子走，在我这里，没什么人能让我舍不得、放不下，懂吗？”

心腹不住发抖，点头。

郁赦不知想到了什么，低声呢喃：“再喜欢……我也不会在意，我想打就打，心里不痛快了，大半夜的也会把人叫起来，让人往死里打，打死了……我也不会在意。”

心腹吃了一惊，勉强答应着。

郁赦恍神，似乎刚发现脚底下还有个人似的，心烦道：“知道了就滚！”

心腹感觉郁赦已经有了七八分意动，觉得可以跟长公主交差，忙滚了。

郁赦疲惫不堪，本想睡了，但还是不放心，让久候在暖阁外的家将进来了。

家将跪下来，将黔安府中的事从头到尾说了一遍。

郁赦静静听着，点点头：“差事做得不错，还有一件事交给你办。”

家将并不是很想办，但敢怒不敢言，低头道：“世子吩咐。”

“把今日之事……夸大几分，传出去。”郁赦烦躁道，“好让我耳根清净清净。”

家将尴尬：“世子……属下无能，不会这个啊。”

“不会就去问别人！阖府这么多人，没个会编派瞎话的？”郁赦揉揉眉心，“我头疼……别烦我。”

家将勉为其难地点头：“好。”

家将看着郁赦进了卧房，一攥拳，咬牙去了。

两日后，黔安王府，宣从心一边看书一边同钟宛聊天。

“郁小王爷那婚事，黄了。”宣从心翻了一页书，感叹，“这京中的人啊，真是……”

钟宛尽力不动声色：“怎么……黄的？”

宣从心看了不远处写大字的宣瑜一眼，放下手头的书，悄声道：“你跟我来。”

钟宛神色凝重，深吸了一口气，起身披上狐裘，同宣从心一起出了书房，轻轻地带上了门。

两人走到院里，宣从心轻声道：“在三皇子府听来的，这事儿有点龌龊，我不想让宣瑜知道。”

钟宛哑然：“怎么……龌龊？”

郁赦不是出什么事了吧？

“就是那个郁小王爷，”宣从心压低声音，“有恶癖！”

钟宛一惊：“什么恶癖？！”

郁赦难不成还有什么病没让自己知道？

宣从心踟蹰再三，斟酌着用词，快速道：“郁小王爷他爱打房里人！”

钟宛瞠目结舌：“我……我怎么不知道？”

宣从心莫名其妙地看着钟宛：“你为什么会知道？”

钟宛语塞。

宣从心不解道：“我没事儿编这种瞎话做什么？旁人说，我就听着了，郁小王爷是真的不能嫁。他不单性子不好，竟还会对自己屋里人动手！别说京中了，就是在咱们黔安，这样的人也讨不着夫人，所以……现在怕是没人敢同他议亲了，好好的姑娘嫁过去，没准没几天就被他打死了。”

钟宛哑然无声，费力道：“不是，这都是谁说的？怎么能这样造谣？！”

“到底是哪个夫人说了哪一句我是记不清了。”宣从心认真地回想了下，“哦，是说郁小王爷一言不合，把房里人打得血肉模糊，不成人形。”

钟宛悚然：“不成人形？！”

“我也怀疑是有人夸大了，因为前头还是说，郁小王爷是看房里人不顺眼，一把抄起匕首，捅了房里人一刀。”

钟宛被震得说不出话来。

“再前面，是说郁小王爷脾气不好，看房里人不顺眼，让府中家将捅了房里人一刀。

“再再前面，是说郁小王爷脾气大，房里人惹他生气了，都大半夜了，他想起来还是怒火中烧，忍无可忍，当即就派十个铁甲家将过去，把人从床上抓出来打掌心！”

宣从心打了个冷战，低声道：“就算是最轻的这个也很可怖了！你想想……一言不合，就派十个家将过去打，十个壮汉啊！那不得把手都打烂了？”

钟宛低头看看自己的左掌，久久无言。

四十四

宣从心还在唏嘘京中权贵道貌岸然，私下里什么腌臜事都有，不忘见缝插针道：“这京中虽繁华，但都是些什么人？你娶了夸父以后就回黔安吧，免得学了坏毛病，也爱和人动手。”宣从心想到了什么，计上心头，“你可别有学有样，你怎么可能打得过夸父？”

钟宛哭笑不得：“先不说我，这事儿必然是瞎传的，他不是这样的人……”

宣从心看向钟宛，困惑：“你方才就一直替郁小王爷说话，你认识他？”

“我……”钟宛一笑，“认识。”

宣从心想了下，了然：“小的时候见过吧？说过话吗？熟悉吗？”

钟宛低头看着自己的左手，一时有点感慨。

这要不是对着宣从心，钟宛怕是不小心就要把真相吐出来了。

他和郁赦，何止是熟悉。

“不是很熟，他是皇帝和安国长公主的心头肉，我们这些人不敢多沾染的。”钟宛笑笑，“行了，你去歇着吧，我还有点事。”

宣从心回屋里去了，钟宛看着自己的左手，不敢放纵自己臆想些有的没的，尽力让自己冷静下来。

大半夜的翻墙进来，把人拎起来就揍什么的，大约说的就是自己了，但这事儿过去不过两天，怎么会被传成这样？背后绝对有人在推波助澜。

郁赦手下的人都是死士，不管是什么狗屁倒灶的事，只要郁赦一声令下他们都会办得明明白白的，这样的人，难道会出去编郁赦的闲话？还是这么不堪的闲话。

如此一来，除了那豁出女儿不要，偏争名利的，哪个好人家还会把女儿嫁给郁赦？

郁赦前几日还在议亲，现在就出了这个事，这人心怀叵测，不想让郁赦的婚事顺遂，会是谁？

半夜翻墙教训人这事儿知道的人不会多，这么快被传出去，可见郁赦府上也被人安插了不少人。

钟宛深吸一口气，眼中闪过一抹幽光，管他是不是呢，先料理了再说。

钟宛叫了人来，如此这般地交代了一番，又道："命他连夜出城去黔安，不必再回来了。"

把黑锅甩了出去，钟宛看看天色尚早，不想虚耗光阴，预备再去见汤铭一次。

上次钟宛悲愤交加，有好多事没顾上问清楚，钟宛虽还没全然信任汤铭，但这个师兄知道的事实在多，钟宛要将前尘往事捋清楚，目前看最好的法子还是去寻他。

钟宛命人去备车，不想林思正在马棚里喂马，听说钟宛要用车，林思亲自套了马，来前院同钟宛比画：去哪儿？

"出城。"钟宛看着林思一身粗使仆役的打扮失笑，"是让你在这儿歇着的，你怎么又做起马童来了？把衣服换了去，我自己去就行。"

林思拧起眉，指了指天上，五指分开向下抖动几下，又指了指钟宛，双手摊开又翻转，抬手往外面指了指：天气不好，大约会下雨，你出城去做什么？

钟宛顿了下，没同林思说汤铭的事。

钟宛倒不至于防备林思，只是他总觉得林思和宣璟的事还有的缓和，在这之前，林思若总为自己替郁赦奔走，将来怕会平添他二人之间的龃龉。

林思比画：你又禁不起折腾，病了怎么办？有事交代我就好。

明天就能见郁赦了，钟宛也确实不想再生病，他想了下道："罢了，我写封信，你替我交给一人，让他回信给我，中间不要经别人手。"

钟宛回屋写了信交给林思，林思也没套车，把信往怀里一揣，牵了匹马就走了。

翌日，郁王府别院，来了几个宫里老太监，正隔着帘子，低声细语地"申斥”郁赦。

帘子后，郁赦坐在书案前看自己的书，分毫不受影响。

四皇子宣璟，五皇子宣琼，算上殁了的三皇子宣瑾，都受过崇安帝的申斥，皇子们犯错或是被罚幽禁时，都是这些老太监日日过来，代替崇安帝教导一番，皇子们一般也都战战兢兢，只有郁赦不同。郁赦甚至听睡着过。

这些年来，几个老宫人没少做这差事，已经见怪不怪，说了个口干舌燥后劝道：“还请世子好生约束下人，不要再传出这种无稽之谈，惹得圣上不快。”

郁赦翻了一页书，语气平静：“你们怎么知道是无稽之谈？也许我就是有这种癖好呢？”

老太监结巴：“什……什么癖好？”

“外面都传成什么样了，你没听过吗？”郁赦抬头，面无表情道，“我喜欢折磨房中人，喜欢看人哭，喜欢看人叫疼，玩出过好几条人命……你们不知道吗？”

“哎哟哎哟，您这是乱说什么呢？！”老太监苦口婆心，“都是旁人构陷您的，圣上能看不出来吗？”

郁赦嗤笑：“没人构陷，我就是这样的人……你们不用申斥我的下人，申斥我就行。”

老太监心疼地看着郁赦：“皇上也知道您是受了委屈的，这不，只是让我们来轻飘飘地说几句，五殿下那边，可是直接下了口谕，命五殿下闭门思过的！”

郁赦放下书，皱眉：“这和宣琼有什么干系？”

老太监叹了口气，无奈地看了郁赦一眼：“您委屈受大啦，您可知道，这些不堪的流言，是打哪儿传出来的吗？”

郁赦怔怔道：“知道。”自我府上，我交代的。

老太监们对视一眼，嗟叹：“哎呀！您怎么到现在还要为五殿下开脱！怨不得圣上疼您，世子您就是吃亏在太忠厚、太老实！”

忠厚的郁赦满眼阴鸷地看着老太监：“到底怎么回事？”

“那流言，根本是从五殿下府中传出来的！”老太监唏嘘，“前几日，安国长公主不是在给世子议亲吗？五殿下许是还记着之前跟您拌了两句嘴的事，心里不痛快，命人传出这种不堪流言来，五殿下府上的一个人不住往外传递消息，物证还在，就是……就可惜人没了。”

老太监深深地看了郁赦一眼：“五殿下急得发火，说是他府上的人被人收买了，定要抓出他来，但人已经没了，您想想，一个大活人，好好的，怎么会没了呢？”

郁赦一时间不知说什么。

这事儿……还真不是宣琼做的。

“五殿下近日也是糊涂了，频频生事，圣上这两天本来就不痛快，这不，又罚了五殿下，但到底是说不清了，就顺带也让我们来同世子说两声，走个过场而已。”老太监轻声笑道，“世子受委屈了。”

郁赦一点儿也不觉得自己委屈。郁赦无话可说，摆摆手：“知……知道了。”

老太监们走了，冯管家给每个太监都塞了荷包，周到地把人送出去后转回来，也是一头雾水。

“这是……”郁赦抬眸，“你做的？”

“冤枉，除了钟少爷的事，老奴可从未自作主张过！”冯管家忙辩驳，“老奴如何敢擅自替世子去算计五殿下？这么大的事，老奴也做不来啊。”冯管家又道，“不单是老奴，就是家将们，也是绝不敢的。大家为了传这些流言，这两天想破了头，又使了各种说不得的小手段去传递，已经焦头烂额了，哪儿有这工夫？就算有，没世子的授意，也没人敢的。”

郁赦匪夷所思：“那是谁？又是谁在暗中动手脚？！我好好地造自己的谣，这人瞎掺和什么？”

“老奴倒觉得这人心思很巧。”冯管家琢磨了下，“四两拨千斤，没费什么心力，把脏水全泼在了五皇子身上，做事也干净，人都寻不着了，让五皇子有口难言，只能背了黑锅，且……也稍稍洗清了世子有那个癖好的事。对咱们没什么坏处啊。”

郁赦皱眉：“我用得着他帮忙洗清？这……莫不是和上次告发宣琼藏匿守陵人的是同一人？”

这下换冯管家听不明白了：“守陵人是什么？”

郁赦满脸不耐：“无事……”

冯管家给郁赦换茶，笑道："管他是谁呢，能帮到世子就好，确实……这事儿细想起来，就应该把尾巴甩到别人头上，一箭双雕，替咱们多行了一步，这人做事够周全的。"

郁赦接过茶盏，低声道："不是一步，是两步。"

冯管家茫然："还有什么？"

郁赦淡淡道："你若是皇上，知道此事后，是信我自己在发疯，还是信宣琼在害我？"

冯管家为难地干笑，答不出。

"你也会犹豫，是不是？宣琼记恨我是真，我发起疯来什么都不顾也是真，总有人喜欢用我借刀杀人也是真。"郁赦沉声道，"但这事儿说起来，不是什么大事，没必要如何追究，按头让宣琼认了最好，第一……皇上觉得这事儿很可能就是他做的，第二，把这件事定为宣琼编造的流言，将来……

"将来再为我说亲时，若再有人拿我的恶癖做文章，就可用宣琼来堵他们的嘴……"

郁赦看向冯管家："皇上根本不在意我是不是有这种恶癖，也不在意宣琼有没有害我。"

冯管家咋舌："至少……至少这么看，皇上是更偏爱世子的，这是在尽力保全世子的名声呢。"

郁赦淡淡道："或许。"

郁赦喝了一口茶，还是来气："到底是谁在频频插手我的事？！"

冯管家苦笑："这哪儿知道？世子也别着急……总归是没害世子就是了。"

郁赦不适道："手段太细，让人心烦。"

"世子行事一向利落果断，但有点……太粗暴了。"冯管家一笑，"难免让人说您恣睢太过，身边真要有个这么周全的人倒是不错，相辅相成嘛，就好似今天的事，顺带着坑了五殿下，多好。"

郁赦冷笑："我只是图个耳边清净，不想再有人来跟我谈亲事，这次……算他倒霉。"

郁赦闭了闭眼，突然发怒："我这一天都在应付些什么人？这都什么时候了？他还没来吗？！是不是又不来了？还是又病了？还是……"

郁赦突然头疼："点心……"

"刚到申时，刚到申时！"冯管家忙劝哄着，"早着呢，世子，可需要准备什么？"

郁赦揉了揉眉心，想了想，低声吩咐："去……准备点儿伤药。"

冯管家手一颤，险些砸了茶盏。

冯管家收好茶盏，不动声色地劝道："世子，钟少爷身子不大好。"

郁赦敛眸："这些年……不知他怎么糟践的。"

"流言是流言，世子您一向是……"冯管家卡壳，也没什么可"一向"的，冯管家伺候了郁赦这么多年，也不知他到底温柔不温柔，但凭着感觉来……郁赦还真可能是会动粗那种。

冯管家转口道："总之，慢慢来，不急于一时。"

章伍

对弈

四十五

钟宛不是不想早早去见郁赦，实在是被绊住了脚。

宣璟打上门来了。

昨日林思替他往城外跑了一趟，林思怕钟宛心急，没套车，自己骑马走了个来回，纵然身子好也累着了，转过天来起得晚了一点，这边刚起了床，外面宣璟就已经进府了。

林思披上衣服就蹿进了钟宛屋里。

“你……”钟宛也头疼，“躲着算什么？不去跟他说清楚？”

林思眼睛发红，摇了摇头，比画：殿下不一定是为了寻我，就算是，我也没脸再见他。

“你当然不好意思！”说是这么说，但钟宛一向护短，不会逼迫林思什么，低声吩咐，“去宣瑜院里。”

宣璟最多闯一闯钟宛的院子，宣瑜那边，尤其是宣从心那边，他是不会擅闯的。

钟宛整了整衣冠，迎了出去。

钟宛把林思的事在腹中打了几个来回，备好了应付宣璟的话，不想宣璟开口先大怒道：“造谣郁赦的事，是不是你做的？！”

钟宛被问蒙了。时隔多年未见，钟宛怎么也想不到，同宣璟重逢时先要辩驳这件事。

钟宛按着规矩要给宣璟行礼，宣璟恼怒道：“你少来这套！”

钟宛叹口气，也懒得行礼了，摆摆手让人给宣璟上茶，尽量带着点儿下位者的谦卑：“不知四殿下说的是什么？我这些日子闭门不出，并不知道外面出了……”

“别跟我装！宣琼让人扣了口黑锅摘不下来，现在来找我的麻烦，同父皇告了一状，说是我在他府里安插人手，说是我在隔岸观火，引着他和郁赦鹬蚌相争。”宣璟气得要跳脚，“我思来想去，这事儿多半是你做出来的！”

钟宛：“……”

事是钟宛做的不假，但钟宛只做了个“十五”，前面那个“初一”是谁的手笔，钟宛是真的不清楚。钟宛真心实意道：“我确实不知道。”

“你以为我信？”宣璟鼻子不是鼻子、眼睛不是眼睛，“不是你说的还能是谁说的？”

钟宛闹心，这么多年过去了，宣璟怎么还是这么蠢？

钟宛一边想着怎么尽量客气地把宣璟轰出去，一边客气道：“郁小王爷那些隐秘的事，我无从得知。”

“呵……当初他买了你去，你们在一处住了半年，知根知底的，你现在说不知道谁信？”宣璟鄙夷地看了看钟宛。

钟宛深吸一口气，看了看外面……宣璟带来的人并不多，把他扣下打一顿不难，就是事后不好料理。

钟宛决定不跟脑子少根筋的人计较，一笑：“不信便也罢了，殿下还有什么要问的吗？”

“谁问你了！我已料到是你做的了，我这是来申斥你的！自己做的事自己担，少推到我身上来！”宣璟气不打一处来，“我跟宣琼可不一样，他忌惮着郁王府这个外家，我可不怕！”

钟宛看着宣璟，替他感到累，钟宛还惦记着去见郁赦，十天才能见一次，由不得这么耽误，叹气道：“殿下……你特意来一趟，到底是想说什么？”

宣璟被钟宛说破心事，一时哑口无言，勉强喝了一口茶后才皱眉道：“林思呢？快点把他交出来！”

钟宛眸子微微一动，道：“前几日，他确实来了一趟。”

宣璟眼睛一亮，钟宛继续道：“但没落脚，他同我说，他得罪了殿下，被殿下轰出来了，然后就走了。”

宣璟呆了：“去哪儿了？”

“不知。”钟宛反问，“殿下不是说不想再见他了吗？”

宣璟语塞，含混道：“他知道我那么多事，我怎么能放纵他乱跑？”

钟宛点头：“那无法了，他当时失魂落魄，前言不搭后语的，告诉我出了什么事就走了，并未告知我要去哪儿。”

宣璟疑虑不定地看着钟宛：“真的？”

钟宛坦然道：“不瞒殿下，我也在寻他。殿下若找到了他请告诉我一声，也让我放心。”

宣璟沉默片刻，烦躁道：“等找着再说吧。”

钟宛看了宣璟片刻，道：“殿下，当日，你曾要赎我出狱……”

“你可别多想！”宣璟忙高声道，“我那会儿年轻！脑子一时犯浑才起了那糊涂念头！就算买了你，八成也是把你打一顿，再给你个安身的所在就罢了。”

钟宛莞尔：“我知道，我一样领情。”

宣璟悻悻：“我当时真的就只是一时兴起，银子还没筹好，先被我母妃教训了一顿就算了，过后又被郁赦质问，我招谁惹谁了……”

钟宛倏然看向宣璟：“郁小王爷质问殿下？”

“啊。”宣璟鄙夷道，“疯子从小就是疯子……”

钟宛心跳微微加快，道：“还请殿下细说。”

宣璟厌恶地看了钟宛一眼：“我为什么要说他的事？”

钟宛压着火：“若得着林思的消息，我会马上派人告知殿下。”

宣璟脸色一僵。

宣璟捏着鼻子回想了片刻，同钟宛说了，又道：“你说说，他这疯病是不是从小得的？寻常人能做出这种事来？我早就跟我母妃说了！他从小就不对劲儿！我还要跟父皇说，可父皇偏心，不听……”

钟宛没心思应付宣璟了，他起身，魂不守舍道：“殿下放心，一旦有林思的消息，我就……我就马上派人告知殿下。”

宣璟不满钟宛突然给自己下了逐客令，但一想自己还有正事要做，没跟钟宛一般见识，冷哼一声就走了。

钟宛在院里找了两圈，寻不着林思，估计他躲了，没再找他，让仆役同宣从心交代了一声，自己出了门。

郁王府别院，钟宛一下了马车就被人迎着催着请进了内院。

“钟少爷你可来了。”冯管家急了满头的汗，小声道，“世子从早上开始时不时地就问几时了，方才不知怎么了，又问了一次时辰后，突然动了怒，那眼神都不对了，恍惚间……世子突然问，还有没有寒食散。”

钟宛心头一紧：“你没给他吧？！”

“当然没有！府里早就没那种药了，我们王爷当日来回查了几次，京中也早就没卖的了，但那药不少大夫都会配，世子要是想要，必然能弄来。”冯管家苦道，“钟少爷，世子有两年没吃过那东西了，你可别折腾他……这比以前还疯可不行。”

钟宛皱眉：“府里突然来了人……我知道了。”

冯管家退下，钟宛自己进了书房。

郁赦在看书。郁赦右手拿书，左手搭在书案上，左手食指快速地敲动桌面，似在焦虑什么。

钟宛轻轻吐了一口气，低声道：“世子。”

郁赦左手掌心按在书案上，不动了。郁赦头也不抬，面色如常，沉声道：“来得这么早？”

钟宛嘴角微微挑起，心里却疼了一下。钟宛想了一下，道：“原本想更早来的，可四殿下突然来我们府上了，没法子……耽误了一会儿。”

不知是不是钟宛的错觉，他感觉郁赦眉头舒展开了一些。

郁赦依旧看着书，问道：“宣璟找你做什么？”

钟宛自己坐下来了，道：“前两天有些关于世子的流言，四殿下觉得是我传出去的。”

郁赦淡淡道：“不是你。”

钟宛哑然：“世子知道是谁做的了？”

郁赦合上书：“你手疼吗？”

钟宛右手上还缠着白布，郁赦皱眉，将桌上的一个小瓶子往前推了推：“伤药……大约比你府上的好。”

伤药旁边还放着叠好的白布，钟宛一并拿了。钟宛坐下来，自己拆了右手上的布放在一边，单手拧开药瓶，他左手没右手灵活，洒出了不少药粉。

郁赦远远地看着。

钟宛不甚在意，往右手掌心撒了些药，落在了身上不少，药粉散出一股苦气。钟宛打了个喷嚏，郁赦不满地看了过来。

钟宛抖开干净的白布，用牙咬着一头，左手拿着另一头，一道道地往右手上缠。一不小心牵动了右手的伤处，钟宛吃疼，皱眉"咝"了一声，郁赦忍无可忍一般，起身走了过来。

钟宛想笑不敢笑。郁赦拍开钟宛的左手，自己给他包扎，钟宛看着郁赦，想起了宣璟方才说的话。

七年前，钟宛吃药装病时，同郁赦冷战了数日。

那些日子郁赦脾气也不大好，整日冷着脸，在宫里遇见了宣璟，宣璟那个不会看人脸色的傻子偏偏凑到郁赦跟前，阴阳怪气地问起钟宛。

郁赦起初没理会，宣璟非要嘴欠，同郁赦说："你要是玩腻了，就把他给我，大不了我折半银子给你就是了。"

少年郁赦勃然变色。宣璟头回见郁赦这么生气，吓了一跳，以为他要跟自己动手，但郁赦没有。

当日，听史太傅讲课，在被问到"伦常乖舛"何如时，十五岁的郁子宥起身，当着众人的面，走到宣璟面前，怒斥宣璟不兄不友。

郁子宥义正词严，掷地有声，将宣璟骂了个哑口无言，史老太傅都惊了，忘了自己今日要讲些什么。

钟宛心里一阵阵抽疼。郁赦让钟宛将手腕搭在他手心，低头替钟宛包扎好，一脸不快："行了。"

钟宛微微活动了下右手手指，郁赦缠得不松不紧，刚刚好。

子宥温柔如斯，一如往日。

钟宛抬眸，看着眼前神情冷漠的郁赦，轻声道："世子，你明明没那么恨我，包个伤口也要这样小心，何必每日对我喊打喊杀地吓唬人？"

郁赦一怔，瞬间有些失神，似乎在压抑着什么，片刻后胡乱呢喃道："我待你凶狠些，对你我都好……"

钟宛恍惚，皱眉：“什么？”

郁赦喃喃低语：“我待你不好……来日我死了，你也只会觉得快意，不会伤怀。”

钟宛眸子一颤。

郁赦这会儿半疯不疯，一不留意，让钟宛隔着千万重山水，瞥见了他的一点年少时的性情。

钟宛心中怆然，忍不住轻轻拍了拍郁赦的脸。

四十六

外间，冯管家脚步匆匆。

书房门大开着，冯管家便直接走了进去，禀报道：“四殿下来了，吵着闹着，问世子要林思。”

钟宛：“……”

郁赦皱眉：“他同我要什么林思？！”

冯管家也一头雾水：“不知道啊，四殿下说，定然是世子又把林思抓来了，老奴同殿下说了，世子这些日子闭门不出，根本没理会过旁人，殿下不听啊，就是要人……”

郁赦闭上眼冷静了一下，先看向钟宛，后知后觉地恼怒道：“你方才乱动什么？！？”

郁赦许多年没同什么人亲近过了，如今脸上突然被钟宛拍了一下，一时发起怒来，没顾上冯管家还在，厉声道：“你是不是想让我以后都把你的手绑起来？！”

钟宛崩溃：“你能不能先去看看宣璟！”

“别想混过去，你……”郁赦转头看向冯管家，气得声音发颤：“去……准备条最粗的绳子来，多准备点，放在书房，放在卧房，再送去黔安王府一些，让他日日看着，杀……杀一儆百，以儆效尤……”

冯管家忙不迭答应着，忍不住催促：“世子快去看看四殿下，四殿下是拎着棍子来的！他若是把您的那些宝贝瓷马砸了怎么办？下人们又拦不住他……”

郁赦揉揉眉心，狠狠瞪了钟宛一眼，转身去了。

冯管家静了片刻，小声道：“少爷，你……”

钟宛丢大了人，索性也不要脸了："我就像揉小孩儿头似的，拍了他一下，怎么了？！"

冯管家唉声叹气："您怎么这么……算了，我先去找绳子。"

冯管家急匆匆走了，钟宛失神地瘫在椅子上。

钟宛合上眼，郁赦方才在他耳畔呢喃的话还在脑中回响："来日我死了……不必伤怀。"

钟宛心里发疼，低声笑了下："自欺欺人……"

钟宛脑子里也乱得很，闭上眼，等着郁赦回来同他解释一二。

这一等就是整整一个时辰。

宣璟认定了林思不在黔安王府就在郁王府，郁赦还是个有前科的，宣璟越想越觉得是郁赦在使坏，还觉得林思已经被郁赦动了大刑，奄奄一息、生不如死，决意要搜府，还要搜大理寺，郁赦觉得简直莫名其妙。他没扣下林思，也不可能让宣璟搜自己府上，原本就带着火气，没好气对宣璟讲，两人吵个没完，郁赦脑子让钟宛闹得混沌，说话有点颠三倒四："十天一次……十天一次，你还要耽搁我的时间？"

宣璟怒道："林思是不是就在你这儿？！你让我搜！我不敢搜郁王府，还不能搜你这别院了？你心里没鬼就让我搜！"

郁赦头晕目眩，不明白自己为什么要在这里同宣璟吵闹，待脑子稍微清楚了一点儿，就命人将宣璟轰出了大门。

宣璟自然不服，被轰走时还叫嚣着要去让崇安帝评理。

待郁赦再回内院时，天已经黑透了。

冯管家备了一桌好菜，还不忘在钟宛面前摆了一盘红烧鹿筋。

闹腾了一顿，两人再坐下来时，彼此都有些讪讪的，没说话。

食不言。

饭毕，两人坐在书房里，同少时一般，一人坐在书案前，一人坐在矮塌的小炕桌前。郁赦书房里大多是乱七八糟的话本，钟宛随手抄起一本来，看了一眼就红了脸。

郁赦却看得很认真，甚至会做批注。

钟宛叹为观止，很想过去看看，郁赦对着这种书能做出什么评价来，又不太敢。

钟宛合上书，看了郁赦一会儿，轻声道：“世子。”

郁赦没理会他。

钟宛想了下，低声道：“我今天刚过来的时候，冯管家同我说，你……你今天跟他要了寒食散。”

郁赦眉头微动，抬头：“他还说了什么？”

“没什么了，我就是好奇……”钟宛谨慎道，“那东西吃了，是什么感觉？我没吃过。”

郁赦抬头看了钟宛一眼，冷声道：“你想吃？”

钟宛斟酌道：“好奇而已，传闻你吃过小半年的那个药，看上去却没怎么样，是不是……其实没什么事？”

郁赦低头：“有事。”

钟宛尽力委婉道：“会如何？脾气……暴躁吗？我记得以前有个皇帝就喜欢吃这种东西，吃得多了，精神错乱，易躁多疑，最后……”

郁赦淡淡道：“被他儿子杀了。”

钟宛轻轻吐了一口气，郁赦都知道。

钟宛正琢磨着再怎么劝比较好时，郁赦低声道：“我性情有变，不是因为这个。”

钟宛默然。

郁赦抬眸瞟了钟宛一眼，沉声道：“但服食了半年后精神确实更差了些，不是什么好东西，你不要想着。”

钟宛刚要说话，郁赦又淡淡道：“我疯了，也没人能奈何我……至少现在还没人能奈何我，你就不同了。”

钟宛被气笑了。

“我没想吃，只是想劝你。”钟宛轻声道，“我怕你真疯了，哪天一不痛快，将我杀了。”

郁赦一怔，困惑地看着钟宛：“你整天在想些什么？”郁赦低头继续看书，“我还没疯得那么厉害。”

钟宛结巴了一下："那以后呢？你若一直吃，再过些年……不会很久，道武帝三十岁的时候就彻底疯了，喜怒无常。到那会儿，没准就因为我打个喷嚏，你就将我宰了。

"或者因为我饭吃得太多，就很看不过去……

"或者因为我走路姿势不够端正……

"或者……"钟宛声音越来越低，"因为我不小心拍了你一下……"

"你还敢说？！"郁赦难以置信地看着钟宛，"我从没见过你这样的……"

钟宛忙低头翻书。

又过了许久，郁赦不耐烦道："罢了，不吃就是！"

四十七

宫中。

郁妃宫中进了一个老太监。

郁妃头疼不已，白日间，宣璟精力过人，在郁赦那儿索要林思无果后，想着宁可错杀，绝不放过，又去宣琼府上闹了一顿，自然，依然没寻到林思。

宣琼近日连番倒霉，气炸了肺，晚饭前入宫一趟，同郁妃吐了半天的苦水，刚刚离开。

郁妃好不容易打发走了儿子，身心俱疲，伤神道："皇上再不立太子，我怕是先要被这些人折磨死了……琼儿还让我去跟皇上说情，这孩子真以为枕头风是那么好吹的？我都快两个月没见过皇上了，我就是想帮他，如何帮？"

伺候郁妃的宫人轻声安慰："五殿下最近受了不少委屈，也只能跟您说说，您若有天能见着皇上了，替五殿下分辩两句就好了。"

"快别提这个了。"郁妃忧心忡忡，提起这个来脸色更差了，"上次大哥同我说，前朝时，先帝想立宁王为太子，先起的一个念头就是杀钟贵妃，我比钟贵妃大不了几岁，又有这样的娘家，皇上忌惮我怕是要比先帝忌惮钟贵妃还要厉害，我要是再插手……怕将来即便琼儿能被立为太子，我也没命看着我儿登大位了。"

郁妃抓住宫人的手，惶惶不安道："大哥同我说了这话以后，我日夜不安，你说……皇上会不会已经有了这个心思？我近日思来想去，怎么想怎么觉得自己过往说的话句句犯忌讳！"

"娘娘安心。"宫人放轻声音，"娘娘让我寻的人，我已经寻着了，这个老太监自前朝时就给咱们郁王府办事，只是咱们不知道而已，老东西嘴很严，我怕打草惊蛇，让咱们府上的人跟他说，娘娘近日来惶恐不安，屡屡多言做错事，是郁王爷看不下去，让他来跟娘娘说说前朝的事，警醒娘娘一二，娘娘一会儿别说漏了嘴。”

郁妃想了下，点头：“是，还是你想得周到，我威逼利诱也没用，大哥的人……从来都只听他一人的，不到临死不帮我。”

宫人叹气：“是呢，那我叫他来？”

郁妃点头。

郁妃放下帘子，等了片刻，见一个老态龙钟的太监颤巍巍地走进来，跪在了帘外。

郁妃定了定神，故意做出一副不胜其烦的样子：“都这么晚了，大哥让你跟我说什么？”

老太监低声道：“王爷说娘娘近日心绪不定，行事……冒失，让老奴来给娘娘说说古。”

郁妃道：“那你说吧。”

老太监不紧不慢地将先帝当年欲杀母留子的事说了一遍，只比上次郁慕诚说得细致了一点。郁妃心中焦灼，听罢后静了片刻，道：“钟贵妃到底插没插手过立储之事，谁也不清楚，我只知道她最后还是死了，大哥让你跟我说这个到底是什么意思？插不插手都要死？”

老太监摇头：“钟贵妃是病逝的。”

郁妃冷声道：“你糊弄谁呢？她病逝，她妹妹也病逝，俩人一块儿死的？说出来谁信？”

老太监好似个枯死了多年的老树根，半晌才飘出一句话来：“确实如此。”

郁妃难得地动了动心思，逼迫道：“我看不是，钟贵妃到底怎么没的，到底几时没的，宫里瞒得仔细，先帝驾崩后根本没人再见过她，说不准她是在先帝驾崩前被先帝赐死的。”

老太监缓缓摇头：“不是。”

郁妃气得拍了炕桌一下，满头珠翠叮当作响：“我大哥让你跟我说古，就是让你这么敷衍我的？”

老太监似有无奈，好一会儿叹气道：“钟贵妃确实不是被先帝赐死的，说起来，钟贵妃是受了小钟妃的连累。”

郁妃从没在意过这人，有些意外，迷茫道：“小钟妃？”

老太监点头：“小钟妃做错了事，不能传出来，所以太后……哦，不，当时的皇后，借着先帝的丧事，料理了她们姐妹。”

郁妃哑然：“我都没怎么听说过这个小钟妃，我记得……先帝对钟贵妃还算宠爱，对这个小钟妃一直淡淡的，她能做错什么事？”

老太监道：“小钟妃当年是随着钟贵妃一同入宫的，年岁小，又不及钟贵妃貌美、性子好，所以先帝没怎么留意过她。”

郁妃道：“所以呢？她做错了什么？”

老太监垂着眼皮，声音喑哑：“太裕四十七年冬，小钟妃她……有孕了。”

郁妃没在意日子，愕然：“有孕？没听说过啊，有孕怎么了？难不成她自己不小心把孩子弄没了？也不对，这罪不至死啊。”

老太监摇头，声音更轻了：“有孕自然没错，错就错在，那会儿……先帝已五年没和她同榻过了。”

郁妃脸色骤变。

老太监咳了两声，继续道：“因着有钟贵妃这个姐姐，小钟妃也总能在先帝跟前走动走动，但先帝确确实实许多年没碰过她了，小钟妃不规矩……闹出这种不体面的事来，被太后知道了，太后自然留不得她。这种事有损皇室声誉，不能张扬，太后又慈悲，不想牵连到宁王，就替小钟妃瞒了下来，然后借着先帝的丧事，给了她们一个体面的死法。”

郁妃花容失色，失声：“她……她疯了吗，做这种事？不对，不对不对，小钟妃不规矩，钟贵妃为什么也要被……”

“娘娘，”老太监打断她，慢慢道，“钟贵妃和小钟妃若不死，娘娘怕也没今日的富贵，娘娘还要再问吗？”

“太后借题发挥……原来真正杀母留子的是太后……”郁妃惊慌失措，“那……那孩子的生父是谁呢？太后把那人也杀了吗？”

老太监眼皮微微抬了抬，不说话了。

郁妃心惊肉跳：“居然有这种事，怪不得她们姐妹走得那么不明不白……”

老太监低声道：“先帝当日想立幼，确实起过杀她们姐妹的心思，也试探过钟贵妃几次，但最终也没真的动手。”

郁妃心神不宁：“原来是这样……罢了罢了，我不想听了，你当没说过吧，你快去吧。”

老太监颇为费力地爬了起来，郁妃又急匆匆道：“慢着，你……我来日可能还会唤你过来，你叫什么？”

老太监弯下腰：“老奴汤钦。”

“哦，汤钦，我记着了。”郁妃失神道，“你去吧，走的时候小心点，不要让旁人看见了。”

老太监躬身走了。

郁妃惊魂甫定，一个人坐了好一会儿，又后悔问这些事，叫了宫人来，让她去叮嘱汤钦，不要告诉郁王爷今日之事。

郁妃满心懊悔地倚在炕桌上，细想方才汤钦说的话，眸子骤然一缩：“太裕四十七年冬，小钟妃有孕。”

郁妃脸色变得惨白，只觉得像浑身都爬满了毒蛇。

郁妃头皮发麻，失声：“那不就是，那个孩子不就是……”

郁王府别院，郁赦突然一阵头疼。

“怎么了？”钟宛看了过去。

郁赦不太在意，把手里的话本放好：“该睡了。”

当夜，两人同榻而眠。

钟宛睡里面，郁赦在外侧和衣而卧，两人中间隔着几捆手腕粗的麻绳。

钟宛只穿着一层薄薄的里衣，搭在被子外的手腕被麻绳刺得痒，他挠了挠：“这绳子……能不能先放到床下？”

刚刚躺下，郁赦必然还没睡着，但他好似没听见一般，闭着眼，一动不动。

钟宛想了下，又道：“世子，近日有些关于你的传闻，你听没听说过？”

废话。郁赦动了一下，依旧没理钟宛。

钟宛好言相劝：“传言传得很难听，一开始还只是说你会打人，现在已经是……很不堪了，你现在还把绳子放在床上，明日传出去，就坐实了你有那种癖好了！”

郁赦求之不得。

“好说不好听啊。”钟宛又挠了挠手臂，拿起麻绳，小声商量，“我能不能把这个先……”

郁赦终于开了口：“你敢将这个扔下床，我就敢真的把你捆起来。”

钟宛感到一丝困意，随口接道：“怎么捆？”

郁赦：“……”

钟宛等了半天也没等到郁赦搭腔，困着困着就睡着了。

郁赦睁着眼，心中震动，久久难眠。一个时辰后，郁赦语气挣扎：“我以前……没想到你喜欢这样。”

钟宛好梦正酣，被郁赦吵醒了。

钟宛睁开眼，迷糊道：“怎……怎么了？天亮了吗？”

借着三分月色，郁赦坐起身来，面色复杂地看着钟宛，突然质问：“你也是读圣贤书长大的，为什么会喜欢这样？”

钟宛眼中水汽氤氲，跟着坐了起来，声音还带着鼻音：“我喜欢什么？天没亮啊……”

“罢了。”郁赦躺下来，背对着钟宛，吐了一口气，“你睡吧。”

钟宛一头雾水，闭上眼就又睡着了。

翌日清晨，郁赦递给了钟宛几页纸。

钟宛低头一看……《般若波罗蜜多心经》。

“抄十遍，清清你心里的浊气。”郁赦一言难尽地看了钟宛一眼，“下回来的时候，带着一起来。”

四十八

郁妃乍然得知惊天秘闻，既惊又怕，当夜发起高热来。她本来就是个没主意的人，自宣琼出宫建府，在宫里也没什么能商量的人了，她怕自己猜错，又怕那个老太监转头去告诉郁慕诚，天一亮就又让宫人把汤钦叫了来。

"我问一句，你说一句。"郁妃本是要警告汤钦的，但耐不住好奇，尽力稳住心，"小钟妃怀的那个孩子，是不是，是不是……"

汤钦被催着赶着叫了来，精神比昨夜还不济，佝偻着身子，闻言浑浊的眼中闪过一抹光。

郁妃声音急促："是不是郁……郁……"

汤钦微不可察地躬了躬身。

"果然。"郁妃眼中尽是厌恶，"我早就猜到他是皇上的，但没料到会这样不干不净！但我不明白，小钟妃她……她怎么敢？皇……又怎么敢？"

汤钦木然地听着，不发一言。

郁妃难以置信："她一个深宫妃子，就算不得宠……不是，越是不得宠，越是碰不着前面的皇子们，她是怎么认识的……认识的呢？"

汤钦垂着手，迟缓道："钟家原本和二皇子府上是甚少走动的，可偏偏小钟妃在闺中时曾同二皇子妃是手帕交，二皇子妃嫁与二皇子后，小钟妃自然和二皇子妃见得少了，可也有走动，既然有走动，怕是早在入宫前，就见过二皇子了。"

这个二皇子说的是崇安帝，郁妃哑然："竟在入宫前就……若是早有情愫，为什么不干脆嫁给皇……嫁给二皇子呢？"

汤钦似乎被郁妃蠢得说不出话了，沉默了片刻，喑哑着嗓子道："娘娘，钟家早有意将钟贵妃送入宫，钟家怎么敢把两姐妹一个送进宫，一个送进二皇子府呢？”

郁妃这才反应过来，恼怒道：“我被气糊涂了。”

“原来早就相识……”郁妃低声细语，“钟贵妃真是让自己妹妹害惨了，小钟妃倒是被藏了起来。我就说，安国长公主那年在皇陵住了那么久，莫不是怀了个哪吒！十几个月才把孩子抱回来，那……那小钟妃现在是不是还活着？”

郁妃心一狠：“她若没死就好了！要是能把这丑事捅出来，我看郁赦还有什么胜算！”

汤钦顿了下：“……或许吧。”

郁妃心中一动，看向汤钦：“你知道这么多事，怕是大哥很要紧的心腹了吧？你……你知不知道小钟妃是死是活？”

汤钦摇头：“确实不知，不过……”

郁妃忙道：“不过什么？！”

汤钦又不说话了。

郁妃冷笑：“老东西，你想清楚点，将来琼儿若能继位，是听他亲娘的多，还是听自己舅舅的多，大哥再手眼通天也管不着宫里的事，你后面这些年怕还是得从我手底下过日子，别犯糊涂，家里还有什么人吗？”

汤钦似有不甘，叹气道：“还有个弟弟。”

郁妃挑眉：“也是个内侍？”

汤钦摇头：“前朝小官，犯了事，回老家种田了。”

“你好好地替我办事，你弟弟一家子就无事。”郁妃冷冷道，“你若敢把这些事告诉郁王爷，你弟弟的小命就没了！”

汤钦腿一抖，跪了下来。

郁妃稍稍放下心：“以后我让你做什么，你就做什么，不可告诉王爷……你方才的意思，小钟妃可能还活着？”

汤钦颤巍巍道：“不知，但有迹可循。”

郁妃嘴角勾起一抹笑意，咬牙狠声道：“这要是能找到，那就有意思了……”

郁妃咳了两声，低声道：“你先走吧，记住我跟你说的，你要是从这儿出去就去寻郁王爷，呵……就是不要你弟弟的命了。”

汤钦摇头：“不敢。”

“以后我吩咐你什么，你就做什么，将来也少不了你和你弟弟的好处。”郁妃自认恩威并施了，摆摆手，“去吧。”

郁王府别院。

好生送钟宛走后，冯管家来寻郁赦：“世子又跟钟少爷说什么了？钟少爷走的时候那神色好像不太对。”

郁赦道：“他心中有鬼，神色当然不太对。”

冯管家哑然：“怎么不对？”

“他……”郁赦难以启齿，“没事。”

冯管家不敢多问，见郁赦要动笔墨，上前伺候，轻声道：“宫里刚传出来消息，郁妃娘娘病了。”

郁赦眼神微动。

冯管家道：“昨夜突然病的，传了太医，没说怎么样，不是个大事，但郁妃娘娘说不用请安。这就怪了，平时但凡有个头疼脑热的，必然闹得所有人都知道，让五殿下和王爷入宫请安，这回不，还特意告诉那边府上了，只是微恙，不必劳动。”

“事出反常必有妖。”郁赦道，“查了吗？”

冯管家点头：“让人去查了，还没消息。”

郁赦眯着眼，拇指与食指轻轻捏着笔，好半天没落下。

郁赦低声道：“从小郁妃同我就不亲厚，见得少，也没说过几句话，少时是我蠢，不懂姑母为何不喜爱我，不懂姑母为何和母亲不睦，后来明白了……”

冯管家怕郁赦又想起什么来不痛快，咳了一声道：“深宫妇人，懂什么？世子不用在意她。”

“不。”郁赦手腕轻动，写了一个“赦”字，问道，“她忌惮我，我自小跟她没见过几面，不太清楚，只是觉得她不算聪明……你觉得呢？”

冯管家坦然道：“是不太聪明，不然这些年也不该跟长公主闹得那么僵，世子不知，早些年的时候，郁妃娘娘和咱们公主姑嫂俩可是很亲睦的，后来有了世子……郁妃娘娘觉得长公主在借着您谋算什么，她心里藏不住事，总对公主冷言冷语的，面儿上情也不顾，长公主那么心高气傲的一个人，怎么会纵着她无礼？也没了耐心，渐渐地，情分就淡了。”

“我喜欢不聪明的。”郁赦又写了一个“宥”字，“你说……从她这儿下手，怎么样？”

冯管家上下看了郁赦一眼，头一天见郁赦似的，眼中似惊似喜：“世子这是什么意思？”

郁赦不徐不疾地放下笔：“怎么了？”

“没什么、没什么。”冯管家几乎要老泪纵横了，“世子头一次要争什么，老奴有点……嗐，没事没事。”

郁赦近日越来越有人气儿，冯管家一时间都想去给谁烧灶香，但不知该给谁烧，胡乱想着改天给钟宛供个长生牌位。

郁赦看着纸上的字，抬头对冯管家一笑：“你是高兴，我终于有了争储的念头了，是不是？”

冯管家急道：“世子怎么这么藏不住话？！别瞎说，世子只是……只是想给自己争条活路罢了。”

郁赦眼中有些未尽之意，他不提这个，改口道：“我不想跟妇人过不去，只是想起一件事来，觉得我也不算对不住她。”

冯管家道：“什么？”

郁赦道：“那年宣琼设计让御蛇人以毒蛇伤我……是她的好心思。”

冯管家骇然，郁赦道：“是郁王爷查的，查清楚以后特意入宫告诫了她一通。”

“她不聪明，且对我早有杀心，做起事来要方便许多。”郁赦心里已经有了主意，道，“等你查到她到底怎么了再说吧。”

冯管家答应着，心念一转：“世子，要不干脆都同钟少爷说了算了，也多个……”

郁赦脸色瞬间就变了，冷冷地看了冯管家一眼：“嘴严一点。”

冯管家忙道：“是是。”

冯管家怕诱得郁赦犯病，换个话头道：“钟少爷昨天又做错什么了吗？走的时候说世子好像罚他抄写什么，没听明白。”

“罚他抄点心经。”说起钟宛来，郁赦神色缓了缓，“本来想罚得更重一点的，可……”

冯管家眨眨眼：“可什么？”

郁赦默默地看着书案上的字，道：“突然觉得，我待他很不好。”

冯管家心道：您才知道吗？郁赦闭上眼，忍不住怒道：“但我没想到他有那些毛病！不罚他又不行。”

冯管家好奇死了：“什么毛病？”

郁赦沉默了片刻，也想找个人说说，不堪重负地摆摆手：“先把门窗关了。”

冯管家如临大敌，方才争储的事都能敞开了说，现在倒要紧闭门窗了，这是什么关乎性命的大事？！

冯管家去料理好了门窗，折回来屏息听着。

郁赦嘴唇动了动：“他有些不好的癖好。”

冯管家声音比郁赦还轻：“什么癖好？”

郁赦低声道：“昨天半夜，他不知从何处找来了绳子，放在床上，入夜后拿着绳子哼哼唧唧的……想让我绑着他。”

冯管家：“……”

冯管家小心翼翼地提醒道：“世子，旁的先不说，那绳子，不是您让我寻来的吗？”

郁赦看怪物似的看向冯管家，满眼莫名其妙：“我什么时候让你找过绳子？！”

冯管家倒吸了一口凉气。

冯管家在心里替钟宛扼腕，钟宛这命是真的不好，每逢要紧事，就赶上郁赦犯病，这桩移花接木实在是冤。

郁赦失神道：“他这些年到底是怎么了？还是自小就喜欢如此，只是我少时太蠢，没发觉？”

冯管家硬着头皮道：“可能是一直就这样吧。”

冯管家怜悯地看着郁赦，不忍心告诉他，他这其实是犯了一天一夜的病，到现在还没清醒。

冯管家想了想，如履薄冰地吃力劝道："世子估计昨晚没休息好，要不现在去眯一会儿？"

郁赦不知听没听见，磨牙："他真是……不知死活。"

冯管家点头如捣蒜："是，是，钟少爷不知死活。"

"但是！"郁赦意难平，"我是不知道他偏爱这个调调！将来我躺在地下，若亡灵有感，知道他被姘头夜夜捆在床头折磨，我怕是要被气诈尸，掀了棺材板！"

冯管家目瞪口呆地看着郁赦，已然跟不上郁赦的思绪了。

这怎么还……说起鬼鬼神神的事了？

冯管家一砸手心，大声道："所以世子不能死！"

"是。"郁赦揉揉抽疼的额角，"我先去睡一会儿……"

冯管家亲自把郁赦送进卧房，伺候他躺下后，健步如飞地回到自己院里，提笔给钟宛写了封信。

四十九

这边钟宛已回了府，刚回院，林思正在他屋里。

林思风尘仆仆，似乎也是刚从外面回来。钟宛关上门，感到有点奇怪，问道：“你这是去哪儿了？”

林思眼中带着血丝，应该是一夜未睡，他比画：替主人去城外找汤铭，给他送信去了。

钟宛失笑：“那也别连夜去啊，没那么急，信给我，你先去歇着。对了……”

钟宛接过林思递给他的信，眼中带了点揶揄笑意：“昨天，宣璟从咱们府上找你无果后，打到了郁小王爷府上，跟他又闹了一顿，非说是他把你扣下了。”

林思眸子一亮，跟着又暗了下去，他摆摆手，比画：我连夜出城替主人送信，就是为了躲他。

钟宛有心帮林思，不过他自己那点儿破事也是剪不断理还乱，不知该如何安慰林思，只能道：“我就劝你一句话。”

林思看着钟宛。

“别因为一时的想不开，白白耽搁大好光阴。”钟宛莞尔，“人这一辈子有几个七年呢。”

林思默然，走近两步，比画：不说这个，主人先看信，我还有话说。

钟宛将信展开。

汤铭在信中说，他在宫里有个人能用，是个老太监，早年替郁慕诚郁王爷做过一两件无关紧要的事。如今他年纪大了，早失了郁王爷的倚重，只因为没插手过什么要紧事才保下了命。他也没什么权柄，只是胜在活得久，在宫里还有些许人脉，这人可为钟宛所用。

钟宛一目十行地看过后就烧了。钟宛看着跳动的火苗，若有所思。不知为何，这个汤铭给他的感觉总是有些不对。

说起来也奇怪，汤铭明明是史老太傅留给他的人，又是史老太傅的学生，但钟宛总不敢完全地信任他。

钟宛看向林思："还站着做什么？坐下……要跟我说什么？"

林思坐下来，眉头紧锁，同钟宛打手语。

林思两次替钟宛去寻汤铭，起初还怕汤铭不会信自己，头一次时准备了一肚子的说辞。不想汤铭见了林思也是一副热络的样子，同林思饮茶聊天，甚至也会一点手语。

林思那次着急回城，没比画几句，说明了来意同汤铭交换了书信后就回城来了。昨日因为怕回来撞上宣璟的人，林思刻意拖延时间，汤铭顺势跟林思攀谈了许久。

汤铭不紧不慢地拆了信，却不着急看，笑吟吟先问道："小兄弟，以前也是钟府上的人吧？"

林思点头，比画：我是主人奶娘的孩子。

汤铭笑着点头："记得，当年宁王爷费了好些功夫，将你和归远一同找回去的。"

林思比画：王爷当日只寻到了主人，是主人几番同王爷说，王爷才知晓还有我在外面，将我寻了去。

汤铭感叹："归远原来从小就这样，只要是他身边的人，他都要顾着。"

林思颔首。

汤铭看罢钟宛的信，一把火燃了，想了片刻后拿过纸笔来，林思特意背过身去门外守着，并不多看。

约莫一炷香的工夫后，汤铭晾干了几页信纸，折好装进信封，并不封火漆，随意一卷就拿出来，递给了林思。

林思接过来揣进怀里就要告辞，汤铭忙道："不急，小兄弟听我一言。"

林思点头听着。

汤铭叹口气："有些话……我上次就想跟归远说，又怕徒增他的烦恼，这几天我几番思量，到现在还没拿定主意。”

林思拧眉，比画：那请大人再多斟酌。

“不必同我这么生疏。”汤铭感叹，“归远不信任我，这几日必然已将我的老底查了个明白，那你也应该知道了，钟府是我的外家。”

林思哑然，比画：并不知情。

汤铭细看林思神色，一时竟分辨不出林思是不是在装傻，摇头一笑：“钟府若没出事……你和归远早就该同我认识的，罢了，不提这个。”

汤铭将林思请回屋，重新上了茶：“我心里揣着这桩案，在说与不说之间摇摆不定，几乎成疾，如今见着你，算我人老耍无赖吧，我告诉了你，由你来权衡。”

林思蹙眉，比画：我只是主人的奴才，不管事。

汤铭不动声色地看了林思一眼，笑问：“你只是个奴才？罢了，我只说我的，我想问问归远，他如今重蹚浑水，如此劳心费力地帮郁小王爷，是想要个什么结果？”

林思比画：自然是要救郁小王爷。

汤铭又问道：“如何救？归远心思通透，听我上次同他讲过前事之后应该已经明白了，郁小王爷的出世都是别人行的一步棋，能活到现在只是因为他对所有人都还有用，而他要想长命百岁，唯一的出路，就是……”

汤铭看向林思：“林思……你这些年是受了四皇子庇护吧？”

林思没想到汤铭突然问起自己的事来，戒备地看着汤铭，并不回答。

汤铭叹气：“将来郁小王爷若继位，四皇子要如何呢？这两位似乎早就水火不相容了吧？这些年是个人就在毒害郁小王爷，你可别同我说其中没四皇子的一份。”

林思眼中一动。

汤铭叹气：“是，我知道归远同四皇子有点交情，将来必会顾着旧情替四皇子周全周全，但他真的挡得住吗？郁小王爷是皇上的私生子，若继位，能不清理这几个名正言顺的皇子？我几番思量，觉得这还是步死棋，若再有个人能……”

林思讶然，比画：你知道郁小王爷是皇上的儿子？

汤铭比林思还惊异："我告诉归远了呀，他没同你说？"

汤铭急得咳了起来，一时间抖若筛糠，林思忙上前替他拍了拍，汤铭喘了半天，叹气："我犯了大错！你……"

林思眸子微微一动，抬手在桌上写：我装不知就是了。

汤铭悔之不及，一时不知该说什么好，点头让林思走了。

林思比画：前后就是如此，或是我多心曲解了他的好意，或是……

钟宛道："或是汤铭故意，在你我之间埋了一根针。"

钟宛看向林思，没说什么矫情的废话，两人自小一起长大，纵然现在各有其谋，也不会对彼此钩心算计。

"汤铭话说得真周全，按常理说你是不会告诉我这些的，你心有介怀，他就能乘虚而入，把手插到宣璟那去，他就在四皇子府中也有了自己人。"钟宛淡淡道，"就算你告诉我了……也能解释，是他在忧心你我将来不能两全。"

林思问钟宛，眼中闪过一抹杀意：要做了他吗？

钟宛闹心地看了林思一眼："你这毛病是跟宣璟学的吗？你知道宣璟昨天是怎么去郁王府别院的吗？"

"拿着一根棍子，我头一次见皇子拎着棍子争储的。真的，他要是哪天一棍子敲死了郁……呸！"钟宛轻扇了自己一巴掌，"他要是哪天因为一棍子敲死宣琼得了太子之位，我二话不说，头一个称臣。"

林思讪讪。钟宛闭上眼，把林思方才"说"的话在脑子里过了一遍，轻声道："汤铭到底想做什么……"

林思眨眨眼，不确定地看着钟宛。

"钟府是他的外家，虽然不知道那位钟夫人是谁，但估计不是我这种出了五服的旁支，他很有可能同宁王是沾亲的。"钟宛低声道，"他帮我可能是真心，对郁赦就不是了，现在看，他是想要郁赦和宣璟相残……那他想要谁上位？"

林思讶然，比画：他老糊涂了？为什么要替宣琼卖命？

钟宛失笑："当然不会，宣琼骨子里有郁家的血，应该是汤铭最厌恶的那一个。"

林思茫然：还有谁？

钟宛嘴唇动了动，只说话，不出声。

林思会读唇语，吓了一跳。

宣瑞。

林思站起身，在屋里走动了一圈，焦急地同钟宛比画：咱们不要命，将来不成功便成仁，我命贱，死就死了，宣瑞是宁王唯一成年的儿子，这么些年好不容易躲过了是非，不能让他再搅进来！若让宣璟他们知道宣瑞有这个心思，必然要生吃了他！

钟宛也不出声了，他和林思一样，甘愿走一遭这条九死一生的路，但不代表要拖着宁王的几个孩子走。

钟宛拿过纸笔写道：汤铭大约是足够自信，觉得能替宣瑞拼一把……我这师兄到底什么来路？

林思打手语：不知，但你确定他要帮扶宣瑞？

钟宛看向林思，写：赌不赌？我猜他的人已经寻到宣瑞了。

林思骇然。

钟宛长嘘了一口气："棋差一着……我废了那么多心思把宣瑞送回去，千算万算没料到还有人在这儿等着。"

林思着急比画：这怎么能怪你？让他早早回黔安就是为了让他躲避灾祸，再说也不一定，这不还是主人猜测的吗？

林思迟疑地放下手，钟宛心思过人，他猜测的事，十有八九是真的。

钟宛低声道："好的不灵，坏的灵，就盼着宣瑞信我，盼着他胆小怕事，无论汤铭许诺他什么，都不要动心。"

林思不懂钟宛这意思，比画：宣瑞对你不是十分信任吗？

钟宛沉默片刻："……希望吧。"

希望？林思看着钟宛，一时间心潮涌动，居然更替钟宛心寒。

"先不说这个。"钟宛眼中怅然一闪而过，神色如常，"汤铭有意在挑拨咱们，你就装受了挑拨吧，我，我……"

钟宛下意识地站起身："我……"

林思打手语：什么？

"我得先确保宣瑞无事。"钟宛压低声音，"汤铭这里不能撕破脸，得瞒住他……”

钟宛低声道：“汤铭不可信，也确实在算计我，但我总感觉……他至少对我没那么心狠，太傅留给我的人，不应该是个为了私欲搅弄风雨的人。”

林思不置可否，但比画道：对，还用得着他。

钟宛点头：“我派人回黔安看看，你先去歇着。”

林思答应着，他刚一走，外面仆役送了一封信来，说是郁王府别院的管家送来的。

钟宛心头不安地跳了一下。

自己刚回来，冯管家能有什么要说的？郁赦出事了？

史老太傅留给他的亲师兄别有所图，远在黔安的宣瑞不知有没有受蛊惑……这会儿郁赦要再出什么岔子，钟宛怕自己会支持不住。

钟宛深吸一口气，想着早死早超生，拆了信——

一炷香后。

“子宥还真是……”钟宛眼冒金星，“永远都不会让我失望……”

别的皇子年少岁月静好、不争不抢的时候，小郁子宥上天入地、腾云驾雾、无所不为，让所有人都觉得他有心争储。

现在其他皇子年岁渐长，开始钩心斗角、争权夺利了，郁赦却了无生趣地把精力重新放回了话本戏文上，好不容易有了一点生念，居然还是为了……为了……

钟宛一把揉了信，气得声音发抖：“谁要他为了治我恶癖而夺嫡？！”

五十

钟宛将信又看了一遍，叹了口气。

宣璟，宣琼，郁赦……现在很可能又多了一个宣瑞。如今最要紧的是派人看看宣瑞那边的情况。

钟宛捏着信，回想自入京来这几个月的点点滴滴……

汤铭到底是从什么时候开始插手的?

他知道自己在意郁赦，知道自己会在安心后彻底脱离黔安王府去帮扶郁赦，也知道自己入京后心心念念的就是把宁王的几个孩子送回黔安。

三皇子宣瑾病逝是个变数，所以自己先将宣瑞送走了，但这个变数对汤铭来说不疼不痒，他要的只是自己和宣瑞分开。

汤铭同林思是初相识，只见过两面，就险些让林思和自己生了嫌隙，那他会怎么同宣瑞离间?

宣瑞胆小，汤铭又要怎么激起他夺嫡的念头?

钟宛暗暗心惊，要是巧合就算了，汤铭要是从自己入京开始就在谋算，且一切都在他掌控之中，那这人也太厉害了。

不只厉害，野心还大。宣瑞是崇安帝的侄子，要让他继位，至少要把宣璟、宣琼先杀了，他哪儿来的自信?

这么难的一件事，稍有个万一，宣瑞的小命就没了……

钟宛把手里的信烧了，起身叫了府里的一个心腹家将来，如此这般地跟他说了，让他今天就起身去黔安。

钟宛做戏就做足，隔日又自己去了汤铭那儿一趟，待汤铭问及他为何没再派林思来时，钟宛神色微动，低声说还是自己来安全。若林思跟他已生了嫌隙，这个反应是最恰到好处的。汤铭闻言却神色如常，自然得让钟宛怀疑是自己多心了。

无论如何，汤铭若是有心挑拨，他现在已经确定自己成功了。

钟宛不算白颠簸这一趟。

折腾了一整天，钟宛回府之后浑身酸疼，喝了口茶，闭上眼细细回忆同汤铭交谈时的一点一滴。

汤铭很聪明，说话办事几乎滴水不漏，但钟宛已经确定，自己没怀疑错他，自己这个师兄就是在暗暗帮扶宣瑞。

可有一点钟宛就是想不通，他到底要怎么说服宣瑞？！这不是逼着兔子去吃人吗？

钟宛苦思冥想之际，外面门被推开了。

是宣从心。

“回来了？”宣从心已经习惯钟宛总往外跑了，猜钟宛是去会相好了，不好意思多问，装不知道，“今早你走以后，有人来府上找你，宣瑜替你打发了，怕耽误你的事，他问了那人的名字。”

钟宛一笑：“四皇子又来了吗？”

“不是。”宣从心道，“说是你的旧识，叫……哦，史宏。”

史宏，史老太傅的儿子。

钟宛讶然。

宁王刚走了的那会儿，钟宛被郁赦买去，有次他俩出门撞见了史宏，钟宛被他句句铿锵地骂了个狗血喷头，钟宛现在还记得清清楚楚的。

宣从心道：“宣瑜傻乎乎的，人家说走就让人家走了，也没留人家用饭，别是你的什么要紧的旧交吧？怠慢了……”

“我老师的小儿子，前两年进了御史台，倒是适合他……旧交是旧交，但他跟我实在说不上亲厚。”钟宛失笑，“我回来这么久，怕他把我打出来，都没敢去拜会他，奇了……他厌恶我厌恶得要死，来府上做什么？”

宣从心摇头：“不知道，不过你放心，也没真怠慢他，从严管家走了以后，小管事们看见个穿官服的就当丞相来奉承招待，宣瑜也赶着出来跟他说话了，只是他一听说你不在就走了……你明天去拜会拜会？”

钟宛没心思去见那个书呆子：“算了……跟他没什么话说，送点东西倒行，别太丰厚，心意到了就行，我名声不好，别让人说我老师府上的闲话。”

宣从心不悦：“你名声怎么不好了？”

“我……”钟宛一笑，“没事，昨天还有什么事吗？”

宣从心道：“没了，我去安排人去史府。”

宣从心从钟宛院里出去后就让人备了一份礼送去了史府，她想着钟宛要留在京中，朋友越多越好，拟礼单的时候，特意没落宣瑜的款，只写了钟宛，想着让人家只承钟宛的情，回头有事多照应照应。

好心办坏事。

翌日。

“哈哈哈哈……”宣琼摇头大笑，“钟宛这真是不怕死，史宏前脚接着人举报黔安知州行贿黔安王，黔安王同当地官员往来频繁的事，他后脚就给史宏送了一份礼过去，哈哈哈……这不是疯了？”

郁妃一笑，低头品茶。

宣琼自打因为钟宛的事得罪了郁赦，被郁赦推下水就走了霉运，一连多日不是被算计就是被申斥，气得险些生病，这么多天来终于通了一口气，得着消息以后就兴冲冲地入宫来找郁妃了。

“早跟你说了，别冒失，为娘有安排。”郁妃放下茶盏，眸中冷光一闪，“那个钟宛……呵，郁赦上次推你下水，多半就是他的主意，我早就想收拾了他，偏偏你舅舅拦着。”

宣琼对郁慕诚既敬又畏，听了这话迟疑了下，低声道：“舅舅不让咱们跟郁赦斗，他要是知道了，会不会，会不会……”

“不会。”郁妃安然道，“同封地的官员往来过多的是黔安王那个倒霉蛋，行贿的是当地的官员，受贿的是钟宛，把这事儿捅出来的是史宏，这从头到尾，跟咱们有什么关系？”

宣琼想了下，笑了：“是是是，欸……母妃是怎么查着这事儿，还存下证据的？”

郁妃但笑不语，架不住宣琼不住地催问，只得低声道：“其实还是靠的你舅舅。”

宣琼不明白：“母妃刚刚不是说舅舅不会知道？”

“他是不知道。”郁妃哼笑了一声，“他现在还不知道，他的人已经投靠了我。”

郁妃把汤钦的事同宣琼说了，她悄声道：“这个老太监知道得不少，还很怯懦，稍微吓唬几句，让他做什么就做什么，我说我想杀钟宛……他就告诉了我这些，还借着你舅舅的人手，查到了人证、物证，这不，两天的工夫，已经把事儿捅到了御史台。”

郁妃惬意地倚在软枕上，冷笑：“你舅舅确实厉害，我原本以为他是真的被安国长公主摆布成了个软柿子呢，没想到他暗暗养了这么多人，还都这么得用……可惜啊，他再厉害也不能时时盯着自己的人，尤其是宫里的人。”

宣琼大喜，忙催着郁妃要见汤钦。郁妃不太聪明，但还是有点自知之明的，知道宣琼比自己还沉不住气，怕他知道太多前朝的龌龊事反而出岔子，皱眉道：“总见他，打草惊蛇让你舅舅知道了怎么办？到时候他一碗毒药要了那老太监的命，咱们又变成瞎子了。”

宣琼无法，只得听着。

“先给你出口气。”郁妃对儿子一笑，“别的不提，单单是结交地方官员行贿受贿这件事，就能扒了钟宛的皮。”

宣琼也笑了起来：“那黔安王呢？”

郁妃不在意道：“谁知道会得个什么罪过，无关紧要的人。”

宣琼一想觉得也是，笑道：“这回钟宛下了狱，我可是能去见他了？”

“别长不好的毛病。”郁妃皱眉，“你见他做什么？！我都听说了，他名声差得很，你别跟这种人有牵扯，真有气……等他被收押了，交代底下人，在狱中给他点苦头吃就是了。”郁妃坐正了些，继续叮嘱，“不过得等过了一次堂以后再动手！别上来就弄得血乎乎的，瞎子也看得出了。”

“这我当然知道。”宣琼一笑，“只等他过一次堂，再有什么伤都能推给前面用刑的人了。”

“没想到，他居然在这个当口上去给史宏送礼。”郁妃忍不住笑了起来，

“这真是神仙也救不得他了，明天早朝有意思了。”

宣琼畅快地一拍桌子：“明天这个时候，我让人把他吊起来打！”

翌日。

钟宛打了一早晨的喷嚏，被宣从心灌了一肚子姜汤。

“我真没冻着，八成是有人在背后说我坏话了……”钟宛苦哈哈的，“这姜汤是谁熬的？一点儿糖都不放。”

“我熬的。”宣从心皱眉，“明明就是又冻着了，今天你不能再出门了！好好地喝一锅姜汤，闷一天就好了。”

钟宛实在灌不下去了：“我要是真得了风寒，你在这儿做什么？让我传染上怎么办？去去……”

“我几年不生一次病，我怕你？”宣从心油盐不进，“喝！病了还不老实。”

两人周旋着，外面吵吵嚷嚷，钟宛的院子离着大门最近，他起身：“你回后院，我看看去。”

宣从心再不想也没法露面，只能先躲了。

外面，一个家仆跌跌撞撞地扑进了钟宛院里，摔了一跤以后忙爬起来，抖着舌头：“大大大大……”

钟宛迎出来：“大什么？”

“外……外面有军爷来……说要抓少爷。”家仆吓得结巴，“说少爷……犯了事！”

钟宛眉头微微蹙起：“我犯了什么事？”

家仆畏惧道：“怂恿王爷私交封地官宦，意图不明，行贿受贿，还有……还有……”

钟宛脸色一白，家仆后面说什么，他都听不见了。

连日来困扰他的谜团终于清晰，钟宛脑中闪过一道白光，缠绵混沌的迷雾瞬间散开。

为什么汤铭那么自信，为什么汤铭似乎早就确认了能说动宣瑞……

“私交封地官宦。”

单这一条，就能让崇安帝对宣瑞治罪。

此事可大可小，崇安帝不会因此要了宣瑞的命，但必会有所惩戒。

重则削爵，轻则申斥。

自己无品无爵，是要替宣瑞顶罪的，情况最好也要坐牢，到时候宣瑞寻不到自己，又被崇安帝疑忌，定然六神无主。

就宣瑞那个性子，在惶惶不安之时，汤铭对他施以援手，他必然什么都听，什么都信。

汤铭只要陪着宣瑞渡过这个难关，就能得到宣瑞的信任倚重，届时汤铭只要再稍微用点手段，就能让宣瑞深信崇安帝早晚会杀他，然后他不得不反……

汤铭对自己的事了如指掌，知道自己当年在黔安吃不上饭，同当地官宦勾搭受贿的事一点也不奇怪，他之前说过他在宫中有人，那把这事儿捅给有心人也很方便。

他要闹出大动静来，这把柄必然是要给最恨自己的人……很可能是宣琼。

电光石火之间，钟宛已经把事捋顺了，但没用了。太晚了。

汤铭甚至心思缜密到安排那个六亲不认的史宏在自己出城的时候来了府上。

因着史老太傅，自己和史宏擦肩而过，很可能会回访，再不济也会送点土仪，这就又坐实了自己心虚，听到消息后对史宏行贿求情。

洗不清了。

“钟少爷？少爷？”家仆见钟宛愣了下，慌张地催促道，“怎么办？怎么办？”

钟宛闭了闭眼，一把攥住家仆的手，定了定神：“别慌，告诉小姐和少爷，不管谁问什么都说不知道，不要跟任何人求情，林思……不知他去哪儿了，等他回来，把事情都跟他交代一遍，告诉他先自保，不要意气用事，替我看顾两个小主人，得了空替我宰了汤铭。”

这话说得太不祥，家仆急出泪来了：“这怎么办好啊，少爷？你……”

“我去拿件厚衣服……他们有的审，我不能先被冻死。”钟宛心里清楚，自己一死，这些人就要审宣瑞了，“让他们等下……”

家仆哭着点头：“少爷快去，大理寺的官爷们都催着呢！”

钟宛脚步一顿，倏地回头：“谁？”

家仆抹了下眼泪：“大理寺的官爷啊！倒是没喊打喊催的，但来了那么多人，也够吓人了……”

钟宛喃喃：“督捕赃罚，这是刑部的事啊……”

家仆心惊胆战：“少爷您说什么呢？！就是大理寺的人啊，大理寺怎么了吗？”

钟宛提起的心瞬间落回了肚子里。

有人游手好闲、不务正业惯了，让大家几乎都忘了，如今的大理寺卿，姓郁名赦。

五十一

一个时辰前。

自三皇子宣瑾薨逝，崇安帝哀思过度，先是从三日一朝改成了五日一朝，又从五日一朝改成了十日一朝。

郁赦按官爵品级本来是五日一朝的，按理必然是要上朝的，不过他向来是时去时不去的，御史台这些年参奏他无故旷阙的折子都能埋了大理寺，崇安帝都以“子宥身体孱弱”为由挡了回去。反正自郁赦任大理寺卿，大理寺的事越来越少，有公务也都是两位少卿主理。时间长了，都睁一只眼、闭一只眼，郁赦没来，大家不意外；郁赦来了，就当个惊喜。

朝会前，宣琼见郁赦到了，心里打了个突，随即又觉得无妨，郁赦对钟宛能有几分交情？会不会替他开口都不一定。多少年过去了，除了当庭被言官痛骂时骂回去，郁赦从来就没在别的事上置喙过。

再说就算开口了，真凭实据都攥在史宏手里了，郁赦能翻出什么浪来？

去大理寺的路上，钟宛也想不透，郁赦是怎么把这案子从刑部硬挪到大理寺来的。

来带钟宛走的大理狱丞也不知内情：“这个咱们真不清楚，只听人说今日朝会上我们郁小王爷难得地开了尊口，同御史台的那个史大人对答了几十个来回，最终……”

钟宛难以想象前两天那个神情恍惚的郁赦条理分明地跟人当朝争辩的样子，讶然：“最终如何？”

大理狱丞咽了下口水：“最终……也无法。御史台那群人有凭有据的，连您和那些小官宦的往来信件都带着去了，白纸黑字地摆着，郁小王爷实在没法替您开脱干净。”

钟宛道：“那……”

“那又如何？”大理狱丞道，“洗不清就走别的路子呗，郁小王爷就当庭奏请皇上，把您的案子挪到我们大理寺来，自然，御史台又炸了窝，但咱们小王爷不跟他们讲理了，不讲理就简单了，这不，就轮到我们来接您了。”

钟宛一时间心里五味杂陈。

“他……”钟宛心里既痛又酸，“他掺和这个做什么？！”

大理狱丞笑了：“不掺和，您可就要进刑部大牢了。”

另一狱丞跟着道：“刑部是五皇子的地盘。”

钟宛了然，自己要是去了刑部，估计光过堂就要被扒一层皮，这些……郁赦也明白。

“下了朝后郁小王爷留下了，估计和皇上有话说。”一狱丞又道，“所以少卿大人让我们先来带您过去，估计不到一个时辰郁小王爷就能过来了。”

钟宛被带进了大理寺，大理寺少卿见钟宛是郁赦如此费周章地挪来的，不敢慢待，让人稍稍搜了身就将他关在了一处净室中。

净室中只有一桌一椅，钟宛坐了下来，把方才被散开的头发随手束起，静静思量，该如何在不牵累郁赦的情况下脱身。

这个案子的重点并不在行贿受贿上，汤铭和宣琼必然会把这事儿往“黔安王私交封地官员”上引，得把重点转到自己身上来。

怎么转？钟宛明白，这案子要是郁赦来审，多半会简单粗暴地把事往宣瑞身上一推，好让自己尽早脱身。

这不行。害了宣瑞不说，这也正好着了汤铭那个老不死的道，宣琼那个废物若突然有了点脑子，还能在事后借此阴郁赦一把。

不能这样……

一会儿跟郁赦动之以情、晓之以理，尽力劝动他，案子该怎么审怎么审。

钟宛把“汤铭”两个字从头到尾嚼了一遍，想咬死这个老东西，但不得不佩服。就算如今陡生变故，郁赦救了自己，也碍不着他的计划。

这老东西甚至能假惺惺地觉得他对得起史老太傅了，确实没要了钟宛的命啊。

钟宛自言自语："林思接着消息没有……早点宰了老东西算了。"虽如此说，但钟宛估计汤铭已经跑了。

钟宛起身在空空的屋子里走了一圈，心里渐渐有了主意。

钟宛等了足有一个时辰，听外面说大理寺卿回来了，又过了半个时辰，就有人来唤他了。钟宛整了整衣裳，起身跟着去了。

钟宛没被带到正堂，而是绕了两圈，直接到了郁赦理事的阁子里。

郁赦一身朝服还未换，坐在书案前，面若冰霜。

郁赦的书案上放着几封信函，还有一张礼单，郁赦没看钟宛，抬头同大理寺少卿交代，有条不紊。

自回京，钟宛每次见到郁赦，他对自己都没平心静气地说过几句话。钟宛心里对郁赦多是愧疚，也知道他先被身世伤了心，又让寒食散伤了身，觉得他如何癫狂都是正常的，头一次见郁赦如此条理清楚地办公务，钟宛一时间看呆了。

郁赦打发了少卿："去吧，先写份案宗上来。"

少卿退下了。

郁赦看向钟宛，面沉如水。

阁子里再没别人了，现在要是磕头就拜，不免太不是个东西了。

钟宛嘴唇动了动："把我弄来……费了不少功夫吧。"

郁赦冷冷地看了钟宛一眼："这些年，办得好差事啊。"

钟宛垂眸，他也不知道汤铭整理了多少罪证，单看郁赦案上厚厚的几封信函，就知道少不了。

钟宛认罪认得很老实："是。"

钟宛懒得同郁赦掰扯自己刚去黔安时有多不容易，过了这么久，多说什么都是矫情。

"但……"钟宛低声道，"黔安王当日才刚过十岁，他是真的不知情，所有的事都是我的主意。"

郁赦目光复杂地看着钟宛。

钟宛并没死在这桩案子上的打算，有的罪他脱不了，有的是能解释清楚的，刚要开口，郁赦打断他道："你当年，就是靠着这么要饭活下来的？"

钟宛抿了抿嘴唇，突然有点后悔了，宁愿去刑部看宣琼小人得志，也不想让郁赦知道自己那些年过得多狼狈。

钟宛道："也……还凑合。"

郁赦定定地看着钟宛："方才，你来之前，我先审了两个原在黔安任职、如今留在京中的官员。"

钟宛心道：完了。

"没动刑，他们就说得很详尽了。"郁赦轻叩书案，"你还真是能屈能伸。"

钟宛低声道："先不说这个了吧，这案子……"

"案子没什么可说的了。"郁赦看向钟宛，"我担下来了。"

钟宛愕然："什么？"

郁赦道："朝会后，我在皇上那儿把这事儿认了，也不算替你担着，原黔安知州之前确实找过我，我也确实见了他，许了他的请，你不是知道吗？"

"不。"钟宛急道，"这不能混为一谈！受贿的是我！且你只插手了一次，你……"

"别学史宏说话！"郁赦眉头紧锁，眼中隐隐带着火气，"若不是碍着史今教过我几天书，我今天就把他杀了……"

钟宛急促道："你到底认了什么？！你别急，我已经有了主意，我……"

"你能有什么主意？"郁赦好整以暇地倚着椅背，反问，"他们明着查你，暗着已经准备派人去黔安问话了，为了给宣瑞开脱，你准备如何？全认下来，替他顶罪？"

郁赦语气冷然："这一共才几两银子，值得在朝会上闹起来？皇帝不会看不出是有人借题发挥，但若能借着这个机会削宣瑞的爵，皇帝乐见其成，你不明白？现在不拦下，等着你再被抄一次家，攀扯个没完没了？"

钟宛费力道："你……你都说了什么？"

郁赦淡然："能认的，都替你认了。"

钟宛看着郁赦，思绪飘回数年前。

那会儿，黔安不少人都信了钟宛和郁赦的事，府里的管家严平山惴惴不安的，觉得这事儿早晚得被捅破，曾问钟宛，万一流言传到京中，让郁小王爷知道了，你预备如何？

钟宛当时病得下不来床，混账道："活一天算一天吧，真让他知道了再说，是死是活由他。"

钟宛千算万算没料到，时隔多年，被他坑了的郁赦，在今日将这些事默默地替他扛了下来。

郁赦神情自然，嗤笑："你准备如何？跟小时候似的，宣瑞背不下来书，你替他挨手板？"郁赦拿起书案上的礼单，呢喃，"那这次可不是一顿手板就能了事的……"

郁赦把书案上的"证物"都看了一遍后抬头，见钟宛神色有异，脸上的笑意渐渐淡去。

郁赦审视着钟宛，眼睛微微眯起："我懂了，从始至终，你就没想到我会帮你。"

钟宛担心郁赦误会，声音艰涩："不是，原本就是我的错，我不能让你……"

"钟宛，"郁赦打断钟宛，眼神平静地看着他，有些突兀地问道，"许多年没人待你好过了吧？"

钟宛一时没明白郁赦东一句、西一句地在说什么，下意识要反驳，但张了张口，居然没说出什么来。

郁赦看向钟宛，平静道："不然，怎么我就简单帮了你这么一把……你就如此惶惶不安呢？"

钟宛语塞。

自去了黔安，所有事就全落在了钟宛肩上，没人能商量，也没人能倚仗，钟宛早就习惯了无论出什么事自己先顶上。

"这些年，"郁赦把手里的信函和礼单一并丢进炭盆里，火苗噗地冲了上来，轻嘲，"我过得不顺，你也不太容易吧？"郁赦拨了拨炭火，"你要是不习惯，不明白，看不懂，察觉不出来，察觉出来了也觉得其中还有别的什么……那我就说得明白点。"郁赦看向钟宛，"我这是在为你痛心。"

五十二

许多年没被疼过的钟宛，眸子瑟缩了一下。

也不是没让人纵着惯着过，宁王、宁王妃还在时，钟宛也曾是亲王府里的小少爷，尊贵不下王世子。

宁王脾气温和，待钟宛很慈爱，没有严父的架子，无论钟宛和林思如何调皮，他都不会动怒。宁王妃更是将钟宛当成了自己的头一个孩子，对钟宛溺爱非常，什么都依着。

不过这些记忆已经模糊了，钟宛每每想起来，细节都不再分明，总觉得那差不多是上辈子的事了。

自宁王薨逝，偶然提起宁王，钟宛甚至没再唤过他一声“父亲”。路是自己选的，自王府出事，钟宛不肯再心疼自己半分。什么事都有个生疏，风里雨里这么多年过来，早就忘了被人疼是个什么滋味了，乍然如此，钟宛心底闪过一丝无措。

落在郁赦眼里，就成了插到他心口的一把刀。

钟宛有点茫然地看向郁赦，下意识道：“皇帝不傻，你硬要替我担下来，你……你被罚了吗？你答应皇上什么了吗？”

看，郁赦心里苍凉地想，这人又开始担心自己了。

这人是怎么脱胎换骨，活成了孑然一身的样子的？

钟宛所料不错，凡事都是有得有失的，郁赦咬死了要向崇安帝保下钟宛，自然也要表现出一点诚意。

早朝后，郁赦留下，就是在和崇安帝做买卖谈生意。

今日的事，明摆着是有人在借着宣琼搅弄风雨，摆布皇子是崇安帝最不乐见的，所以郁赦死咬着不松口的时候，崇安帝顺了郁赦的心意，不单是纵容郁赦，也是想让这潭浑水沉一沉，让他看看清楚，是谁在兴风作浪。

但既然放弃了削黔安王爵的机会，崇安帝必然要在别的地方得到补偿。

比如：今后每逢朝会，郁赦不能再旷阙了；该他处理的公务，他不得推给两位少卿；该他参与的政事，郁赦也不能再回避。

再比如，这桩案子结案之后，郁赦要闭门思过五天，堵一堵御史台的嘴。

郁赦垂眸，避重就轻：“我要闭门思过几天，无所谓……已经习惯了。”

钟宛根本不信只有这些，但郁赦不肯再说了。

“再有这样的事……最好提前同我说。”郁赦盯着那些“证物”被烧个干净，“我今日是一时兴起去朝会了，我要是没去呢？”

郁赦明白，钟宛纵然是落到了宣琼手里最终也是能脱身的，只是不免伤筋动骨。郁赦心中隐隐后怕，又无法自控地怨恨钟宛。

从始至终，钟宛都没想过自己。

郁赦眼中泛起淡淡的血丝，他闭上眼，转移话头：“你自己有银子吗？”

钟宛怔了一下，还有些呆呆的：“什么……银子？”

郁赦皱眉，冷声道：“真当大理寺是随便进出的地方了？！不追究你其他就算了，你收了这些赃银，难道不用还？”

钟宛结巴了下：“多……多少？”

郁赦拿起大理寺少卿刚刚呈给他的文书，扫了一眼：“三千四百两，早点还上……就能走了。”

郁赦假借低头看文书的工夫，捏了捏眉心。

先跟史宏那个被人利用而不自知的蠢货当朝吵了半日，又跟崇安帝周旋了半天，郁赦脑子里乱得很。如果不是怕这事儿出岔子，郁赦早就要先找个人杀了冷静冷静，现在他满脑子都是钟宛被各路人折磨的画面，让他头疼不已，只想快点结案，让钟宛马上走，免得自己一会儿犯病，怒火攻心掐死了他。

好不容易保下的人，因为自己犯病再没了命，也太亏了。

郁赦烦躁地翻动文书，不再看钟宛。

钟宛看着郁赦，心中五味杂陈。

三千多两银子，不是个小数目，但黔安王府还是拿得出来的。

如今府里的账目都是宣从心在管，现在让人去府里捎句话，就算没这么多现银，宣从心就是去当铺变卖首饰，必然也能马上凑出来送来。

银子送来，自己就能走了。

汤铭筹谋多日的阴谋，就能雷声大、雨点小地这么轻轻揭过了。

最多两个时辰，自己就又能回府，继续替宣瑞劳心，继续替黔安王府周全。

钟宛看着郁赦的侧脸，心头涌起一股疲惫，数年来头一次，钟宛也想“疼疼”自己。

“我……”钟宛低声道，“没银子。”

郁赦抬头看了钟宛一眼，像没听懂似的，茫然道：“你说什么？”

钟宛道：“我没银子，还不上。”

郁赦失神地看了钟宛一眼，显然是没料到，自己安排得如此周全的案子，会卡在这一步。

郁赦勃然大怒：“我这还没多罚你！只是三千多两，你这也还不上？！”

钟宛硬着头皮摇头：“还不上。”

大理寺卿僵在原地，他任职以来已有三年了，头一次听说被宽恕的犯人会拒缴赃银。这是要钱不要命吗？

徒生这种变故，郁赦脑中嗡嗡作响，他费力地压抑着自己不去打钟宛。

再生气，也是不能动手的……

郁赦手腕微微发抖，吃力道：“我不管，你们府上就是砸锅卖铁，你也得给我还银子……”

钟宛咳了下，道：“宣瑞走的时候，把得的各种赏赐，值钱的东西，现银……差不多都带走了，我当真没这些钱了。”

郁赦一时反应不过来，居然被钟宛气得也有点着急：“那怎么办？！”

钟宛闭了闭眼，跟郁赦商量：“那……我要不先在这儿住着？”

郁赦：“……”

“归远，”郁赦艰难道，“我不绷着了，我同你说句实话，为了你这破事，我在朝上同史宏吵，同御史台吵，同宣琼吵……到这会儿，估计长公主和后宫所有人都知道了，我为了你，头一次在朝会上闹起来了。现在，你因为没钱结不了案，你猜这些人会怎么想我？”郁赦咬牙切齿，“朝会之后！我还信誓旦旦地同宣琼那个蠢货说，今日若不能让你全须全尾地出大理寺，这个大理寺卿我让给他做！你……我不管，我给你三个时辰，会有人听你差遣，不管找谁，找旧交、找亲戚，你给我把钱凑来……”

钟宛抽气，郁赦没事儿说什么大话！

钟宛迟疑着走近两步，郁赦怒道：“别过来！这事儿没的商量！你不要欺人太甚，全京城的人都在盯着这案子，我就不要脸的吗？！”

“要要要……”钟宛干巴巴道，“可我没银子也是实情，旧交什么的，世态炎凉，人走茶凉……”

郁赦怒火攻心：“那怎么办？！你……你身上的玉佩呢？扇子呢？拿去典当！还有之前史今留给你的字画，拿去换银子……”

“都不太值钱，当了也没几两银子，填不上的。”钟宛明示暗示半天没用，只能直接道，“要不，世子……你借我，我到时候拿别的还给你？”

大理寺卿头一次被犯人赖上，一时没反应过来。

郁赦气得声音发抖：“你、别、妄、想。”

郁王府别院，冯管家噼里啪啦地打着算盘，边记账，边顺带教导几个小管事。

“府中最要紧的是什么？世子！”冯管家刚刚四两拨千斤地把五皇子府上来挑事的管事挡回去，趁着新鲜，教导，“今天八成是咱们世子和五皇子又不痛快了，这不，刚才，五皇子府上的管事来说，郁妃娘娘不知被什么事气得病了，心口疼，要老山参，王府那边没好的，就来咱们府上要，还点名要咱们库里那棵已化了人形的参，这时候该怎么办？”

小管事笨笨的：“怎么办？”

“就不能给！”冯管家不耐烦道，“郁妃娘娘身子骨要紧，咱们世子就不金贵了吗？！万一哪天有个头疼脑热的，自己也要用老参了怎么办？”

小管事又道：“郁妃娘娘怎么病了？”

冯管家摆摆手：“那谁知道？说是被气的……不关咱们的事，不理会，接着说，府里第二要紧的事是什么？”

冯管家一拍账册：“账目！”

正说着，外面往日跟着郁赦出门的一个家将走了进来，道：“世子那边要些银钱。”

冯管家讶然：“今天不是上朝去了吗？怎么还要花钱了？要多少？”

家将一拱手：“不多，三千四百两。”

五十三

钟宛有多能赖，郁赦方才在审那几个原黔安的官员时已经知道了。

郁赦也是想不开，明明知道钟宛那些年过得不容易，但还是想问问，到底有多不容易。

那两个官员出自寒门，没什么根基，胆子也小，被郁赦传来后吓破了胆子，一开始本是问什么说什么，不敢有丝毫隐瞒。

郁赦要替钟宛遮掩，也总要有个名目，便有意引导，没审就直接道："这些银子到底是贿银，还是黔安王原本该有的食邑？"

郁赦原本是要给这些官员一条活路走，免得他们受了牵累再攀扯钟宛，替他们想了个说辞，不想两个小官闻言对视一眼，哆嗦着交代："大人明鉴！黔安地处边陲，土地贫瘠，本就供奉不起王府，前些年大灾后又连着大旱，数年来，黔安百姓都是指着朝廷的救济过活，哪里能有田邑？下官任职时，终日战战兢兢、如履薄冰，下不敢强收田邑，上不敢怠慢王爷，实在没法子了！"

另一个小官跟着叩头不止："黔安幸得天恩垂悯，得赐王爷来此，本应倾力供奉，奈何数年来亏空实在太大，民力不足是实情，下官等无法，只能变卖祖产以私产充作封邑！如今竟被污蔑至此，还请大人明察！"

郁赦嗤笑，这些人还真能顺杆爬。

黔安贫瘠不假，但不至于养不起一个黔安王府，这些人不过是得了京中授意，想撇清干系，把黔安王府晾起来而已。

郁赦懒得跟他们较真："那也就更没有黔安王私交官员的事了……"

"正是正是！"小官忙点头，"当日黔安王不过十来岁，初来黔安，有些水土不服，终日足不出户，下官等想见王爷也见不着啊！下官等只是将银……

将封邑私下交给了王府的钟宛而已。”

郁赦眯着眼，冷冷道：“是他先找的你们，还是你们主动找的他？”

两个小官顿了下，道：“是钟少爷……向我们过问了食邑的事。”

郁赦淡淡道：“你们许久不给他们该有的食邑，逼得他吃不上饭，无奈跟你们这些人低头。”

小官忙叩头不止。

郁赦深吸一口气，既然要糊弄过去，就不能再继续问了。但看着这些人，想到钟宛之前吃的苦，郁赦又实在压不下火。不能从钟宛这儿问责他们，另起一案，借着别人查一查还是行的。

郁赦似乎只是随口一问：“连王府的封邑都收不上来，那黔安其他官员呢？封地官员的俸禄向来都是自给自足，从封邑里分出来的，你们又是怎么料理的？”

小官语塞。

俸禄银子自然是短不了的，只是如果现在说封地官员盆满钵满，黔安王府中倒揭不开锅，就是自打脸了。

一个小官嗫嚅道：“朝廷每年还有些春赐腊赐……”

郁赦冷笑。

另一个小官忙道：“下官想起来了！我们……我们也曾问过钟宛的！年岁好的时候，稍稍有些田邑，我们也问过要不要从这些银子里划出一些来，补贴给其他大人，但钟宛说，说……”

郁赦早听够了他们这些假话废话，厉声道：“说什么？！”

小官抖声道：“钟宛说，说……说就人家府上那门第，用不着这点儿银子，送去是瞧不起人家！”

另一个小官突然也想起来了，跟着道：“是是是，是钟宛他自己说的！那些大人会来黔安赴任，那必然就不在意这点儿俸禄，来这儿就是来图个开心，不在乎银银钱钱的，我们硬要送过去，弄不好要气得人家大人罢官。”

小官还哆哆嗦嗦地补充：“是，钟宛还放出话来，给谁送银子，就是看不起谁，这话都出来了，下官等……有心也没胆了，只能把银子尽数送去黔安王府。”

郁赦：“……”

行吧，郁赦早该料到的，钟宛就算是沦落到黔安，也是不会吃亏的。

郁赦被扰得没了脾气，想另觅路子发作他们也没法，摆摆手让两个小官滚了。那会儿郁赦还没料到，半个时辰后，钟宛又赖上了自己。

郁赦从早朝开始就在替钟宛周旋，劳心劳力，最后还得派人回自己府上取银子。

三千多两银子而已，养尊处优的郁小王爷并不放在眼里，但他咽不下这口气！

凭什么？！偏偏冯管家和送消息的家将还十分不晓事，问个没完！

家将把银票送来之后，单纯又倔强地说：“冯管家问属下，世子这是花的什么钱，他好记账，属下同管家说，是犯人的赎金，管家就又问，为何世子身为大理寺卿，判完案子还要为犯人缴纳赃银，属下就又说……”

郁赦声音冰冷：“闭嘴。”家将无辜地吧唧了一下嘴。

钟宛在一旁肩膀微微抖动，死死忍着。

郁赦气得音调都变了，含混道：“欠条……给我写欠条！必须写。”

钟宛倒是乖觉，没再敢抵赖，上前两步，就着郁赦的笔墨，认认真真地写了一张欠条，还按了手印。

郁赦把欠条折好收了起来，心里稍稍有个安慰。

郁赦揉揉酸疼的脖颈，觉得今天的事简直不可理喻，皱眉低声道：“回府。”

郁赦起身往外走，钟宛亦步亦趋地跟在他身后。

郁赦出了大理寺，缴清了赃银、了结了官司的钟宛也出了大理寺。

郁赦上了自己的马车，钟宛忙跟着往上爬。

“你上来做什么？！”郁赦实在忍不住了，怒道，“我还得折道送你回黔安王府？你不要欺人太甚？！”

钟宛呆了一下，小声道：“我跟你去你府上啊。”

郁赦一怔：“你去我府上做什么？”

钟宛抿了抿嘴唇：“我……我方才欠了你的钱。”

郁赦茫然：“什么意思？如今欠债的都要住进债主家里去蹭吃蹭喝？”

钟宛趁着郁赦被气得神志不清，胡乱道："那卖身葬父的，得了钱不都跟着主家走了？"

郁赦没见过卖身葬父的，想了一下，被钟宛逮着机会，钻进了马车里。

钟宛就这么混进了郁王府别院。

进了别院，郁赦自己去小憩，不许钟宛跟着，钟宛被冯管家欢天喜地地迎进了他少时住的小院里。

钟宛甚至不见外地同冯管家讨情，要冯管家替他向黔安王府送个消息。

冯管家自然是无不肯的。

钟宛定了定神，给宣从心写了一封信，没跟她说得多详尽，只告诉她自己已经没事儿了，如今在故人家中小住，抽空就回去。

钟宛又在信函中塞了一张字条，上面是他给林思带的话。

虽然清楚汤铭八成已经跑了，但还是要追查的，钟宛不是对谁都无底线地好，汤铭这次下的是死手，稍有不慎，不但自己没命，宣瑞也逃不了，如今没事了，那全是靠郁赦担了下来，汤铭这老东西还是该死。

钟宛没点名道姓，但林思肯定能明白是谁的，钟宛让林思不必手软，做得越干脆越好。

将信送出去后，钟宛倚在榻上，自嘲一笑。

说好的，这是亲师兄呢。

这么些年过来，寒心也不是头一次了，钟宛心宽，只念着宁王、宁王妃的好，什么苦都能当饭咽下去填肚子，但一想到这是史老太傅留给自己的人，心底不免还是有点怅然。

害他的，是史今留给他的亲信；救他的，是……

冯管家乐颠颠地替钟宛拿了洗换的衣物过来，钟宛谢过，问道："世子呢？"

"歇着呢。"冯管家喜笑颜开，"钟少爷真是福星，您一来，世子心气儿都变了，刚才吩咐我说，以后每逢朝会都要叫他起来，他都要按时去了。"

钟宛脸上笑意一僵，果然，崇安帝不会无故施恩。

自己轻松过关，靠的不是那三千多两银子，是郁赦对崇安帝做了妥协。

冯管家见钟宛面色不对，问道："怎么了？这不是好事吗？"

钟宛点点头："是……是好事。"

钟宛轻声道："我能去见世子吗？"

冯管家干笑："等会儿吧，不瞒你说……世子刚才那脸色不太好。"

冯管家轻声道："世子已经开始头疼了，这个时候同他说什么，他都是记不住的。"

钟宛拧眉："头疼？"

"老毛病。"冯管家叹气，"原本就有这毛病，大喜大悲后，心绪纷乱，太医看了也不见好，吃了那害人的药之后，更严重了些……发作起来就是头疼，有时候好像还听不太清楚别人说什么，往常这样的时候，就是要发脾气了。世子也知道自己脑子乱的时候会迁怒旁人，每每此时，一般都自己躺着去，等心里静下来再出来。"

钟宛心里一紧："太医也没别的法子？"

"没什么好法子，吃药没用，太医说过，这毛病就是得心绪平和，长年累月地养着就好了。"冯管家苦笑，"这不是白说吗？就世子这个境况，怎么可能长久地心绪平和？"

"那就让他自己待着？"钟宛深吸一口气，"我去看看他。"

"别啊！"冯管家赶忙拦着，"好不容易来一趟，少爷你这是要跟世子吵一架吗？等会儿，真的，今天看那样子不严重，等世子自己歇一歇，到晚间就好了。"

钟宛起身："我不跟他吵。"

"谁敢同世子吵啊？但他这样的时候什么话都说得出口！什么话诛心他说什么，前些天，跟长公主还吵了起来，长公主还不够纵着世子吗？还忍不住打了世子一巴掌呢。"冯管家怕钟宛被神情恍惚的郁赦几句话气跑了，忙不迭地劝着，"听我的，等两个时辰……"

钟宛轻轻推开冯管家："放心，他说什么我都不会走。"

钟宛进郁赦屋里的时候，郁赦正合眼躺在榻上，一手拿着话本搭在一边，一手挡在脸上。

钟宛轻轻走近，郁赦倏然睁开眼，见是钟宛后，又闭上眼，翻身背对着他。

钟宛走近，坐在一旁，突然道："世子，那些银子……"

郁赦没理钟宛。过了好一会儿，郁赦似是想让钟宛快走，敷衍道："你在黔安王府，连月例都没有吗？攒着，攒够了还给我。"

钟宛顿了下："还真没有，我本也没用钱的地方，真的用的时候直接去账上支。"

郁赦冷笑："那你这日子过得还真是好，随便一个下人都比你强。"

钟宛被撜了一句，没甚感觉，静了片刻又道："那银子……"

郁赦一想到钟宛这些年过的这破日子就想发火，他心绪不宁，拧眉低声道："出去。"

钟宛好像没听见一般，好声好气："要不，咱们打个商量？"

郁赦愣了一下："什么商量？"

钟宛道："那什么，不行的话，你看我用别的事儿抵，一次抵一点儿银子，行不行？"

郁赦皱眉道："一次抵多少银子？"

钟宛比了个二。

郁赦冷笑："二百两？"

钟宛声音很低："二钱。"

郁赦："……"

这是要还到下辈子去吗？

五十四

钟宛出了郁赦的院子，郁王府别院的仆役不知得了冯管家的什么授意，所有人对钟宛都毕恭毕敬的，当贵客一般，随着他进进出出，没人管他。

钟宛憋着一肚子火回了自己以前住的院子里，进了卧房后一愣。

林思用手指往外比了一下，钟宛不动声色，转身把房门关严了。

林思上上下下地看了钟宛一番，稍稍放下心，比画：这府上家将好多，我在外面绕了半个时辰才翻进来。

钟宛点头："汤铭呢？"

林思摇摇头。

林思比画：你被大理寺的人带走后，我马上出城去寻汤铭了，那庄子已经人去楼空，只剩了几个什么都不知道的佃户。

意料之中的事，钟宛吐了一口气："七成是躲了，三成是去黔安寻宣瑞了。"

林思比画：还好，这事儿被郁小王爷提前压下来了，汤铭就是去找王爷，也说不出什么来，皇上并没要追究的意思吧？

钟宛摇头："没有，比起宣瑞，皇上更在意子宥。"

"宫里那个人呢？"钟宛轻声道，"我猜汤铭把他安排在了郁妃身边，查到是谁了吗？"

林思点头：查到了，是个老太监，叫汤钦。

钟宛嗤笑："钦……还是他本家亲兄弟。"

林思打手语：郁妃如今很信任他。

钟宛讶然："郁妃至于这么蠢吗？随便来了个老太监，就算有点小手段，她就把这人当心腹了？”

林思比画：自然不是，郁妃以为汤钦是郁王爷手中得力的人，娘家的人，她自然信任。如今她觉得汤钦已被自己收揽，就算这次没伤着你的筋骨，但事出有因，郁妃未必会迁怒他，大约还会很倚仗汤钦。

“这事儿不太对啊。”钟宛道，“这汤钦若是汤铭埋在郁王爷那儿的暗桩……郁王爷这些年没查出他们的底细来？”

不等林思解释，钟宛说罢已经想明白了。

钟宛忍不住笑了一声：“郁妃……”

林思比画：是，汤钦根本不是什么郁王爷心腹，郁王爷也早就不记得还有汤钦这个人了。

钟宛坐下来，莞尔：“汤铭真是打的好算盘，让自己弟弟假作郁王爷心腹，再去接近郁妃。郁妃要背着郁王爷拉拢娘家的心腹，自然不敢声张，反过来要替汤钦遮掩，这样……这个老太监倒是更安全了，且还能把郁妃当刀子，且……

“敌人的敌人是朋友，他故意让我知道了汤钦，也猜到我能查到汤钦在摆布郁妃，如此我更不会动他了。”

林思点头：若不是知道这个，若主人真的陷在了刑部，待我查到了汤铭有这个兄弟，怒火攻心下必然会回四殿下那儿，借四殿下之手杀了汤钦，他最后还不忘给汤钦留一道护身符。

林思心头意难平，比画：汤铭这个老东西太聪明了，将来找出他来，马上宰了他。

钟宛一笑：“估计眼下寻不着他了。”

林思磨牙，打手语：挖地三尺，早晚找出来！

“不必。”钟宛眸子微动，轻声道，“想出气简单……把汤钦的事儿告诉郁赦就行。”

林思眨眨眼，没明白。

钟宛轻声问：“汤铭算无遗策，但这次的事是谁搅黄的？”

林思呆了一下，比画：郁小王爷。

钟宛低声道：“我这次吃了汤铭的亏，是因为他知道我的软肋，知道我遇事会瞻前顾后，但郁赦就不一样了。郁赦没有软肋，也不会被任何人掣肘，你猜，不知躲在何处的汤铭要是知道自己亲兄弟被郁赦攥在手心了，会如何？”

林思一怔，同钟宛对视一眼，嘴角微微勾起：心、急、如、焚。

钟宛笑了下：“这京中唯一不按常理出牌的人，就是郁赦。”

林思点头，憋着笑：郁小王爷不因为什么，可能只是一时不痛快，就会掀了汤钦的老底，汤铭日日忧心兄弟安危，日子怕不会好过。

“行事悖逆也有好处啊。”钟宛轻轻吐气，“这次也是我大意了……一心只想查子宥的事，汤铭抛出什么饵来我都吃，怪我。”

林思忙比画：这怎么是你的过失？明明是……

“没，我不是在后悔，再来一次，我还是会这么做。”钟宛坐下来，淡淡道，“从他那儿知道了那么多子宥的过往……纵然进了刑部，我也是赚了。”

林思无言以对。

钟宛吩咐道：“没事儿别再来了，他府上的人身手都不错，别让他们误伤了你，出去后……”

钟宛轻声道：“先把汤钦的底细想办法让子宥知道，他如今有心同宣琼斗，这根钉子对他有大用。”

林思一言难尽地看了钟宛一眼，比画：主人不怕我先去告诉宣璟？

钟宛坦然一笑。

林思心头一热，钟宛刚遭人背叛，这会儿还能如此信任他，显然是从未因为他和宣璟的事心生芥蒂。

林思知道钟宛不爱矫情，没说什么肉麻话，比画：这事我做不难，但主人先不走吗？

“我走什么？”钟宛愕然，“我好不容易去到他府上了，为什么要走？”

林思：“……”

林思跪下来磕了个头，转身去了。

图书在版编目（CIP）数据

当年万里觅封侯 / 漫漫何其多著 . -- 南京 : 江苏凤凰文艺出版社 , 2020.8
ISBN 978-7-5594-4688-6

Ⅰ . ①当… Ⅱ . ①漫… Ⅲ . ①长篇小说 – 中国 – 当代
Ⅳ . ① I247.5

中国版本图书馆 CIP 数据核字 (2020) 第 048481 号

当年万里觅封侯

漫漫何其多 著

责任编辑	张 倩
特约编辑	月 月
装帧设计	商块三
出版发行	江苏凤凰文艺出版社
	南京市中央路 165 号，邮编：210009
网 址	http://www.jswenyi.com
印 刷	河北鹏润印刷有限公司
开 本	700mm × 980mm 1/16
印 张	20
字 数	316 千字
版 次	2020 年 8 月第 1 版
印 次	2020 年 8 月第 1 次印刷
书 号	ISBN 978-7-5594-4688-6
定 价	49.80 元